典藏诵读版

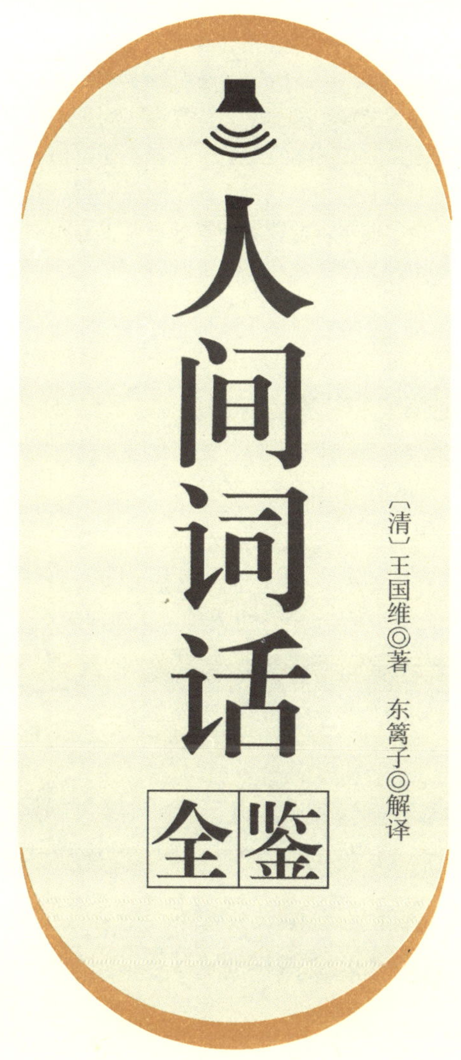

人间词话全鉴

〔清〕王国维◎著

东篱子◎解译

扫一扫
免费赠送3种国学音频！

国家一级出版社 中国纺织出版社 全国百佳图书出版单位

内 容 提 要

《人间词话》是中国近代史上最负盛名的一部词话著作，为著名国学大师王国维所作。王国维深受西方美学思想的熏陶，并将这种影响带入《人间词话》，从而衍生出与旧时文学所不同的词话评论角度和评价方法，著成了这部以"境界说"为核心的初备理论体系的词论"圣经"，有很高的文学价值和美学价值。本书为方便读者的理解和学习，在原文基础上作了相关解读，并对原文进行了配乐朗诵，希望能够帮助读者更好地理解王国维的诗学、词学理论，体会其中的文学思想和美学观点。

图书在版编目（CIP）数据

人间词话全鉴：典藏诵读版 /（清）王国维著；东篱子解译．—北京：中国纺织出版社，2019.5

ISBN 978－7－5180－6128－0

Ⅰ.①人… Ⅱ.①王… ②东… Ⅲ.①词（文学）－诗词研究－中国－古代②《人间词话》－注释③《人间词话》－译文 Ⅳ.①I207.23

中国版本图书馆 CIP 数据核字（2019）第 067486 号

策划编辑：陈　芳　　　　责任印制：储志伟

中国纺织出版社出版发行

地址：北京市朝阳区百子湾东里 A407 号楼　邮政编码：100124

销售电话：010—67004422　传真：010—87155801

http://www.c-textilep.com

E-mail：faxing@c-textilep.com

中国纺织出版社天猫旗舰店

官方微博 http://weibo.com/2119887771

佳兴达印刷（天津）有限公司印刷　各地新华书店经销

2019 年 5 月第 1 版第 1 次印刷

开本：710×1000　1/16　印张：20

字数：265 千字　定价：49.80 元

前言

晚清时期是中国最为黑暗的时代，列强入侵，政府没落，社会混乱。百姓在这般水深火热的生存环境下，变得越来越迷茫、痛苦，急于寻求一种解脱之道。在这样的社会背景下，王国维开始沉迷于西方哲学，想要从尼采、叔本华等人的哲学观里找到解决痛苦的办法，找到一条超脱于人生的道路。很可惜，事与愿违，哲学的研究并没有给予王国维实质性的帮助，相反，繁杂的哲学理论和哲学观念将他带入了一种“可信”与“可爱”的迷途之中。于是，王国维便舍弃哲学而改投文学，在 1906 ~ 1908 年间，他撰写了此部影响巨大的《人间词话》。

《人间词话》是晚清之后最有影响的作品之一，也是中国近代最负盛名的词话著作。王国维深受西洋美学思想的影响，所以在他的《人间词话》一书中，对于中国旧时文学的评论也有了与以往不同的评论角度和观点剖析，它既是一部文学评论著作，又是一部古典文艺美学著作。从表面来看，《人间词话》和中国旧时诗话不管是在体例上还是在格式上，都没有太大的分别；而从本质上来说，王国维的《人间词话》在西方美学思想的基础上融入了一些新的观念和评价方法，已经初步具备了词论理论体系，被词论界人士奉为“圣经”。不管其中所含的词学论点还是美学依据，都为后来的诗词评论带来了不小的影响，称得上首屈一指的词话作品。

王国维所著的《人间词话》中，“境界”二字是核心论述内容——有我之境和无我之境，诗人之境界和常人之境界，造境和写境等。也正是因为“境界说”“真”标准的架构，成了王国维在本书中赞赏北宋词而贬低南宋词的主要依据。他以“境界”作为词史优劣的评判标准，并据此建立了一个包含现代词学若干特征的范畴体系，更具有理论价值，亦成就了一个古典文化考评的最强音。

《人间词话》从1908年问世至今已有上百年历史，只是在这百年发展历程中，王国维“境界说”的发展并不顺利。《人间词话》出现至四十年代末期这一段时间，“境界说”不仅没有代替北宋时期风靡一时的“本色论”，而且还被晚清时期的一些文人学者发展为“风格说”，并不受词界的重视。五十年代之后的四十几年里，“风格说”凭空而起，盛极一时，但是真正带有王国维特性的“境界说”却迟迟没有再造和重现。后来，“风格说”愈演愈烈，最后走上了绝境，很多文人学者又开始反思探索，希望能够找出一个既有本色又有其他风格的多元理论。就这样，在不断探索中，《人间词话》的“境界说”再次走上了正轨。

近年来，《人间词话》开始盛行。市面上出现了几十种不同的增订版本、译本、导读本等。此本《人间词话》分为正文和附录两大部分。正文包括四小部分：人间词话手稿上卷，人间词话手稿下卷（上下卷共64则），人间词话未刊稿（共49则），人间词话删稿（共14则）。附录部分主要包括：人间词话附录（主要是初刊本、未刊本和重编本外的通行本附录本），王国维《文学小言》，人间词话·苕华词，王国维诗学理论摘选，《人间词甲稿》序，《人间词乙稿》序，《重印人间词话序》俞平伯，《人间词话》补笺序戚法仁。

正文部分的体例为原文、注释、译文、赏析四个部分，而附录则根据实际情况酌情添加了注释和译文。此外，对于文中所出现的生僻字、生僻词也注了音，方便读者阅读和领会。

在查阅了大量书籍资料的基础上，编者编撰出此书，希望能够帮助读者更好地理解王国维的诗学、词学理论，更好地理解诗词佳作中所体现的美学观点和文学思想。即使有一二分的帮助，编者也所愿已成。另，本书“赏析”部分，编者在前人观点的基础上也加入了一些自己的观点，未必周全，仅供参考。书中如若发现不当之处，敬请指正，我们将不胜感激！

同时，本书将纸质图书和配乐诵读音频完美结合，以二维码的方式在内文和封面等相应位置呈现，读者扫一扫即可欣赏、诵读经典片段。诵读音频由中国国际广播电台、中央人民广播电台专业播音员，以及中国传媒大学等知名高校播音系教师构成的精英团队录制完成，朗读中融进了对传统文化的理解，声音感染力极强，欢迎下载品鉴。

解译者

2019年1月

目录

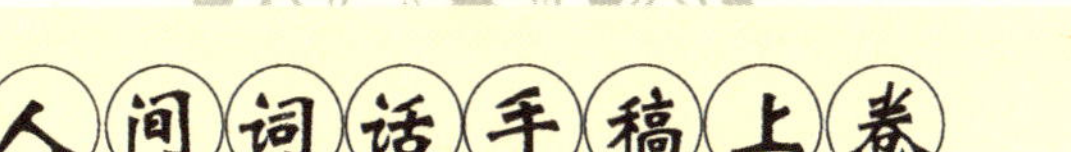
人间词话手稿上卷

人间词话手稿下卷

人间词话未刊稿

人间词话删稿

附录

人间词话手稿上卷

一、有境自高格

【原文】

词以境界为最上。有境界则自成高格，自有名句。五代、北宋之词所以独绝者在此。

【译文】

词以境界为最高评判标准，有境界的词则自有一番高的格调，自有其绝妙的名句。五代、北宋时期的词之所以能够达到独占鳌头的境界，其原因就在这个地方了。

【赏析】

“意境”是评判古诗词格调的最高标准，是古诗词的精髓所在。在王国维看来，五代、北宋是词作的巅峰时期，是词作生长的肥沃土壤，滋养出很多有意境的绝唱。词作的意境亦为词作者的心境。心境大者，自能写出“大江东去，浪淘尽，千古风流人物”的豪迈气概；自成“念去去千里烟波，暮霭沉沉楚天阔”的婉约情境。而这些，在五代、北宋时期的词作创作中都体现得淋漓尽致。正如王国维所言：五代、北宋之词为独绝也。

二、意境颇难分

【原文】

有造境，有写境，此“理想”与“写实”二派之所由分。然二者颇难分别。因大诗人所造之境，必合乎自然，所写之境，亦必邻于理想故也。

【译文】

有创造出来的意境，也有真实描绘出来的意境，这便是“理想”和“写

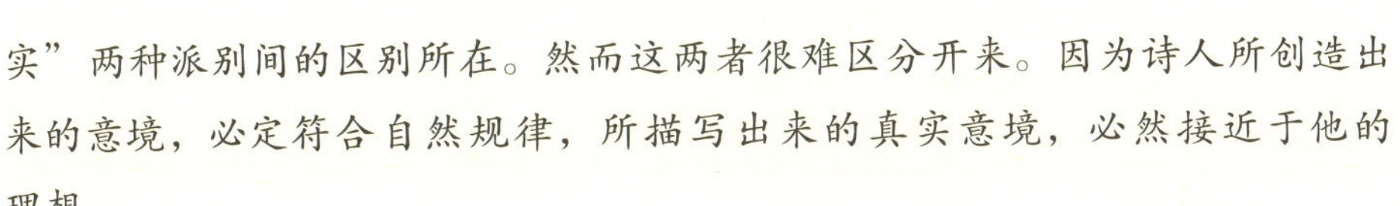
实”两种派别间的区别所在。然而这两者很难区分开来。因为诗人所创造出来的意境，必定符合自然规律，所描写出来的真实意境，必然接近于他的理想。

【赏析】

写境者为现实主义，造境者为理想主义，也就是我们所说的浪漫主义。在王国维看来，这两者并没有什么本质上的区别。相反，写境中融合着理想，造境时贴切着自然。真假难辨，真真假假融杂在一起，便有了这真实、虚幻的意境之说。其实，不管是造境还是写境，其中都融入了写作者的现实写照，不管是以梦想烘托现实，还是让现实照进梦想，这两者无可辨之处，也无可分清之理。所以说，造境、写境，“然二者颇难分别”。

三、物我两相忘

【原文】

有有我之境，有无我之境。“泪眼问花花不语，乱红飞过秋千去。①”“可堪孤馆闭春寒，杜鹃声里斜阳暮。②”有我之境也。“采菊东篱下，悠然见南山。③”“寒波澹澹起，白鸟悠悠下。④”无我之境也。有我之境，以我观物，故物皆着我之色彩。无我之境，以物观物，故不知何者为我，何者为物。古人为词，写有我之境者为多，然未始不能写无我之境，此在豪杰之士能自树立耳。

【注释】

①泪眼问花花不语，乱红飞过秋千去：出自北宋文学家欧阳修的《蝶恋花》。

庭院深深深几许，杨柳堆烟，帘幕无重数。玉勒雕鞍游冶处，楼高不见章台路。雨横风狂三月暮，门掩黄昏，无计留春住。泪眼问花花不语，乱红飞过秋千去。

需要注意的是，在王国维看来，这首词的作者是五代词人冯延巳，但大

部分人都认为这首词是欧阳修所作。

②可堪孤馆闭春寒，杜鹃声里斜阳暮：出自北宋词人秦观的《踏莎行》。

雾失楼台，月迷津渡，桃源望断无寻处。可堪孤馆闭春寒，杜鹃声里斜阳暮。驿寄梅花，鱼传尺素，砌成此恨无重数。郴（chēn）江幸自绕郴山，为谁流下潇湘去?

③采菊东篱下，悠然见南山：出自东晋诗人陶渊明的《饮酒·其五》。

结庐在人境，而无车马喧。问君何能尔？心远地自偏。采菊东篱下，悠然见南山。山气日夕佳，飞鸟相与还。此中有真意，欲辨已忘言。

④寒波澹澹（dàn dàn）起，白鸟悠悠下：出自金代文学家元好问的《颍亭留别》。

故人重分携，临流驻归驾。乾坤展清眺，万景若相借。北风三日雪，太素秉元化。九山郁峥嵘，了不受陵跨。寒波澹澹起，白鸟悠悠下。怀归人自急，物态本闲暇。壶觞（shāng）负吟啸，尘土足悲咤。回首亭中人，平林淡如画。

元好问：生卒年 1190—1257，

金末元初著名作家，字裕之，号遗山，被尊为“北方文雄”，今山西忻州人。元好问是宋金时期北方文学的代表人物之一，著有《遗山集》等。

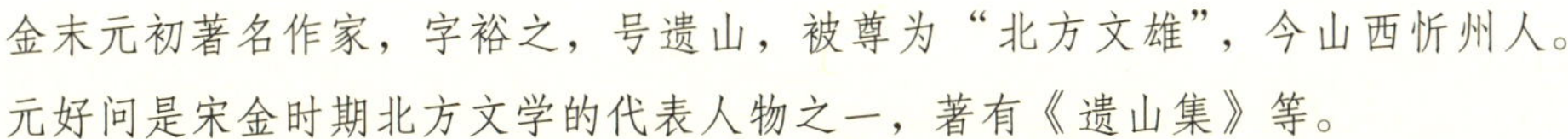

【译文】

境界有“有我”的境界，也有“无我”的境界。“泪眼问花花不语，乱红飞过秋千去。”“可堪孤馆闭春寒，杜鹃声里斜阳暮。”这些都是“有我”的境界。“采菊东篱下，悠然见南山。”“寒波澹澹起，白鸟悠悠下。”这些则是“无我”的境界。有我的境界，是以我的角度来观赏物体，所以描绘出来的景物都带有自我的主观色彩。无我的境界，则是站在物的角度观赏景物，所以并不知道主观的我在何处，客观的物又在何处。古时候的人作词，描绘“有我之境”的人比较多，然而这并不代表着他们无法写出“无我之境”，对于那些豪杰之士来说，是能够依靠自己的力量（在“无我之境”上）有所建树的。

【赏析】

意境又分为“有我之境”和“无我之境”。实际上，这两种境界便是通过前文中“造境”和“写境”两种创作方法体现出来的。有我之境偏于主观色彩，而无我之境则讲究物我二者的融合、相忘。在王国维看来，有我之境是大多数人之所为，而无我之境则只有豪杰之士才能够驾驭，这两者间立分高下。

物我两相忘是王国维的境界特色，也是人生大境界、大智慧。只是，从古至今，能够做到物我两相忘的人却是屈指可数。所以说，个体与万物的融合关系，既是王国维所追求的理想创作境界，也是最能区别一个诗人的眼界、胸襟的体现。

四、“无我”优美，“有我”宏壮

【原文】

无我之境，人惟于静中得之。有我之境，于由动之静时得之。故一优美，一宏壮也。

【译文】

无我的境界，人只有在静观的时候才能够得到它。有我的境界，则是在由动到静的过程中得到的。所以说，无我的境界比较优美，有我的境界比较宏壮。

【赏析】

“优美”与“宏壮”二词实为从德国哲学家叔本华（1788—1860）那里引用而来的美学词，也体现了王国维中西结合的美学思想。在文中，“静”更多地指人的情绪状态，情绪宁静的时候，人与物自然能够和谐相处，也就能够描绘出一幅优美的无我境界；而有我境界则是在比较激烈的情感状态下产生的，是由“动”到“静”的一个波动过程，最后呈现出的画面就是宏壮的。文中看似写了两种不同的情感状态所引出的两种不同的境界，实则在王国维的笔下，“静”这一自然状态被突出来。不管是无我境界还是有我境界，它们最终的归宿点都落在了“静”字上。

静，不仅仅指人的情绪状态，还代表了人在经历浮华之后的沉着和洒脱。

五、写实家与理想家

【原文】

自然中之物，互相关系，互相限制，故不能有完全之美。然其写之于文学及美术中也，必遗[①]其关系、限制之处。故虽写实家，亦理想家也。又虽如何虚构之境，其材料必求之于自然，而其构造，亦必从自然之法则。故虽理想家，亦写实家也。

【注释】

①遗：舍弃，摒弃。

【译文】

自然界中的万事万物，都是相互联系、相互限制的，所以世间并没有完全的美。然而，如若要把它们写进文学以及美术中去的话，就一定要丢弃它们之间的种种联系、限制的地方。所以虽然是写实家，但也是理想家。再者，不管你如何虚构出来的情境，其中的材料一定是从自然中得来的，而它的构造，也一定会遵从自然的法则。所以虽然是理想家，但也是写实家。

【赏析】

世间万物，完美、独立地存在微乎其微，每一件事物都是相互联系、相互限制的。不过，对于艺术创作来说，王国维主张摒弃这种联系和限制。王国维的艺术创作思维大体有两种：第一种，虽为写实家，但在创作过程中，摒弃了事物之间的联系，融入了自己的虚构和创造，所以写实家也为理想家；第二种，虽然理想家都是构造出理想的情境，但是这种情境又不是超然于宇宙之外的，它也要遵循自然的法则，遵从自然的构造，所以说，理想家也是写实家。理想中有现实，现实中也兼顾理想。

情境出于自然，自然也融入理想。这就好比《红楼梦》中所言：假作真时真亦假，无为有处有还无。写实迎合理想，理想遵乎规则。创作文学之美，架构于真实和虚幻之上，理想融于现实之基，源于真实的生活，又高于生活。

虚虚实实间，寄情于理，营造出一份极致的美。这和王国维所追求文学的纯粹不谋而合，有着共鸣之感。

六、实景真情为境

【原文】

境非独谓景物也。喜怒哀乐，亦人心中之一境界。故能写真景物、真感情者，谓之有境界。否则谓之无境界。

【译文】

意境并非只是针对于景物而言。喜怒哀乐，也是人们心里的一种境界。所以说，能够写出真实的景物、真实感情的人，才称得上有境界。否则就称之为无境界。

【赏析】

境界之说，一为外物，二为人的内心体现。两者兼而顾之，以实景真情为体现的，则是有境界，反之则是无境界。在这里，王国维将“真”字作为意境创作的标准。不管是造境还是写境，不管是理想还是现实，只有突出了“真”字，才称得上是有意境的。离开了“真”，就毫无境界之说。

真，不仅仅是指事物的表面现象，还指人物发自内心、顺应自然的情感。既立足于现实，又表现了浪漫的生活状态。有真，有情，便可称之为境。

七、一字出境界

【原文】

“红杏枝头春意闹[①]”，着一“闹”字，而境界全出。“云破月来花弄影[2]”，着一“弄”字，而境界全出矣。

【注释】

①红杏枝头春意闹：出自北宋文学家宋祁的《玉楼春·春景》。

东城渐觉风光好，縠（hú）皱波纹迎客棹。绿杨烟外晓寒轻，红杏枝头春意闹。浮生长恨欢娱少，肯爱千金轻一笑？为君持酒劝斜阳，且向花间留晚照。

宋祁：生卒年998—1062，宋代史学家、文学家，字子京，今河南杞县人。修《新唐书》。

②云破月来花弄影：出自北宋词人张先的《天仙子·〈水调〉数声持酒听》。

《水调》数声持酒听，午醉醒来愁未醒。送春春去几时回？临晚镜，伤流景，往事后期空记省。沙上并禽池上暝，云破月来花弄影。重重帘幕密遮灯，风不定，人初静，明日落红应满径。

【译文】

“红杏枝头春意闹”，单单使用了一个“闹”字，春意盎然的境界便喷涌而出。“云破月来花弄影”，仅仅一个“弄”字，便将月下弄影的境界写出来了。

【赏析】

如若说“真”是创造意境的标准，那么创造意境的要求便是要自然地运用词句的表达。“红杏枝头春意闹”和“云破月来花弄影”这两个名句，皆因一个巧妙的句眼而变得生动活泼起来。

“红杏枝头春意闹”中的“闹”字便是句眼，因一个“闹”字，将繁盛喧闹的春景跃然于纸上，将人们心中点点滴滴的期待描绘出来；张先的“云破月来花弄影”中的“弄”字，更是将文字变成一幅流动的月下弄影的画卷，增添了一种动态之美，让整首诗的意境变得灵动起来。

不得不说，句眼为诗作的点睛之笔，一个字就能够烘托出其意境，由此可见它的重要性。王国维将此二句当作写词的典范，主张表述内心的真实感受，做到词与意相符，文能达意、意能和词，做到这些，境界自然能够全出了。

八、境界大小无关优劣

【原文】

境界有大小，不以是而分优劣。“细雨鱼儿出，微风燕子斜。[①]”何遽不若“落日照大旗，马鸣风萧萧[②]。”“宝帘闲挂小银钩[③]”，何遽不若“雾失楼台，月迷津渡[④]”也？

【注释】

①细雨鱼儿出，微风燕子斜：出自唐代诗人杜甫的《水槛遣心二首·其一》。

去郭轩楹敞，无村眺望赊。澄江平少岸，幽树晚多花。细雨鱼儿出，微风燕子斜。城中十万户，此地两三家。

杜甫：生卒年712—770，唐代现实主义诗人，字子美，号少陵野老，今河南巩义市人，与李白合称“李杜”。在中国古典诗歌历史上，杜甫是不可或缺的一抹重彩，后世人称之为“诗圣”。代表作有《三吏》《三别》等。

②落日照大旗，马鸣风萧萧：出自唐代诗人杜甫的《后出塞五首·其二》。

朝进东门营，暮上河阳桥。落日照大旗，马鸣风萧萧。平沙列万幕，部伍各见招。中天悬明月，令严夜寂寥。悲笳（jiā）数

声动，壮士惨不骄。借问大将谁，恐是霍嫖姚。

③宝帘闲挂小银钩：出自北宋词人秦观的《浣溪沙·漠漠轻寒上小楼》。

漠漠轻寒上小楼，晓阴无赖似穷秋。淡烟流水画屏幽。自在飞花轻似梦，无边丝雨细如愁。宝帘闲挂小银钩。

④雾失楼台，月迷津渡：出自北宋词人秦观的《踏莎行·郴州旅舍》。见前文。

【译文】

境界有大有小，但并不能以此作为评判优劣的标准。“细雨鱼儿出，微风燕子斜”的意境怎么能说不如“落日照大旗，马鸣风萧萧”呢？“宝帘闲挂小银钩”的意境怎么能说不如“雾失楼台，月迷津渡”呢？

【赏析】

境界之所以有大有小，是源于人们不同的审美角度，所以并不能作为评判一首词作优劣的标准。王国维分别选用了杜甫和秦观各两首词，以此来阐述意境大小与词作优劣无关的观点。“细雨微风”相对于“落日马鸣”，其所要表达出的是意境的大小，而非其优劣的评判，二者具有同等的审美价值，并不能因为“落日马鸣”意境的宏大而否定“细雨微风”似的婉约美仑；“宝帘闲挂小银钩”和“雾失楼台”对比，一个美得明朗，一个美得朦胧，而不管这两者间的意境如何，美，都是极致的。

一个好的文学作品，必须刚柔并济。如若一味地追求大场面、大论调，最后写出来的便只是一个空架子，有形无神，没有丝毫阅读价值和文学价值。

九、兴趣、神韵与境界

【原文】

严沧浪[①]《诗话》谓：“盛唐诸公，唯在兴趣。羚羊挂角，无迹可求。故其妙处，透澈玲珑，不可凑拍。如空中之音，相中之色，水中之影，镜中之象，言有尽而意无穷。”余谓北宋以前之词，亦复如是。然沧浪所谓“兴趣”，阮亭[2]所谓“神韵”，犹不过道其面目，不若鄙人拈出“境界”二字，为探其本也。

【注释】

①严沧浪：严羽（出生时间约为1192—1197年，逝世时间约在1245年之后），南宋著名诗人，字丹丘，一字仪卿，自号沧浪逋（bū）客，著有《沧浪先生吟卷》二卷。

②阮亭：王士祯（zhēn）（1634—1711年），清初杰出诗人，原名士禛，字子真，一字贻上，号阮亭，又号渔洋山人，山东桓台县人。王士祯早期的诗作风格清新淡雅，到了中年，诗风比较苍劲。最为擅长七言绝句。著有《带经堂集》。

【译文】

严羽在他的《诗话》中说：“盛唐时期的诗人，诗词的创作只落点于兴趣之趣上。就好比把角挂在树上的羚羊，没有任何踪迹可循。所以它的奇妙之处，就在于清透玲珑，不能凑拍。就好比空中之音、相中之色、水中月、镜中花一般，语言有限但词意却是无穷的。”我认为北宋之前的词作，都如同严羽说得这般。然后严羽所说的“兴趣”，阮亭所说的“神韵”，也只不过说出了它的表面而已，倒都不如我所拈出的“境界”二字，是探索词作的根本所在。

【赏析】

盛唐是诗歌的鼎盛时期，诗风洒脱不羁，随性而为，让后人寻不到丝毫踪迹，字词有限而意蕴却回味无穷。在评论盛唐诗句的时候，严羽将着眼点落于“兴趣”二字，而王士祯则托于“神韵”。在此基础上，王国维又拈出了“境界”二字，从语境上来说，确实胜出一筹。

在诗歌创作中，没有不能举例的细节，没有不能包含的内容，从这一点上来说，“境界”二字已经将神韵和兴趣包含在内了。再者，相对于“境界”来说，兴趣和神韵大多出于人们的主观感受，界限比较模糊朦胧，不如境界来得形象、直接。

一〇、太白以气象取胜

【原文】

太白[①]纯以气象胜。“西风残照，汉家陵阙[②]”，寥寥八字，遂关千古登临之口。后世唯范文正[③]之《渔家傲》[④]，夏英公[⑤]之《喜迁莺》[⑥]，差足继武，然气象已不逮矣。

【注释】

①太白：李白（701—762年），唐代诗人，号青莲居士，有“诗仙”之称，是我国历史上著名的浪漫主义诗人，祖籍甘肃静宁。其诗风豪放，意境深远。著有《蜀道难》《月下独酌》《望庐山瀑布》《静夜思》《赠汪伦》《将进酒》等佳作。

②西风残照，汉家陵阙：出自唐代诗人李白的《忆秦娥》。

乐游原上清秋节，咸阳古道音尘绝。音尘绝，西风残照，汉家陵阙。

③范文正：范仲淹（989—1052年），北宋政治家、文学家，字希文，谥文正，今陕西省彬县人。“先天下之忧而忧，后天下之乐而乐”这一千古名句便出自范仲淹所著的《岳阳楼记》。著有《范文正公集》等。

④《渔家傲》：出自北宋文学家范仲淹的《渔家傲·秋思》。

塞下秋来风景异，衡阳雁去无留意。四面边声连角起，千嶂里，长烟落日孤城闭。浊酒一杯家万里，燕然未勒归无计。羌管悠悠霜满地，人不寐，将军白发征夫泪。

⑤夏英公：夏竦（sǒng）（985—1051年），北宋古文字学家，字子乔，谥号“文庄”，今江西人。著有《策论》十三卷、《古文四声韵》五卷、《笺奏》三卷、《声韵图》一卷。

⑥《喜迁莺》：出自北宋文学家夏竦的《喜迁莺》。

霞散绮，月垂钩，帘卷未央楼。夜凉河汉截天流，宫阙锁清秋。瑶阶曙，金盘露，凤髓香和烟雾。三千珠翠拥宸游，水殿按凉州。

【译文】

李白的诗作纯粹以气象获胜。“西风残照，汉家陵阙”，寥寥八个字，便让人们看作是千古名句。后世人中只有范仲淹的《渔家傲》、夏竦的《喜迁莺》，才算是勉强继承了李白的这种气概，可是气象却是大大不如李白了。

【赏析】

人有气场，诗有气象。气象，指的是一首诗的风貌和格调。在中国古代诗词创作者中，李白的诗大气磅礴、潇洒飘逸，如“飞流直下三千尺，疑是银河落九天”二句，已是千古绝唱。他的诗作成了中国诗歌创作史上最具有浓墨色彩的一笔。单从气象上来说，李白的《忆秦娥》充满了悲伤的情绪，但场面宏大，意境深远，化悲伤为悲壮，让人与诗中情景融为一体，浑然天成；范仲淹的《渔家傲》虽有宏大的场面，但是意境不足，大多都是基于自身的主观感受表达；夏竦的《喜迁莺》虽有浩瀚的一笔，但是却也有些“三千珠翠”的脂粉味道穿插在里面，拉低了声势。所以，在王国维看来，范仲淹的《渔家傲》比不上李白的《忆秦娥》，夏竦的《喜迁莺》又无法比拟范仲淹的《渔家傲》。这是王国维给李白的最高评价。

一一、评飞卿之词

【原文】

张皋文①谓："飞卿②之词，深美闳约。"余谓此四字唯冯正中③足以当之。刘融斋④谓："飞卿精艳绝人"，差近之耳。

【注释】

①张皋文：张惠言（1761—1802 年），清代词人、散文家，原名一鸣，字皋文，一作皋闻，号茗柯，今江苏常州人。乾嘉易学三大家之一（张惠言、惠栋、焦循），著有《茗柯文集》。

②飞卿：温庭筠（约 812—约 866 年），晚唐时期诗人、词人，本名岐，艺名庭筠，字飞卿，今山西省祁县人。温庭筠是"花间派"的代表人物，被后世人视为"花间派的鼻祖"。著有《花间集》。

③冯正中：冯延巳（903—960 年），五代词人，又名延嗣，字正中，今江苏省扬州市人。多专注于闲情逸致，有着很浓厚的文人气息。冯延巳的词作对于北宋初期有着很大的影响。著有《阳春集》。

④刘融斋：刘熙载（1813—1881 年），清代文学家、语言学家，字伯简，号融斋，晚号寤崖子，江苏泰州市兴化人，有"东方黑格尔"之称。著有《昨非集》《艺概》《四音定切》等。

【译文】

张惠言说："温庭筠的词，深美闳约。"我认为这四个字只有冯延巳能够当得起。刘融斋说："温庭筠的词精妙绝伦。"这个评价倒是比较接近了。

【赏析】

温庭筠是晚唐诗人，而晚唐五代时期的诗词具有精美有余而意味不足的特点，就如同没有灵魂的鸟儿，虽然表现形式比较精美，但是在诗词的风格及意境上，却不足以达到“深美闳约”的境界。由此王国维并不赞同张惠言对温庭筠的评价，反而对刘融斋的“精妙绝伦”赞同不已。

而冯延巳的词却是恰恰以深美闳约而传扬，他的词作打破了现实的限制，却又有合乎情理的叙述，担得起王国维对其“深美闳约”的评价。

一二、一句出词品

【原文】

“画屏金鹧鸪[①]”，飞卿语也，其词品似之。“弦上黄莺语[②]”，端己[③]语也，其词品亦似之。正中词品，若欲于其词句中求之，则“和泪试严妆[④]”，殆近之欤?

【注释】

①画屏金鹧鸪（zhè gū）：出自晚唐诗人温庭筠的《更漏子》。

柳丝长，春雨细，花外漏声迢递。惊塞雁，起城乌，画屏金鹧鸪。香雾薄，透帘幕，惆怅谢家池阁。红烛背，绣帘垂，梦长君不知。

②弦上黄莺语：出自唐朝花间派词人韦庄的《菩萨蛮·其一》。

红楼别夜堪惆怅，香灯半卷流苏帐。残月出门时，美人和泪辞。琵琶金翠羽，弦上黄莺语。劝我早归家，绿窗人似花。

③端己：韦庄（836—910年），唐朝花间派词人，字端己，谥号文靖，今陕西省长安市人。《孔雀东南飞》《木兰诗》和韦庄的《秦妇吟》被后世人誉为“乐府三绝”。词风秀丽，著有《浣花词》等。

④和泪试严妆：出自五代词人冯延巳的《菩萨蛮》。

娇鬟堆枕钗横凤，溶溶春水杨花梦。红烛泪阑干，翠屏烟浪寒。锦壶催画箭，玉佩天涯远。和泪试严妆，落梅飞夜霜。

【译文】

“画屏金鹧鸪”，是温庭筠的词句，而他的词品也和此差不多。“弦上黄莺语”，是韦庄的词作，他的词品也和这差不多。冯延巳的词品，如果想要从他的词句中找到一句符合的，那么“和泪试严妆”，是不是比较接近呢？

如前文所说，晚唐诗人温庭筠的诗风精美有余而意境不足，“画屏金鹧鸪”一句，描绘的便是闺阁中的事物，鲜美却少有意境，很符合温庭筠的词风特点，这也是花间词派的风格特点。韦庄的词风向以活泼、清柔为名，“弦上黄莺语”也恰恰体现了这一点。而冯延巳的词被王国维评为“深美闳约”，所以若说起和他词风比较相似的句子，那就是“和泪试严妆”了，既有小悲情也有大境界。

其实，那些真正的文学创作者，其作品中都或多或少地带有自己鲜明的风格，李白的诗作以气势磅礴著称；李煜的词则避开了南唐特有的委婉词风，独以疏宕著称。不管是艳美而无个性，还是主观偏于写情，或者是浓烈而又深美，只要文艺工作者们突出了自己的文艺风格特色，就能够被后世人所铭记、传诵。

一三、解人正不易得

【原文】

南唐中土①词：“菡萏香销翠叶残，西风愁起绿波间。②”大有众芳芜秽，美人迟暮之感。乃古今独赏其“细雨梦回鸡塞远，小楼吹彻玉笙寒”。故知解人正不易得。

【注释】

①南唐中主：李璟（916—961 年），南唐中主，字伯玉。李璟是南唐的第二位帝王，后来受到了后周的威胁，遂去除帝王称号，改称国主。李璟的词作情真意切，词风清新秀丽，言语间几乎没有经过任何修饰。“小楼吹彻玉笙寒”这一千古名句便出自李璟的《摊破浣溪沙》。

②菡萏（dàn）香销翠叶残，西风愁起绿波间：出自南唐中主李璟的《摊破浣溪沙》。

菡萏香销翠叶残，西风愁起绿波间。还与韶光共憔悴，不堪看。细雨梦回鸡塞远，小楼吹彻玉笙寒。多少泪珠何限恨，倚栏干。

【译文】

南唐中主李璟的词“菡萏香销翠叶残，西风愁起绿波间”，大有“众芳芜秽，美人迟暮”的感觉。可是古今的人们却唯独喜欢他的“细雨梦回鸡塞远，小楼吹彻玉笙寒”二句。由此也可以知道真正能够解读词作的人并不容易得到。

【赏析】

“众芳芜秽，美人迟暮”出于屈原的《离骚》：“惟草木之零落兮，恐美人之迟暮。”前文提到的冯延巳是南唐中主李璟的臣子，二人关系十分亲密，李璟是太子的时候，冯延巳便常伴其左右。而冯延巳对于“小楼吹彻玉笙寒”一句也是赞赏不已。人的审美眼光各有不同，当所有人都追捧李璟的这两句词的时候，王国维却独独觉得“菡萏香销翠叶残，西风愁起绿波间”二句更别具一番风格。

不过，也有人说，王国维之所以偏爱“菡萏”二句，主要源于《离骚》的影响。《离骚》乃屈原家破国亡的愤恨之作，而李璟也因后周的威胁丢失了帝号，二人虽结局不同，但是处境却大有相似之处，遂从“菡萏”二句读出了哀怨之情。由此可见，王国维推崇这两句也是不无道理的。

一四、句秀、骨秀与神秀

【原文】

温飞卿之词，句秀也。韦端己之词，骨秀也。李重光①之词，神秀也。

【注释】

①李重光：李煜（937—978年），南唐时期的末代君王，字重光，号钟山隐士、白莲居士，今江苏徐州人。从政治角度来说，李煜并不是一个有建树的帝王，可从文艺角度来说，李煜是中国历史上杰出的词人，有人称其为

词中之帝，作品广为流传。著有《虞美人》《浪淘沙》《相见欢》《望江南》等。

【译文】

温庭筠的词，词句华美。韦庄的词，骨秀。南唐后主的词，则是神秀了。

【赏析】

温庭筠是花间派词人，擅长堆砌华丽的辞藻，有形而无神，剖开一层粉饰的面纱，并不能得到其真情；而韦庄的词，色彩比较鲜亮，情真意切；南唐后主李煜的词风率性真情，眼界阔达，神韵十足，嶙峋傲骨，可谓是神来之笔，神秀当之无愧了。

王国维一生追求意境美，主张词句、格调和韵律的统一。而他对于南唐后主李煜的评价，可谓是精准至极。李煜擅长深入人心底的刻画，能够将抽象的情感具体形象地展现在人们的眼前，气象之深，创意之深，实为少有。如果说温庭筠是描绘现实，那么韦庄就是现实和浪漫结合的词人，而到了李煜这里，便成了疏宕之风，词里夹杂着自己的真情实感，没有丝毫矫揉造作之意，写尽了人世间的悲欢离合、喜怒哀乐。

一五、后主之气象

【原文】

词至李后主而眼界始大，感慨遂深，遂变伶工之词而为士大夫之词。周介存[①]置诸温、韦之下，可谓颠倒黑白矣。“自是人生长恨水长东[②]”，“流水落花春去也，天上人间[③]。”《金荃》[④]、《浣花》[⑤]，能有此气象耶？

【注释】

①周介存：周济（1781—1839 年），清朝词论家，字保绪，一字介存，号未斋，晚号止庵，今江苏宜兴人。著有《晋略》八十卷、《味隽斋词》《止庵词》各一卷、《词辨》十卷等。

②自是人生长恨水长东：出自南唐后主李煜的《相见欢》。

林花谢了春红，太匆匆，无奈朝来寒雨晚来风。胭脂泪，相留醉，几时重？自是人生长恨水长东。

③流水落花春去也，天上人间：出自南唐后主李煜的《浪淘沙・怀旧》。

帘外雨潺潺，春意阑珊，罗衾不耐五更寒。梦里不知身是客，一晌贪欢。独自莫凭栏，无限江山，别时容易见时难。流水落花春去也，天上人间。

④《金荃》：温庭筠的词集。

⑤《浣花》：韦庄的词集。

【译文】

词作发展到李后主那里眼界开始慢慢扩大，感慨才变得深刻起来，于是从伶工之词开始转为士大夫之词。而词论家周济却把李后主的成就置于温庭筠、韦庄之下，真可谓是黑白颠倒。李后主的“自是人生长恨水长东”“流水落花春去也，天上人间”二句，在温庭筠的《金荃集》和韦庄的《浣花集》中，又有哪句词能够有这番气象呢？

【赏析】

王国维认为，词作发展到李煜那里，眼界才开始开阔起来，词风也慢慢变得有灵性。从李煜开始，词风才由娱乐性质转变为士大夫抒发自身情感的载体。李煜属于婉约派词人，但是他的词风又多了几丝豪放之情，为北宋词作的发展奠定了很好的基础。

李煜的成名杰作多写于亡国之后，既有“林花谢了春红，太匆匆”的哀伤惋惜，也有“流水落花春去也，天上人间”的凄婉绝望。今昔对比，从“天上人间”落到了“人间地狱”，其境界之深，感慨之切，犹如在世人面前奏响了一首亡国哀乐，确非温庭筠和韦庄能够比拟的。

不过对于周济的评价，王国维似有误会之处。周济对李煜词“粗服乱头，不掩国色”的评论，恰恰和王国维的评价比较相符。周济的本意是李后主的词即便披着粗糙的衣服、蓬头垢面，也难以遮掩国色般的美妙，同样是赞美之词，只是王国维对此有理解之误罢了。另外，不得不说，李后主之所以有此成就，除了他的个人天赋外，或许还和他亡国君主的身份有关。正因为身处此情此境，他才创作出了这般字字泣血、感人肺腑的佳句。

一六、君主之短，词人所长

【原文】

词人者，不失其赤子之心者也。故生于深宫之中，长于妇人之手，是后主为人君所短处，亦即为词人所长处。

【译文】

所谓词人，就是没有失去赤子之心的人。所以出生在深宫之中，成长于妇人之手的环境，是李后主做君主的弊端，也是为词人的长处。

【赏析】

王国维认为，词人要有一颗赤子之心。李煜从小生长在深宫，被妇人抚养长大，不谙世事，没有经历过大的风波涛浪，内心犹如一个纯真的孩子，通透清澈。虽然这对一个君主来说并不是一件好事，但是对于一个词人来说，却成了别人无法赶超的优点。所以，在王国维看来，赤子之心为李煜作为君王的短处，却为李煜作为词人的长处。

叔本华在其《天才论》中说："天才者，不失其赤子之心者也。"王国维的词人赤子之心论便源于此处。这一论点也和王国维所说的"阅世愈浅则性情愈真"的观点相似。基于当时的年代，王国维的赤子之心指的更多的是一种自由，艺术的自由，人身的自由。他推崇一个处于极度自由状态下的个体，李煜无疑能够达到这一点，这也是王国维所说的"真性情"的体现。如若一个个体连基本的自由都没有，那么他所作出来的词句也就没有"自由"可言，更谈不上"真情"了。

只有怀有赤子之心，才能够达到真善美的境界，才能够以自身真情，迸发出有大意境的文学作品。

一七、客观诗人与主观诗人

【原文】

客观之诗人，不可不多阅世。阅世愈深，则材料愈丰富，愈变化，《水浒传》[①]、《红楼梦》[②]之作者是也。主观之诗人，不必多阅世。阅世愈浅，则性情愈真，李后主是也。

【注释】

①《水浒传》：中国古典文学四大名著之一，作者为明初小说家施耐庵。书中写了以宋江为首的梁山好汉被迫落草为寇，后被朝廷招安，为朝廷东征西战的故事。对于《水浒传》的作者也有些争议，除了被广大读者接受的施耐庵以外，还有罗贯中和金圣叹两说。

施耐庵：（1296—约 1371 年），元末明初小说家，名子安，本名彦端，今江苏白驹人。

②《红楼梦》：原名《石头记》，中国古典文学四大名著之一，作者为清

代小说家曹雪芹。《红楼梦》的问世，引发了一门新的学术研究——红学，这在我国历史上是极其鲜有的。对于《红楼梦》的作者，也有一些争议。有人认为曹雪芹是《红楼梦》的唯一作者，有的则认为清代小说家高鹗是《红楼梦》后四十回的续写者。对于此种说法，并没有一个明确的定论。

曹雪芹：生卒年约1715—1763，清代著名小说家，名霑（zhān），字芹圃，号芹溪、梦阮，祖籍辽阳，今江苏南京人。

【译文】

客观的诗人，不可不多阅历世面。阅世越深，创作的材料才会越丰富，越可以有变化，《水浒传》《红楼梦》的作者就是这样的。主观的诗人，不用有太多的阅世经历。阅世经历越浅，他的性情就会越真，南唐后主李煜便是这样了。

【赏析】

客观地描述事物，需要人有极其丰富的阅历，才能够更好地利用收集到的材料组合成自己的文章，如写出《红楼梦》《水浒传》这种宏伟巨作的曹雪芹、施耐庵便是如此；主观地描述事物，则更多注重个人的感觉，不需要太多阅世的经历，怀有一颗赤子之心即可。有赤子之心的人，感情就越细腻，便越能够发现事物的细微之处，能够将最真性情的东西融入自己的诗作中，从小生在深宫、长于妇人之手的李煜便是其中的典型代表。

王国维将诗人分为主观的和客观的之说，也有其不妥当的地方。诗人本身就是一个融入客观又建立于主观上的个体存在，主观和客观并不是独立分开的，而是相互联系、相互融合的。施耐庵和曹雪芹二人，虽大部分都是客观地创作，但里面也不乏他们主观上的一些情绪和观念；李煜虽有主观的创作，但李煜如若没有经历家破国亡，他又如何写出“问君能有几多愁？恰似一江春水向东流”的千古名句。所以，不能纯粹地依靠主客观来评判一个诗人的著作，不可以此来限定诗人的情感抒发。

究其而论，只要是忠于生活的诗人，只要是忠于艺术的诗人，只要是忠于现实的诗人，不管他们是客观还是主观，他们都能够表现出真性情，都能够写出绝世佳作，而这些和个人的阅世深浅并无太大的关系。

一八、后主之词，血书也

【原文】

尼采①谓：“一切文学，余爱以血书者。”后主之词，真所谓以血书者也。宋道君②皇帝《燕山亭》③词亦略似之。然道君不过自道身世之戚，后主则俨有释迦④、基督⑤担荷人类罪恶之意，其大小固不同矣。

【注释】

①尼采：弗里德里希·威廉·尼采（1844—1900年），德国哲学家。尼采的成就对于后世哲学的发展有着很深远的影响，特别是存在主义和后现代主义。

②宋道君：宋徽宗赵佶（1082—1135年），北宋著名书画家，今河北涿县人。宋徽宗在政治上腐败无能，但是在文学艺术上却有着很高的造诣。宋徽宗的书画成就很高，开创了“瘦金书”体，好花鸟画，自成“院体”。

③《燕山亭》：为北宋皇帝赵佶所作。

裁剪冰绡（xiāo），轻叠数重，淡著胭脂匀注。新样靓妆，艳溢香融，羞杀蕊珠宫女。易得凋零，更多少无情风雨。愁苦。问院落凄凉，几番春暮。凭寄离恨重重，这双燕，何曾会人言语。天遥地远，万水千山，知他故宫何处。怎不思量，除梦里有时曾去。无据。和梦也，新来不做。

④释迦：释迦牟尼，佛教创始人。

⑤基督：耶稣基督。

【译文】

德国哲学家尼采说："所有的文学作品，我只爱血写之书。"李后主的词，真可以说是血写之书。宋徽宗赵佶所作的《燕山亭》一词与之略微接近。然而赵佶只不过是道出了自身身世的凄苦，李后主却俨然有像释迦牟尼、耶稣基督那样担负人类罪恶的意味，他们两个人的境界大小自然是不一样的。

【赏析】

文中王国维将李煜与释迦牟尼、耶稣基督并行，并将其词作看成担负人类罪恶的载体，无疑是对李煜的最高赞赏。在王国维看来，李煜的词作每一句都是泣血之作，是深入生活，发乎真情的作品。而赵佶的《燕山亭》虽然也有这般意味，但却都是对自身悲惨身世的哀悼，并无过多的情怀和眼界。

不过对于王国维将李后主的词评为血书一事，文学评论家们还有些不同的意见。尼采的原话为："在一切著作中，我只爱作者以他的心血写成的著作，以心血著作，并且你可以觉到心血就是一种精神。"

李煜和赵佶的词大多是悲凉的论调，有的哀国哀命运，有的哀自身，这二者并无尼采所说的精神。尼采又说："登了最高山峰的人，笑看一切悲剧，无论是悲剧的表演和悲剧的实际。"

从尼采的诸多观点中，王国维引用"血书"一句对李煜大加赞赏，并不妥当。

一九、开创北宋之风

【原文】

冯正中词虽不失五代风格，而堂庑[①]特大，开北宋一代风气。与中、后二主词皆在《花间》[②]范围之外，宜《花间集》中不登其只字也。

【注释】

①堂庑（wǔ）：比如文学作品的规模和意境。

②《花间》：《花间集》，后蜀人赵崇祚所编，汉族文学史上第一部文人词选集。

赵崇祚：生卒年不详，字弘基，今甘肃天水人。为我国历史上第一部词选集的编者。

【译文】

冯延巳的词虽然还带有五代时期的风格，但是他的词规模宏大、意境深远，开创了北宋时期的词风。和李璟、李煜二位君主的词一样都在《花间集》词作的造诣之上，所以《花间集》中并没有收录他的只言片语。

【赏析】

“深美闳约”是王国维对冯延巳词的评价，现又说他开创了北宋风气，并与李璟、李煜二人相提并论。从这一点上来说，王国维对于冯延巳的作品还是比较推崇的。

不过，花间词问世的时间比较早，是五代时期的作品，几乎和词一同兴起。那一时期，社会衰败，很多文人志士都背负了过重的精神包袱，并急于寻找一种心灵慰藉。在这样的背景下，软性的、柔弱的、琐细的文学——花间词应运而生，再加上当时南方经济的发展，使得花间词迅速成为一种声势浩大的词风潮流。而词发展到冯延巳那里，词风已经渐渐明朗起来，意境也开始脱离伶工的局限，变得高远一些。也正是因为这样，《花间集》并没有收录他的作品。

不过，阅读冯延巳的“独立小桥风满袖，平林新月人归后”“撩乱春愁如柳絮，悠悠梦里无寻处”等词句，依然能够读出“花间词”的味道，也并未脱离世俗的男女之情。

二〇、正中之词清朗高远

【原文】

正中词除《鹊踏枝》[①]、《菩萨蛮》十数阕最煊赫外，如《醉花间》[②]之“高树鹊衔巢，斜月明寒草。”余谓：韦苏州[③]之“流萤渡高阁[④]”，孟襄阳[⑤]之“疏雨滴梧桐[⑥]”，不能过也。

【注释】

①《鹊踏枝》：为五代词作家冯延巳所作。

谁道闲情抛弃久。每到春来，惆怅还依旧。日日花前常病酒，敢辞镜里朱颜瘦。河畔青芜堤上柳。为问新愁，何事年年有。独立小桥风满袖，平林新月人归后。

②《醉花间》：为五代词作家冯延巳所作。

晴雪小园春未到，池边梅自早。高树鹊衔巢，斜月明寒草。山川风景好，自古金陵道。少年看却老。相逢莫厌醉金杯，别离多，欢会少。

③韦苏州：韦应物（737—792年），唐代诗人，今陕西西安人。诗风高远，善写隐逸生活。著有《韦江州集》十卷、《韦苏州集》十卷、《韦苏州诗集》两卷。

④流萤渡高阁：出自唐代诗人韦应物的《寺居独夜寄崔主簿》。

幽人寂无寐，木叶纷纷落。寒雨暗深更，流萤渡高阁。坐使青灯晓，还伤夏衣薄。宁知岁方晏，离居更萧索。

⑤孟襄阳：孟浩然（689—740年），唐代诗人，本名浩，字浩然，号孟山人，人称孟襄阳，今湖北襄阳人。早年仕途坎坷，最后隐居于世外，是田园派诗人的代表之一。诗风恬淡闲适。著有《春晓》《过故人庄》《望洞庭湖赠张丞相》等。

⑥疏雨滴梧桐：为唐代诗人孟浩然之作。“微云淡河汉，疏雨滴梧桐”，是孟浩然在和其他诗人玩文采游戏的时候随口接的两句诗。

【译文】

冯延巳的词除了《鹊踏枝》《菩萨蛮》等十几首声势最为盛大外，如《醉花间》的“高树鹊衔巢，斜月明寒草”二句。我认为：韦应物的“流萤度高阁”，孟浩然的“疏雨滴梧桐”，都比不过它。

【赏析】

冯延巳的《醉花间》确实称得上清爽之作，尤其“高树鹊衔巢，斜月明寒草”两句，更是体现出了这首诗的意境之美。韦应物的“流萤度高阁”和孟浩然的“疏雨滴梧桐”也有此番意境。不过，王国维独推五代词人冯延巳，在他看来，孟韦二人的这两句诗并不及冯延巳。

二一、“出”字出何处

【原文】

欧九[①]《浣溪沙》[②]词“绿杨楼外出秋千。”晁补之[③]谓：只一“出”字，便后人所不能道。余谓：此本于正中《上行杯》[④]词“柳外秋千出画墙”，但欧语尤工耳。

【注释】

①欧九：欧阳修（1007—1072 年），北宋政治家、文学家，字永叔，号醉翁、六一居士，谥号文忠，后人又称欧阳文忠公，今江西省吉安市永丰县人。欧阳修、韩愈、柳宗元和苏轼并称为“千古文章四大家”；又与曾巩、韩愈、王安石、苏轼、苏洵、苏辙、柳宗元被世人称为“唐宋八大家”。著有《醉翁亭记》《秋声赋》等。在宋代文学史上，欧阳修的地位是无法撼动的，他带动了北宋诗文革新浪潮，在韩愈的基础上进一步发展了古文理论，和散文创作结合，开创一代文风。

②《浣溪沙》：为北宋文学家欧阳修之作。

堤上游人逐画船，拍堤春水四垂天。绿杨楼外出秋千。白发戴花君莫笑，《六幺》催拍盏频传。人生何处似尊前！

③晁补之：生卒年 1053—1110，北宋时期著名文学家，字无咎，号归来子，今山东巨野县人。著有《摸鱼儿·东皋寓居》《水龙吟·问春何苦匆匆》等。

④《上行杯》：为五代词人冯延巳所作。

落梅着雨消残粉，云重烟轻寒食近。罗幕遮香，柳外秋千出画墙。春山颠倒钗横凤，飞絮入檐春睡重。梦里佳期，只许庭花与月知。

【译文】

欧阳修所写的《浣溪沙》词中“绿杨楼外出秋千”一句，晁补之说：单单一个“出”字，就不是后人能够说得出的。我认为：这本是引用了冯延巳《上行杯》词中“柳外秋千出画墙”一句，只是欧阳修的词句显得更为精妙罢了。

【赏析】

欧阳修的一个“出”字，被晁补之称为后人所不能及。而在王国维看来，欧阳修的“出”字，实则是引用了冯延巳的“出”字。只是在抒写技巧上比冯延巳更为高超一些罢了。

冯延巳的词和欧阳修的比起来，还是略输一筹。不管是从意境上还是从词的灵动性上来看，欧阳修的技巧都要精妙一些，安排也较为入微一点。

二二、一生专学在何处

【原文】

梅圣俞[①]《苏幕遮》[②]词："落尽梨花春事了。满地斜阳，翠色和烟老。"刘融斋谓：少游一生似专学此种。余谓：冯正中《玉楼春》[③]词："芳菲次第长相续，自是情多无处足。尊前百计见春归，莫为伤春眉黛促。"永叔[④]一生似专学此种。

【注释】

①梅圣俞：梅尧臣（1002—1060年），北宋著名现实主义诗人，字圣俞，世称宛陵先生，今安徽宣城人。著有《宛陵先生集》《悼亡三首》等。

②《苏幕遮》：为北宋诗人梅尧臣所作。

露堤平，烟墅杳。乱碧萋萋，雨后江天晓。独有庾郎年最少。窣（sū）地春袍，嫩色宜相照。接长亭，迷远道。堪怨王孙，不记归期早。落尽梨花春又了。满地残阳，翠色和烟老。

③《玉楼春》：为五代词人冯延巳所作。

雪云乍变春云簇，渐觉年华堪纵目。北枝梅蕊犯寒开，南浦波纹如酒绿。芳菲次第长相续，自是情多无处足。尊前百计见春归，莫为伤春眉黛蹙。

④永叔：欧阳修。

【译文】

梅尧臣所写的《苏幕遮》一词中："落尽梨花春事了。满地斜阳，翠色和烟老。"刘融斋说：秦观一生似乎专门学习这种意境表达。我认为：冯延巳所写的《玉楼春》一词："芳菲次第长相续，自是情多无处足。尊前百计见春归，莫为伤春眉黛促。"欧阳修一生似乎专门学习这种意境。

【赏析】

"落尽梨花春事了。满地斜阳，翠色和烟老"一句，写出了春光流逝的凄凉意境，而秦观的词风大都是如此般凄婉动人，如"纤云弄巧，飞星传恨，

银汉迢迢暗度”。所以，刘融斋称秦观的词风格和梅尧臣的极为相似，并认为秦观在效仿梅尧臣的意境。王国维引用了刘融斋的观点，称欧阳修的风格也学习了冯延巳的词作风格，并以冯延巳的《玉楼春》举例证明自己的观点。看来，王国维对冯延巳真是尤为偏爱。

值得注意的是，在大多数人看来，《玉楼春》并非冯延巳所作，而是欧阳修所为，再观词作的风格和意境，却也符合欧阳修的创作风格。但具体是哪一个人所作，至今还没有一个权威的答案。

二三、论咏春草绝调

【原文】

人知和靖[①]《点绛唇》[②]、圣俞《苏幕遮》、永叔《少年游》[③]三阕为咏春草绝调，不知先有正中“细雨湿流光[④]”五字，皆能摄春草之魂者也。

【注释】

①和靖：林逋（bū）（967—1028年），北宋初年著名隐逸诗人，字君复，今浙江人。性情孤傲，不入仕途，隐居于西湖之上，与仙鹤、梅花作伴，人称“梅妻鹤子”。宋仁宗赐谥“和靖先生”。著有《山园小梅》《山中寄招叶秀才》等。

②《点绛唇》：为林逋所作。

金谷年年，乱生春色谁为主？余花落处，满地和烟雨。又是离歌，一阕长亭暮。王孙去。萋萋无数，南北东西路。

③《少年游》：为北宋词人欧阳修所作。

阑干十二独凭春，晴碧远连云。千里万里，二月三月，行色苦愁人。谢家池上，江淹浦畔，吟魄与离魂。那堪疏雨滴黄昏。更特地忆王孙。

④细雨湿流光：出自五代词人冯延巳的《南乡子·细雨湿流光》。

细雨湿流光，芳草年年与恨长。烟锁凤楼无限事，茫茫，鸾镜鸳衾两断肠。魂梦任悠扬，睡起杨花满绣床。薄幸不来门半掩，斜阳，负你残春泪几行。

【译文】

人们都知道林逋的《点绛唇》、梅尧臣的《苏幕遮》、欧阳修的《少年游》三首诗为咏春绝唱，却不知道早先冯延巳所写的“细雨湿流光”五个字，也可以勾摄出春草的神气、灵魂。

【赏析】

伤春悲秋，咏春惜草似乎是文人的惯性。在咏春草的诗作中，林逋的《点绛唇》、梅尧臣的《苏幕遮》、欧阳修的《少年游》三首，可以说是其中的佳作。不过在王国维看来，还有一个人的咏春草诗作能够与之媲美，那就是冯延巳《南乡子》中“细雨湿流光”一句。

林逋的《点绛唇》自带有一股清凉之意，这与他“仙风道骨”的生活有着很大的关系，他隐居西湖边，常伴梅花与仙鹤，这便让他的诗作自有一股“仙风”，林逋所描绘的春草，重在一个“乱”字；梅尧臣所描绘的主要是雨后的春草，显得更为碧翠，更为凄清凌乱；欧阳修所描绘的春草有“晴碧远连云”般的开阔，体现了“行色苦愁人”的远游之殇。

王国维重点提到的冯延巳的咏春草诗，确实有着它的独到之处。“细雨湿流光”五个字，表现出了雨后春草的光亮、轻柔，如同一幅流动的雨后春草图展现在人们面前，动人心魄，

二四、《蒹葭》最得诗人情致

【原文】

《诗·蒹葭》[①]一篇，最得风人[②]深致。晏同叔[③]之“昨夜西风凋碧树，独上高楼，望尽天涯路[④]”意颇近之。但一洒落，一悲壮耳。

【注释】

①《诗·蒹葭》：为秦国民歌，写出了恋爱中人的心理活动和感受。

蒹葭苍苍，白露为霜。所谓伊人，在水一方。遡洄（sù huí）从之，道

阻且长。遡游从之，宛在水中央。蒹葭凄凄，白露未晞（xī）。所谓伊人，在水之湄。遡洄从之，道阻且跻。遡游从之，宛在水中坻（chí）。蒹葭采采，白露未已。所谓伊人，在水之涘（sì）。遡洄从之，道阻且右。遡游从之，宛在水中沚（zhǐ）。

②风人：诗人。

③晏同叔：晏殊（991—1055年），北宋前期婉约派词人、散文家，字同叔，今江西进贤县人。晏殊和他的儿子晏几道均有诗名，被称为“大晏”和“小晏”。著有《珠玉词》。

④昨夜西风凋碧树，独上高楼，望尽天涯路：出自北宋词人晏殊的《蝶恋花》。

槛菊愁烟兰泣露，罗幕轻寒，燕子双飞去。明月不谙离别苦，斜光到晓穿朱户。昨夜西风凋碧树，独上高楼，望尽天涯路。欲寄彩笺兼尺素，山长水阔知何处？

【译文】

《诗经·蒹葭》一篇，是最得诗人情致的。晏殊的“昨夜西风凋碧树，独上高楼，望尽天涯路”一句的意境和《蒹葭》颇

为相似。只是一个诗风比较洒脱，一个诗风比较悲壮罢了。

【赏析】

《诗经·蒹葭》是秦国时期的一首民歌。后人则将它视作一首表达爱情的诗歌，表达了男子对伊人的仰慕和望而不即的复杂心情，成全了自己的情意，也没有打扰到伊人的清静，在辗转反侧的思念之中，却又多了一种对爱情的洒脱。王国维评价《蒹葭》，称其最得“风人深致”，而在词人中，与此有相似境界的便是晏殊的《蝶恋花》，亦是描述了文人的思念之情。

相比较来说，《蝶恋花》的情感表述就异常浓烈，让人读之心碎。一句“望尽天涯路”，让整首词的氛围显得尤为悲壮，悲凉之情在天地间弥漫。“欲寄彩笺兼尺素，山长水阔知何处”一句更是将诗人想要见到思念之人的迫切心情表达得淋漓尽致。所以，《蝶恋花》和《蒹葭》相比，一个感情浓烈，一个情感淡雅，一个多点悲壮，一个多点洒脱。

二五、忧生与忧世

【原文】

“我瞻四方，蹙蹙靡所骋①。”诗人之忧生也。“昨夜西风凋碧树，独上高楼，望尽天涯路”似之。“终日驰车走，不见所问津②。”诗人之忧世也。“百草千花寒食路，香车系在谁家树③”似之。

【注释】

①我瞻四方，蹙蹙（cù cù）靡所骋：出自《诗经·小雅·节南山》第七章“驾彼四牡，四牡项领。我瞻四方，蹙蹙靡所骋”，表达了诗人对生存的忧虑。

②终日驰车走，不见所问津：出自晋代文学家陶渊明的《饮酒·其一》。

羲农去我久，举世少复真。汲汲鲁中叟，弥缝使其淳。凤鸟虽不至，礼乐暂得新。洙泗辍微响，漂流逮狂秦。诗书复何罪？一朝成灰尘。区区诸老翁，为事诚殷勤。如何绝世下，六籍无一亲。终日驰车走，不见所问津。若

复不快饮，空负头上巾。但恨多谬误，君当恕醉人。

③百草千花寒食路，香车系在谁家树：出自五代词人冯延巳的《鹊踏枝·几日行云何处去》。

几日行云何处去？忘却归来，不道春将莫。百草千花寒食路，香车系在谁家树？泪眼倚楼频独语。双燕飞来，陌上相逢否？撩乱春愁如柳絮，悠悠梦里无寻处。

【译文】

“我瞻四方，蹙蹙靡所骋”，这是诗人对个人生存命运的忧虑。“昨夜西风凋碧树。独上高楼，望尽天涯路”和它相似。“终日驰车走，不见所问津”，这是诗人对世事的担忧。“百草千花寒食路，香车系在谁家树”和它的意境比较相似。

【赏析】

此篇表述了诗人忧生忧世的情怀。德国哲学家叔本华的观点给王国维带来了很大的影响，从《红楼梦评论》到《人间词话》，二者毫无例外地都大量引用了叔本华的理论和观念。在《红楼梦评论》中，王国维曾经说道：“美术之务，在描写人生之苦痛与其解脱之道。而美术中以诗歌、戏曲、小说为其顶点，以其目的在描写人生故。”王国维将诗歌所描写的范畴看得非常大，不仅涉及国家、社会和个人，甚至还扩展到宇宙之外。而在这些当中，他尤为重视的就是人生。所以，此篇的忧生忧世亦是王国维极为看重的诗歌描述范围。

在此篇中，王国维将忧患意识分为两种，一种为忧生，一种为忧世。忧生是对个人生存命运的担忧，而忧世则是对整个世道的关切。除了上述所说的几句忧生忧世的词句外，“生年不满百，常怀千岁忧”是忧生之作，“前不见古人，后不见来者，念天地之悠悠，独怆然而涕下”是忧生之作；“安得广厦千万间，大庇天下寒士俱欢颜，风雨不动安如山”为忧世之作，“会挽雕弓如满月，西北望，射天狼”也是忧世之作。如若说忧生是个体的，是渺小的，那么忧世就是广大的，浓烈的；如若忧生是几番努力之后的万般无奈，那么忧世则是几经风雪的坚持。

不过，对于大诗人来说，忧生中有忧世，忧世中也夹有忧生，既有对现实的忧患，也有对未来的顾虑。

二六、成大事者，必经三种境界

【原文】

古今之成大事业、大学问者，必经过三种之境界："昨夜西风凋碧树，独上高楼，望尽天涯路。"此第一境也。"衣带渐宽终不悔，为伊消得人憔悴[①]。"此第二境也。"众里寻他千百度，蓦然回首，那人正在，灯火阑珊处[②]。"此第三境也。此等语皆非大词人不能道。然遽以此意解释诸词，恐为晏、欧诸公所不许也。

【注释】

①衣带渐宽终不悔，为伊消得人憔悴：出自宋代词人柳永的《凤栖梧》。

伫倚危楼风细细，望极春愁，黯黯生天际。草色烟光残照里，无言谁会凭阑意。拟把疏狂图一醉，对酒当歌，强乐还无味。衣带渐宽终不悔，为伊消得人憔悴。

柳永：生卒年约987—约1053，北宋词人，原名三变，字景庄，祖籍山西，后移居福建武夷山。著有《乐章集》《雨霖铃》等。

②众里寻他千百度，蓦然回首，那人正在，灯火阑珊处：出自南宋词人辛弃疾的《青玉案·元夕》。

东风夜放花千树，更吹落，星如雨。宝马雕车香满路。凤箫声动，玉壶光转，一夜鱼龙舞。蛾儿雪柳黄金缕，笑语盈盈暗香去。众里寻他千百度，蓦然回首，那人却在，灯火阑珊处。"《人间词话》中，将"那人却在"写为"好人正在"。

【译文】

从古至今能够成就大事业、大学问的人，必须经过三种境界："昨夜西风凋碧树，独上高楼，望尽天涯路。"这是第一种境界。"衣带渐宽终不悔，为伊消得人憔悴。"这是第二种境界。"众里寻他千百度，蓦然回首，那人却在，灯火阑珊处。”这是第三种境界。这样的词句不是大词人便无法道出来。然而如果根据这样的意思来解释这些词句的话，恐怕晏殊、欧阳修等人是不会允许的吧。

【赏析】

此文论述了成大事者、大学问家需要经过的三种境界。第一种境界为“昨夜西风凋碧树，独上高楼，望尽天涯路”，表达了在求索真理的道路上，要把目标放大，要经历孤独的历程，需要忍受寂寞的缭绕，这是成大事者的第一步。第二种境界则为“衣带渐宽终不悔，为伊消得人憔悴”。指的是在求索道路上需要付出代价，需要持之以恒的毅力，这是成大事者的第二步。第三种境界为“众里寻他千百度，蓦然回首，那人却在，灯火阑珊处”。指的是历经千辛万苦之后的柳暗花明，到达目标实现的最高境界。

从文学创作角度来说，王国维所要表述的是文学家所要必备的文学修养，和在创作过程中所要经历的艰辛过程。对于那些成大事者、大学问者来说，这三种境界就是登上艺术顶峰的必经之路。不管是在生活中还是艺术上，如若没有这三种境界的打磨，就无法完成质的飞跃，那么也就无法超脱现在的成就，无法战胜自己。

制定“独上高楼，望尽天涯路”的目标，付出“衣带渐宽终不悔，为伊消得人憔悴”的努力，终会到达“蓦然回首，那人却在灯火阑珊处”的境界。

二七、《玉楼春》欧阳修

【原文】

永叔“人生自是有情痴，此恨不关风与月①。”“直须看尽洛城花，始共春风容易别。”于豪放之中有沉着之致，所以尤高。

【注释】

①人生自是有情痴，此恨不关风与月：出自北宋诗人欧阳修的《玉楼春》。

尊前拟把归期说，欲语春容先惨咽。人生自是有情痴，此恨不关风与月。离歌且莫翻新阕，一曲能教肠寸结。直须看尽洛城花，始共春风容易别。

【译文】

欧阳修所著的“人生自是有情痴，此恨不关风与月”“直须看尽洛城花，始共春风容易别”诗句，豪放中带有沉着的情致，所以境界尤为高。

【赏析】

一般人看来，豪放和沉着是两个不相关的词语，但是在欧阳修的词中，却很巧妙地将二者融合在一起。

“直须看尽洛城花，始共春风容易别”二句显得尤为豪放：看尽洛城的花，和春天一起离别。这是多么潇洒的言语！而“人生自是有情痴，此恨不关风与月”二句，却又将情痴的天性表现出来，个中滋味只能自己体会，读出了沉重的感慨和对悲欢离合的无奈之情。

此处的“自是”“直须”“别”几个字，生生道出了离别的愁绪和不舍。花儿再美却也有落尽的时候，春天再暖也有离别的时日，天下没有不散的宴

席。欧阳修的这一首词，在豪放的外表下，其实展露的是沉重的悲伤情绪，读之有一种沉着的情致。

二八、古之伤心人

【原文】

冯梦华[①]《宋六十一家词选·序例》[②]谓：“淮海[③]、小山[④]，古之伤心人也。其淡语皆有味，浅语皆有致。”余谓此唯淮海足以当之。小山矜贵有余，但可方驾子野[⑤]、方回[⑥]，未足抗衡淮海也。

【注释】

①冯梦华：冯煦（1842—1927年），晚清文学家，字梦华，号蒿庵，晚号蒿叟、蒿隐，江苏金坛五叶人。与顾云齐名，著有《蒿庵类稿》等。

②《宋六十一家词选·序例》：词选。冯煦编。

③淮海：秦观（1049—1100年），北宋文学家、词人，字少游，一字太虚，号淮海居士，别号邗沟居士，今江苏人。秦观、黄庭坚、张耒（lěi）、晁补之并称为“苏门四学士”，著有《淮海集》等。

④小山：晏几道（1038—1110年），北宋著名词人，字叔原，号小山，今江西省南昌市进贤县人。晏殊的第七个儿子。婉约派代表人物之一，著有《小山词》。

⑤子野：张先（990—1078年），北宋时期著名词人，字子野，曾经担任安陆县知县，所以人们又称其“张安陆”，今浙江湖州吴兴人。其词作与柳永齐名。在他的词中，有三处地方巧妙地使用了“影”字，所以世人又称其为“张三影”。著有《张子野词》等。

⑥方回：贺铸（1052—1125年），北宋词人，字方回，又名贺三愁，号庆湖遗老，祖籍浙江绍兴，后移居河南汲县。著有《青玉案·横塘路》《鹧鸪天·半死桐》等。

【译文】

冯梦华在其所编的《宋六十一家词选·序例》中说："秦观、晏几道，都是古时候的伤心人。他们的词句比较清淡却都富有意味，言语浅显却都有情致。"我认为只有秦观能够当得起这番评价。晏几道的词矜贵是有的，但也只能和张先、贺铸相提并论，并不足以和秦观抗衡。

【赏析】

冯梦华将晏几道、秦观评为古之伤心人，但王国维认为唯有秦观能够担得起冯梦华的评论，而晏几道则不足以和他抗衡。王国维曾经说过："以宋词比唐诗，则东坡似太白，欧秦似摩诘，耆卿似乐天，方回、小山则大历十子之流。"由此也可以看出，王国维一直将晏几道置于秦观之下。

秦观一生境遇坎坷，凄苦无依，而他的词风也受这种境遇的影响，所作大都是伤离别的词目，每一首词都用字自然，言语虽浅，却别有一番情致。而晏几道的词则大多是追忆往昔的美好生活，让人读了不免觉得有些矫情。所以王国维才将其评为"矜贵有余"，不足以和秦观相提并论。

不过，诗词评论，仁者见仁、智者见智。王国维认为晏几道不足以和秦观相提并论，而冯梦华却认为晏几道和秦观同样都是古之伤心人。他们的词风都注重抒情，意境伤感，同属于"伤心人"，也自然有他们的共同之处。

二九、少游词境最为凄婉

【原文】

少游词境最为凄婉。至"可堪孤馆闭春寒，杜鹃声里斜阳暮①。"则变而凄厉矣。东坡②赏其后二语，犹为皮相。

【注释】

①可堪孤馆闭春寒，杜鹃声里斜阳暮：出自北宋诗人秦观的《踏莎行》。见前文。

②东坡：苏轼（1037—1101 年），北宋文豪，字子瞻，又字和仲，号东

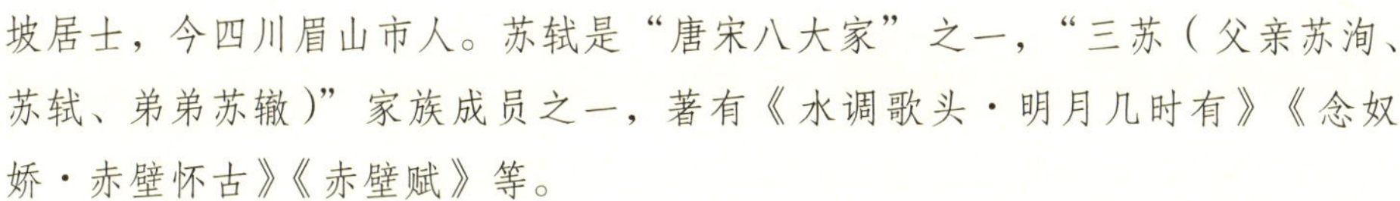

坡居士，今四川眉山市人。苏轼是“唐宋八大家”之一，“三苏（父亲苏洵、苏轼、弟弟苏辙）”家族成员之一，著有《水调歌头·明月几时有》《念奴娇·赤壁怀古》《赤壁赋》等。

【译文】

秦观词作的意境最为凄凉委婉。到“可堪孤馆闭春寒，杜鹃声里斜阳暮”句则开始转为凄厉的词风了。苏东坡欣赏他的后两句，这也只是看到了这首词的皮囊罢了。

【赏析】

秦观志向远大，却仕途坎坷，经历了贬谪流放，目睹百姓流离失所，最后含恨而终。秦观的经历似乎造就了他凄婉的词风。在秦观的《踏莎行》一词中，王国维认为最为精妙、凄厉的是“可堪”二字，其中“孤馆”“闭春”“杜鹃”“斜阳”等元素，都恰到好处地体现了凄厉的主题，符合王国维“最为凄婉”的评价。而在苏东坡看来，“郴江”二字则更为豁达深远，不过王国维却不赞同苏东坡的此番见解，认为他只看到了表象。

王国维对诗词的评价较为精细，注重诗词真情实感的表述，所以在他看来，“可堪”二字最为符合凄婉的词风；但苏东坡也是经受过贬谪之苦的人，对秦观所表述的“离开郴江前往潇湘”的疑问、无奈深有感触，只是王国维似乎并没有体会到苏东坡的用意罢了。

王国维注重情感的主观表达，苏东坡注重情感的侧面烘托，此二者的评述各有其理，并不能称苏东坡的欣赏只是“皮相”。

三〇、词中气象

【原文】

“风雨如晦，鸡鸣不已[1]。”“山峻高以蔽日兮，下幽晦以多雨。霰雪纷其无垠兮，云霏霏而承宇[2]。”“树树皆秋色，山山唯落晖[3]。”“可堪孤馆闭春寒，杜鹃声里斜阳暮。”气象皆相似。

【注释】

①风雨如晦，鸡鸣不已：出自《诗经·郑风·风雨》。

风雨凄凄，鸡鸣喈喈（jiē jiē）。既见君子，云胡不夷？风雨潇潇，鸡鸣胶胶。既见君子，云胡不瘳（chōu）？风雨如晦，鸡鸣不已。既见君子，云胡不喜？

②山峻高以蔽日兮，下幽晦以多雨。霰（xiàn）雪纷其无垠兮，云霏霏而承宇：出自楚国浪漫主义诗人屈原的《楚辞·九章·涉江》。

屈原：生卒年前340—前278，战国时期楚国浪漫主义诗人，中国最早的浪漫主义爱国诗人，芈（mǐ）姓，屈氏，名平，字原，今湖北秭归人。屈原是中国文学史上第一位留下姓名的爱国诗人，著有《离骚》《天问》《九歌》等。

③树树皆秋色，山山惟落晖：出自唐代诗人王绩的《野望》。

东皋薄暮望，徙倚欲何依。树树皆秋色，山山惟落晖。牧人驱犊返，猎马带禽归。相顾无相识，长歌怀采薇。

【译文】

“风雨如晦，鸡鸣不已。”“山峻高以蔽日兮，下幽晦以多雨。霰雪纷其无垠兮，云霏霏而承宇。”

“树树皆秋色，山山惟落晖。”“可堪孤馆闭春寒，杜鹃声里斜阳暮。”这几首词的气象都比较相似。

【赏析】

从词的具体意思上来说：“风雨如晦，鸡鸣不已”表达的是妻子和丈夫久别重逢后的心情，焦急而又热烈；“山峻高以蔽日兮，下幽晦以多雨。霰雪纷其无垠兮，云霏霏而承宇”则侧面烘托了屈原被流放之后的心情，太阳被高山遮住，阴暗多雨，体现出屈原内心的苦闷和担忧；“树树皆秋色，山山唯落晖”，是王绩的归隐之作，描绘了秋风瑟瑟的场景，表达了作者内心的凄凉之情；“可堪孤馆闭春寒，杜鹃声里斜阳暮”更是被王国维称之为凄厉之作。

纵观这四首词的相同之处，都是带有丝丝晦暗之情，都是以景喻情的佳作，表达出一种毫不保留的极致情感。王国维所说的“气象相似”，恐怕说的就是这相似的情感表述以及凄凉氛围的渲染吧。

三一、陶潜与东坡，薛收与白石

【原文】

昭明太子①称：陶渊明②诗“跌宕昭彰，独超众类。抑扬爽朗，莫之与京。③”王无功④称：薛收⑤赋“韵趣高奇，词义晦远。嵯峨萧瑟，真不可言。”词中惜少此二种气象，前者唯东坡，后者唯白石⑥，略得一二耳。

【注释】

①昭明太子：萧统（501—531年），南朝梁代文学家，字德施，小字维摩，江苏丹阳人。谥号“昭明”，所以后世人又称其为“昭明太子”，编有《文选》。

②陶渊明：生卒年约365—427，晋代文学家，名潜，或名渊明，自号五柳先生，谥靖节，所以世人又称其靖节先生，今江西九江人。著有《饮酒》《归园田居》《桃花源记》《五柳先生传》《归去来兮辞》《桃花源诗》等。

③跌宕昭彰，独超众类。抑扬爽朗，莫之与京：出自南朝梁代文学家萧

统的《陶渊明集序》。

有疑陶渊明诗，篇篇有酒。吾观其意不在酒，亦寄酒为迹者也。其文章不群，辞彩精拔。跌宕昭彰，独超众类，抑扬爽朗，莫之与京。横素波而傍流，干青云而直上。语时事则指而可想，论怀抱则旷而且真。加以贞志不休，安道苦节，不以躬耕为耻，不以无财为病，自非大贤笃志，与道污隆，孰能如此乎？

④王无功：王绩（约 590—644 年），唐代诗人，字无功，自号东皋子，山西河津人。王绩性子孤傲，喜好饮酒，能饮五斗，自作《五斗先生传》。著有《酒赋》《独酌》《醉后》等。

⑤薛收：生卒年 591—624，唐初文学家，字伯褒，隋朝诗人薛道衡的儿子，秦王府十八学士之一，蒲州汾阳人（今山西万荣县）人。

⑥白石：姜夔（kuí）（1154—1221 年），南宋文学家、音乐家，字尧章，号白石道人，今江西省鄱阳县人。姜夔是艺术全才，个性超然，涉猎广泛。著有《白石道人歌曲》《白石道人诗集》《绛帖平》《续书谱》等传世之作。

【译文】

萧统说：陶渊明的诗"气势放纵不拘，超过了所有同类的诗。诗的格律抑扬顿挫，亦是首屈一指，没有谁能够比得过他。"王绩说：薛收赋"意韵趣味比较高奇，词义隐晦深远。高峻萧瑟，妙不可言。"可惜词中很少有这两种气象，前人只有苏东坡，后人只有姜夔，略微达到了这种气象的一二。

【赏析】

萧统称赞陶渊明的诗气势不拘，王绩认为薛收的赋韵味高奇。这些评价都得到了王国维的认可。在王国维看来，词中能够达到此等气象的，也就苏东坡和姜夔的词作有此一二。

苏东坡的词自有一股洒脱不羁的味道，这不是一般词人所能够达到的境界，他的《念奴娇》和《江城子》都颇有些陶渊明《归园田居》的风范。而姜夔的词清丽空灵，诣旨深远，自然和薛收的"嵯峨萧瑟，韵趣高奇"有着异曲同工之妙。

三二、词之雅郑，在神不在貌

【原文】

词之雅郑，在神不在貌。永叔、少游虽作艳语，终有品格。方之美成[①]，便有淑女与倡伎之别。

【注释】

①美成：周邦彦（1056—1121 年），北宋末期著名词人、音乐家，字美成，号清真居士，今浙江杭州人。被后人尊为“词家之冠”。著有《清真集》等。

【译文】

词作的高雅与低劣，在于它的实质而非表面。欧阳修、秦观虽然写了一些男女之事，但他们的词始终都是有品格的。相较于周邦彦来说，就好比是淑女和倡伎的分别。

【赏析】

在王国维看来，一首词是否有格调，并不能单纯地以其表面字眼为评判依据，而是要看它实质表达的内容。欧阳修和秦观的词描绘的也大多是男女之情，虽眼界略窄，但却是人间真情，正符合了王国维对境界“真”的判断标准。有了真，词作也便有了品格。

而周邦彦也是艳语词人，但相比欧、秦二人来说，周邦彦的词作比较露骨，大多是逢场作戏之作，没有真情只是假意。要说周邦彦和欧、秦二人最大的区别，便是“真假”二字。欧阳修、秦观二人表达的是真情实意，而周邦彦表述的则是虚情假意，所以在推崇“真”的王国维面前，欧、秦的词作和周邦彦的词作相比，就是淑女和倡伎的区别了。

人间词话手稿下卷

三三、创调之才多，创意之才少

【原文】

美成深远之致不及欧、秦。唯言情体物，穷极工巧，故不失为第一流之作者。但恨创调之才多，创意之才少耳。

【译文】

周邦彦的词在深远和情致上远远不及欧阳修、秦观二人。但他在抒情体物上面，却是极端精巧的，所以也不失为第一流的创作者。只可惜他在艺术表现形式和格律创新上的才能居多，而表达意境的才能却很少了。

【赏析】

对于周邦彦的评价，王国维算是比较中肯的一位。先前人们在评论周邦彦的时候，有的是从内容方面，如“美成词信富艳精工，只是当不得个‘贞’字。是以士大夫不肯学之，学之则不知终日意萦何处矣”；有的是从技巧方面，如“凡作词当以清真为主。盖清真最为知音，且无一点市井气，下字运意，皆有法度，往往自唐、宋诸贤诗句中来，而不用经史中生硬字面，此所以为冠绝也”。

而只有王国维综合多面，很中肯地评价周邦彦的词作：意境才能少，创调才能多。张炎曾评论周邦彦说：“美成词只当看他浑成处，于软媚中有气魄，采唐诗融化如自己者，乃其所长；惜乎意趣却不高远。”张炎的这一看法和王国维的颇有些相近。

三四、词忌用替代字

【原文】

词忌用替代字。美成《解语花》[①]之“桂华流瓦”，境界极妙。惜以“桂华”二字代“月”耳。梦窗[2]以下，则用代字更多。其所以然者，非意不足，则语不妙也。盖意足则不暇代，语妙则不必代。此少游之“小楼连苑”，“绣毂雕鞍[3]”，所以为东坡所讥也。

【注释】

①《解语花》：出自北宋词人周邦彦的《解语花·上元》。

风消绛蜡，露浥红莲，花市光相射。桂华流瓦，纤云散、耿耿素娥欲下。衣裳淡雅，看楚女纤腰一把。箫鼓喧，人影参差，满路飘香麝。因念都城放夜，望千门如昼，嬉笑游冶。钿车罗帕，相逢处，自有暗尘随马。年光是也，唯只见、旧情衰谢。清漏移，飞盖归来，从舞休歌罢。

②梦窗：吴文英（约1200—1260年），南宋词人，字君特，号梦窗，晚年又号觉翁，今浙江宁波人。著有《梦窗词》等，有“词中李商隐”之称。

③小楼连苑，绣毂（gǔ）雕鞍：出自北宋词人秦观的《水龙吟·小楼连苑横空》。

小楼连苑横空，下窥绣毂雕鞍骤。朱帘半卷，单衣初试，清明时候。破暖轻风，弄晴微雨，欲无还有。卖花声过尽，斜阳院落；红成阵，飞鸳甃（zhòu）。玉佩丁东别后。怅佳期、参差难又。名缰利锁，天还知道，和天也瘦。花下重门，柳边深巷，不堪回首。念多情、但有当时皓月，向人依旧。

【译文】

词作最为忌讳的就是用替代字。周邦彦的《解语花》中“桂华流瓦”，境界就极其巧妙。可惜的是他用“桂华”两个字代替了“月”字。南宋词人吴文英之后，使用替代字的词人更多了。其之所以会变成这样，不是意境达不到，就是表达方式不巧妙。只要意境到了就不用替代，表达巧妙了也不必使用替代字。这也是秦观的“小楼连苑”“绣毂雕鞍”二句之所以被苏东坡讥讽的原因了。

【赏析】

文中所说的忌用替代词，亦是出于王国维所提倡“真”标准的要求的。秦观的“小楼连苑横空，下窥绣毂雕鞍骤”二句用了十三个字描绘人骑马过楼的场景，实在有些夸张和烦琐。在物境的描绘上，王国维又提出了“隔”与“不隔”的说法。“隔”指的是用其他的事、物、典来引出观点，有点打哑谜的意味；“不隔”则是用明朗的语言文字表述出艺术境界。很显然，王国维比较喜好“不隔”的艺术创作方法。

不过，替代字也可适当使用，王国维所说的“词忌用替代字”有些偏激了。如果将文中“桂华流瓦”改为“月流瓦”，反倒让整首诗变得拘束、僵硬起来，少了一丝身处仙境的意味。

其实，使用替代字也好，不使用替代字也罢，只要能够准确地表达出词句的意境，能够传递出自己真实的感情，那么使用替代字与否，又有什么重要的呢？

三五、沈义父论替代字

【原文】

沈伯时[①]《乐府指迷》云：“说桃不可直说破桃，须用‘红雨[②]’‘刘

郎[3]’等字。咏柳不可直说破柳，须用‘章台[4]’‘灞岸[5]’等字。”若惟恐人不用代字者。果以是为工，则古今类书具在，又安用词为耶？宜其为《提要》[6]所讥也。

【注释】

①沈伯时：沈义父（生卒年不详），南宋词人，字伯时，号时斋，吴江人。著有《乐府指迷》一卷，《四库总目》为词论二十条。

②红雨：出自唐代诗人李贺的《将进酒》：“况是青春日将暮，桃花乱落如红雨。”于是后世人便用“红雨”二字代指桃花。

李贺：生卒年790—816，唐代著名诗人，字长吉，世称李长吉、鬼才，河南福昌人。李贺、李白、李商隐并称唐朝“三李”。著有《雁门太守行》《金铜仙人辞汉歌》《秋来》等。

③刘郎：刘禹锡（约772—约842年），唐代政治家、文学家、诗人，字梦得，号庐山人，今河南洛阳人。刘禹锡擅长诗文，和白居易、李白并称“刘白”，亦与柳宗元齐名。著有《陋室铭》《乌衣巷》《石头城》《蜀先主庙》等。刘禹锡有诗云：“玄都观里桃千树，尽是刘郎去后栽。”“种桃道士归何处，前度刘郎今又来。”于是，后世人便又用“刘郎”二字代指桃花。

④章台：即章华台，是春秋时期楚国的离宫，位于潜江龙湾地区，具有很高的考古价值。而在诗词创作中，人们常用章台和灞岸代指柳。

⑤灞（bà）岸：灞水桥岸。灞水从长安灞陵流过，跨水建桥，称之为灞桥。将客人送到灞桥边，折柳送别。唐代诗人杨巨源有作：杨柳含烟灞岸春，年年盼着为行人。李白亦有“年年柳色，灞陵伤别”等句，因此后人便用灞岸代替惜别之情。

⑥《提要》：《四库全书总目提要》，为纪昀主编。

纪昀：生卒年1724—1805，清朝大学士，字晓岚，一字春帆，晚号石云，道号观弈道人，谥号文达，世称文达公，今河北沧县人。著有《阅微草堂笔记》。

【译文】

沈义父在其《乐府指迷》中说：“说桃花不能直接将桃花说破，必须用‘红雨’‘刘郎’等字代替。吟诵柳树不能直接将柳树点破，必须使用‘章台’‘灞岸’等字代替。”好像唯恐别人不使用替代字似的。如果只有使用替代字才能够表现自己的功力，那么古今的书目都在，又何必再使用词呢？难怪他会受到《四库全书总目提要》的讥讽。

【赏析】

此则继续论述替代字，并且以沈义父的观点为例，阐述了替代字的弊处。沈义父主张在词作中使用替代字，这样便可以减少粗枝文字的产生，只是如若这般，所有词作的言语都源于古时词句，那么也就没有什么生命力可言了。

王国维一生主张“自然文学艺术”，主张情感自然流露，而他认为这些非替代字所能及。这也是王国维极其反对替代字的关键所在。当然，王国维的这一说法也有些以偏概全，苏东坡《水龙吟》词中，“落红难缀”中的“红”字，便是替代的“花”字。此番做法不仅没有减少词作的色彩，反而为其增添了些许意境。所以说，替代字的使用要视情况而定，就好比周振甫所说：“写景的诗词，以少用代字或典故为宜。感事抒怀的作品，意思多，感情深，而诗词的篇幅短，容纳不下，需要加以浓缩，那就免不了要用代字、用典，一切看具体情况而定。”

三六、隔雾看花之恨

【原文】

美成《青玉案》[①]词：“叶上初阳干宿雨。水面清圆，一一风荷举。”此真能得荷之神理者。觉白石《念奴娇》[②]、《惜红衣》[③]二词，犹有隔雾看花之恨。

【注释】

①《青玉案》：应为《苏幕遮》，属王国维误记，为北宋词人周邦彦所著。

燎沉香，消溽暑。鸟雀呼晴，侵晓窥檐语。叶上初阳干宿雨，水面清圆，一一风荷举。故乡遥，何日去？家住吴门，久作长安旅。五月渔郎相忆否？小楫轻舟，梦入芙蓉浦。

②《念奴娇》：为南宋文学家姜夔所著。

客武陵，湖北宪治在焉。古城野水，乔木参天。余与二三友日荡舟其间，薄荷花而饮，意象幽闲，不类人境。秋水且涸，荷叶出地寻丈，因列坐其下，上不见日，清风徐来，绿云自动。间于疏处窥见游人画船，亦一乐也。朅（hé）来吴兴，数得相羊荷花中。又夜泛西湖，光景奇绝。故以此句写之。

闹红一舸，记来时尝与鸳鸯为侣。三十六陂人未到，水佩风裳无数。翠叶吹凉，玉容销酒，更洒菰（gū）蒲雨。嫣然摇动，冷香飞上诗句。日暮青盖亭亭，情人不见，争忍凌波去。只恐舞衣寒易落，愁入西风南浦。高柳垂阴，老鱼吹浪，留我花间住。田田多少，几回沙际归路。

③《惜红衣》：为南宋文学家姜夔所著。

吴兴号水晶宫，荷花盛丽。陈简斋云："今年何以报君恩，一路荷花相送到青墩。"亦可见矣。丁未之夏，予游千岩，数往来红香中，自度此曲，以无射宫歌之。

簟枕邀凉，琴书换日，睡馀

(yú)无力。细洒冰泉，并刀破甘碧。墙头唤酒，谁问讯、城南诗客。岑寂。高柳晚蝉，说西风消息。虹梁水陌。鱼浪吹香，红衣半狼藉。维舟试望故国。眇(miǎo)天北。可惜渚边沙外，不共美人游历。问甚时同赋，三十六陂秋色。

【译文】

周邦彦所著《苏幕遮》一词中的“叶上初阳干宿雨，水面清圆，一一风荷举”，真正把荷花的神理写出来了。由此才发觉姜夔的《念奴娇》《惜红衣》两首词，依然有“隔雾看花”的遗憾。

【赏析】

前文中曾评论周邦彦为言情体物、穷极工巧，赞扬了周邦彦在抒情描物上的高超技巧。此篇中，王国维列举了周邦彦所写的咏荷之诗，仅“叶上初阳干宿雨，水面清圆，一一风荷举”一句，便将荷花的神理全盘托出，言语鲜活清新。

相比周邦彦来说，姜夔的两首咏荷诗就显得有些逊色了。其中最为主要的原因便是周邦彦是以物言物，其间没有朦胧的替代字干扰；而姜夔的词则是以景喻情，对荷花的描写极为迷离，所以才让王国维觉得有“隔雾看花”的遗憾。

三七、和韵与原唱

【原文】

东坡《水龙吟》①咏杨花，和韵而似元唱。章质夫②词，原唱而似和韵。才之不可强也如是！

【注释】

①《水龙吟》：为北宋文学家苏东坡所著。

似花还似非花，也无人惜从教坠。抛家傍路，思量却是，无情有思。萦损柔肠，困酣娇眼，欲开还闭。梦随风万里，寻郎去处，又还被莺呼起。不恨此花飞尽，恨西园落红难缀。晓来雨过，遗踪何在？一池萍碎。春色三分，二分尘土，一分流水。细看来，不是杨花，点点是离人泪。

②章质夫：章粢（jié）（1027—1102年），北宋名将、诗人，字质夫，谥号庄简，后改谥庄敏，今福建省南平市人。著有《寄亭诗遗》《成都古今诗集》等。

章粢所著《水龙吟》：

燕忙莺懒芳残，正堤上、柳花飘坠。轻飞乱舞，点画青林，全无才思。闲趁游丝，静临深院，日长门闭。傍珠帘散漫，垂垂欲下，依前被、风扶起。兰帐玉人睡觉，怪春衣、雪沾琼缀。绣床旋满，香球无数，才圆却碎。时见蜂儿，仰粘轻粉，鱼吞池水。望章台路杳，金鞍游荡，有盈盈泪。

【译文】

苏东坡的《水龙吟》咏杨花，和韵却像原唱。章粢《水龙吟》咏杨花，原唱却又像和韵。才情不可强求的道理就在这里了。

【赏析】

原唱与和韵的区别是，原唱就是我们所说的原创，而和韵则是建立在原创的基础上，多有限制，原创性不够。但即便是这样，苏东坡的和韵作品却比章粢的原唱作品还要好，说明一个人才情的高低无法强求。

王国维一直强调创意的重要性。原唱相较于和韵来说，创作过程要简单一些，而和韵则要在原唱的基础上进行创新，自然会更难一些。苏东坡是一个奇才，所以不管是原唱还是和韵，都能够写出自己的特色，且高人一筹。所以，工国维最后才感慨，才华的高低是勉强不来的。

三八、咏物之词，东坡最工

【原文】

咏物之词，自以东坡《水龙吟》为最工，邦卿[①]《双双燕》[②]次之。白石《暗香》[③]《疏影》[④]，格调虽高，然无一语道着，视古人“江边一树垂垂发[⑤]”

等句何如耶?

【注释】

①邦卿：史达祖（1163—1220年），南宋词人，字邦卿，号梅溪，今河南开封人。现存词112首，著有《梅溪词》。

②《双双燕》：为南宋词人史达祖所著。

过春社了，度帘幕中间，去年尘冷。差池欲住，试入旧巢相并。还相雕梁藻井，又软语商量不定。飘然快拂花梢，翠尾分开红影。芳径，芹泥雨润，爱贴地争飞，竞夸轻俊。红楼归晚，看足柳昏花暝。应自栖香正稳，便忘了、天涯芳信。愁损翠黛双蛾，日日画栏独凭。

③《暗香》：为南宋词人姜夔所著。

辛亥之冬，余载雪诣石湖。止既月，授简索句，且征新声，作此两曲。石湖把玩不已，使二妓肄习之，音节谐婉，乃名之曰《暗香》《疏影》。

旧时月色，算几番照我，梅边吹笛？唤起玉人，不管清寒与攀摘。何逊而今渐老，都忘却春风词笔。但怪得竹外疏花，香冷入瑶席。江国，正寂寂，叹寄与路遥，夜雪初积。翠尊易泣，红萼无言耿相忆。长记曾携手处，千树压、西湖寒碧。又片片、吹尽也，几时见得?

④《疏影》：为南宋词人姜夔所著。

辛亥之冬，余载雪诣石湖，止既月，授简索句，且征新声，作此两曲。石湖把玩不已，使二妓肄习之，音节谐婉，乃名之曰《暗香》《疏影》。

苔枝缀玉，有翠禽小小，枝上同宿。客里相逢，篱角黄昏，无言自倚修竹。昭君不惯胡沙远，但暗忆、江南江北。想佩环、月夜归来，化作此花幽独。犹记深宫旧事，那人正睡里，飞近蛾绿。莫似春风，不管盈盈，早与安排金屋。还教一片随波去，又却怨、玉龙哀曲。等恁时、重觅幽香，已入小窗横幅。

⑤江边一树垂垂发：出自唐代诗人杜甫的《和裴迪登蜀州东亭送客逢早梅相忆见寄》。

东阁官梅动诗兴，还如何逊在扬州。此时对雪遥相忆，送客逢春可自由?幸不折来伤岁暮，若为看去乱乡愁。江边一树垂垂发，朝夕催人自白头。

【译文】

咏物的词作，自然要以苏东坡的《水龙吟》最为精巧，史达祖的《双双燕》仅次于后。姜夔的《暗香》《疏影》，格调虽然很高，然而却没有一句能够说到事物的神理上，和古人“江边一树垂垂发”等句如何相比呢？

【赏析】

咏物词开始于北宋时期，兴盛于南宋时期。南宋时期的人们在咏物的时候都是有所寄托的，但是这却是王国维所不屑的事情。苏轼的《水龙吟》可以说是他婉约风格的代表作。“似花还似非花”这一开篇句，便点出了杨花的主要特点，然后以人喻花，写出了杨花点点坠落的伤怀之情。

史达祖的《双双燕》描写了一番双燕飞回旧巢的情景，又以“栖香正稳”一句引出了思念之情，也称得上是物性、人情结合的佳作。

而姜夔的《暗香》《疏影》两篇，文字虽美，可字眼却朦朦胧胧、晦暗不明，没有苏轼来得干脆鲜明，所以王国维才称其写物并没有写到神理上。

王国维的这一篇再次强调了“隔”与“不隔”的观点。姜夔的两首诗亦被很多人称为咏物的经典，

但在主张“不隔”的王国维面前，自然不会有什么太高的评价了。

三九、写景之病，皆在“隔”字

【原文】

白石写景之作，如“二十四桥仍在，波心荡、冷月无声[①]。”“数峰清苦，商略黄昏雨[②]。”“高树晚蝉，说西风消息[③]。”虽格韵高绝，然如雾里看花，终隔一层。梅溪、梦窗诸家写景之病，皆在一“隔”字。北宋风流，渡江遂绝。抑真有运会存乎其间耶？

【注释】

①二十四桥仍在，波心荡、冷月无声：出自南宋诗人姜夔的《扬州慢》。

暮色渐起，戍角悲吟。予怀怆然，感慨今昔，因自度此曲。千岩老人以为有“黍离”之悲也。

淮左名都，竹西佳处，解鞍少驻初程。过春风十里，尽荠麦青青。自胡马窥江去后，废池乔木，犹厌言兵。渐黄昏，清角吹寒，都在空城。杜郎俊赏，算而今、重到须惊。纵豆蔻词工，青楼梦好，难赋深情。二十四桥仍在，波心荡、冷月无声。念桥边红药，年年知为谁生？

②数峰清苦，商略黄昏雨：出自南宋诗人姜夔的《点绛唇·丁未冬过吴松作》。

燕雁无心，太湖西畔随云去。数峰清苦。商略黄昏雨。第四桥边，拟共天随住。今何许。凭阑怀古，残柳参差舞。

③高树晚蝉，说西风消息：为南宋文学家姜夔所著，见前文注解。

【译文】

姜夔写景的作品，比如“二十四桥仍在，波心荡、冷月无声”“数峰清苦，商略黄昏雨”“高树晚蝉，说西风消息”等句，虽然格韵很高，然而却如雾里看花一样，终究是隔了一层。史达祖、吴文英等诸家写景的缺点，都在一个“隔”字上。北宋时期的风流词性，渡江之后便绝迹。或许真的有时运存在于他们之间吧。

【赏析】

相较于北宋词来说，南宋词在王国维那里的地位并不高。其实，姜夔在咏物词中也有着很高的造诣，只是他习惯于引经论典，自然有了一份“隔”的意味。王国维将“隔”看作是南宋词人的通病，并再次阐述自己“不隔”的观点以及对北宋词作的赞扬。

姜夔的三句词都融入了诗人自己的情感元素，寄予了诗人的悲切心情。姜夔的这种创作方法，在王国维看来，冲淡了咏物的主题，使得原本具象的物体变得抽象起来。这对要求咏物词要具象的王国维来说，就称不上是咏物词的佳作了。所以他才说“如雾里看花，终隔一层”。

不过，王国维对咏物词的“隔”与“不隔”的评判有些偏激。在某种程度上来说，咏物词使用“隔”的写法，或许更能够增添词句的意境，更能够提高词的色彩。所以，又如何能够以“隔”与“不隔”的标准来评定一首词的好坏呢？

四〇、隔与不隔

【原文】

问“隔”与“不隔”之别，曰：陶、谢[①]之诗不隔，延年[②]则稍隔矣。东坡之诗不隔，山谷[③]则稍隔矣。“池塘生春草[④]”、“空梁落燕泥[⑤]”等二句，妙处唯在不隔。词亦如是。即以一人一词论，如欧阳公《少年游》咏春草，上半阕云：“阑干十二独凭春，晴碧远连云。千里万里，二月三月，行色苦愁人。”语语都在目前，便是不隔。至云“谢家池上，江淹[⑥]浦畔”则隔矣。白石《翠楼吟》[⑦]：“此地。宜有词仙，拥素云黄鹤，与君游戏。玉梯凝望久，叹芳草、萋萋千里。”便是不隔。至“酒祓清愁，花消英气。”则隔矣。然南宋词虽不隔处，比之前人，自有浅深厚薄之别。

【注释】

①谢：谢灵运（385—433 年），南朝宋著名山水诗人，小名“客”，人称谢客，东晋名将谢玄的孙子，今浙江会稽人。开创了山水诗派。著有《隋书·经籍志》等。

②延年：颜延之（384—456 年），南朝宋文学家，字延年，今山东临沂人。颜延之和谢灵运并称为“颜谢”，著有《陶征士诔（并序）》等。

③山谷：黄庭坚（1045—1105 年），北宋诗人、书法家、词人，字鲁直，号山谷道人，晚号涪翁，今江西九江人，开创了江西诗派。“苏门四学士”之一，著有《山谷词》《婴香方》《王长者墓志稿》《泸南诗老史翊正墓志稿》等。

④池塘生春草：出自南朝（宋）诗人谢灵运的《登池上楼》。

潜虬（qiú）媚幽姿，飞鸿响远音。薄霄愧云浮，栖川怍（zuò）渊沉。进德智所拙，退耕力不任。徇禄反穷海，卧疴（kē）对空林。衾枕昧节候，褰（qiān）开暂窥临。倾耳聆波澜，举目眺岖嵚（qīn）。初景革绪风，新阳改故阴。池塘生春草，园柳变鸣禽。祁祁伤豳（bīn）歌，萋萋感楚吟。索居易永久，离群难处心。持操岂独古，无闷征在今。

⑤空梁落燕泥：出自隋朝诗人薛道衡的《昔昔盐》。

垂柳覆金堤，蘼芜叶复齐。水溢芙蓉沼，花飞桃李蹊（xī）。采桑秦氏女，织锦窦家妻。关山别荡子，风月守空闺。恒敛千金笑，长垂双玉啼。盘龙随镜隐，彩凤逐帷低。飞魂同夜鹊，倦寝忆晨鸡。暗牖悬蛛网，空梁落燕泥。前年过代北，今岁往辽西。一去无消息，那能惜马蹄。

薛道衡：生卒年 540—609，隋代诗人，字玄卿，今山西万荣人。薛道衡和卢思道齐名，为隋代艺术家典范，著有《薛司隶集》等。

⑥江淹：生卒年 444—505，南朝著名军事家、政治家、文学家，字文通，今河南省商丘市民权县人。著有《恨赋》《别赋》等。

⑦《翠楼吟》：出自南宋文学家姜夔的《翠楼吟·淳熙丙午冬》。

予去武昌十年，故人有泊舟鹦鹉洲者，闻小姬歌此词，问之，颇能道其事，还吴为予言之。兴怀昔游，且伤今之离索也。

月冷龙沙，尘清虎落，今年汉酺（pú）初赐。新翻胡部曲，听毡幕元戎歌吹。层楼高峙。看槛曲萦红，檐牙飞翠。人姝丽，粉香吹下，夜寒风细。此地，宜有词仙，拥素云黄鹤，与君游戏。玉梯凝望久，叹芳草萋萋千里。天涯情味。仗酒祓（fú）清愁，花消英气。西山外，晚来还卷，一帘秋霁。

【译文】

问“隔”与“不隔”的区别，说：陶渊明、谢灵运的诗不隔，颜延之的诗稍微隔一些。苏东坡的诗不隔，黄庭坚的诗则略微隔一些。“池塘生春草”“空梁落燕泥”这两句诗，精妙的地方就在于不隔。词也是这样。用一个人的一首词来评论，比如欧阳修的《少年游》这首咏春草词，其上半阙说：“阑干十二独凭春，晴碧远连云。千里万里，二月三月，行色苦愁人”，句句都展现在人的眼前，这就是不隔。到了“谢家池上，江淹浦畔”这一句时，就已经隔了。姜夔的《翠楼吟》一词中的“此地，宜有词仙，拥素云黄鹤，与君游戏。玉梯凝望久，叹芳草萋萋千里”就是不隔。到“酒祓清愁，花消英气”便开始隔了。然而南宋的词虽然有不隔的地方，但是和前人相比起来，自然还是有浅深厚薄的区别。

【赏析】

这一篇，王国维将“隔”与“不隔”之说进行了系统的论述。在他看来，陶渊明、谢灵运的诗词属于不隔，颜延之的诗词则属于稍微隔；苏东坡的诗不隔，黄庭坚的诗就有些隔。此外，他还就同一个人的同一首诗进行了论述。欧阳修《少年游》的上半阙写的是“栏杆、白云、碧草和行人”，景物直观、字眼具象，犹如在人的眼前一般，方便大众阅读，这就是不隔；而他后半阙中的“谢家池上，江淹浦畔”二句，则引用了谢灵运、江淹的句子，读者若想真正了解诗中意思，就必须了解其中的典故来源，这便有些隔的意味了。

在此篇的最后，王国维再次将南宋和北宋相比，更是把南宋的“隔”置于北宋的“不隔”之下，这倒是符合王国维推崇北宋词人的一贯做法。

四一、写情不隔与写景不隔

【原文】

“生年不满百，常怀千岁忧。昼短苦夜长，何不秉烛游?①”“服食求神仙，多为药所误。不如饮美酒，被服纨与素。②”写情如此，方为不隔。“采菊东篱下，悠然见南山。山气日夕佳，飞鸟相与还。”“天似穹庐，笼盖四野。天苍苍，野茫茫，风吹草低见牛羊。③”写景如此，方为不隔。

【注释】

①生年不满百，常怀千岁忧。昼短苦夜长，何不秉烛游：出自《古诗十九首》第十五。

生年不满百，常怀千岁忧。昼短苦夜长，何不秉烛游！为乐当及时，何能待来兹？愚者爱惜费，但为后世嗤。仙人王子乔，难可与等期。

《古诗十九首》为南朝萧统收录。《古诗十九首》所描绘的是人类最为基本的情感和思绪。

②服食求神仙，多为药所误。不如饮美酒，被服纨与素：出自《古诗十

九首》第十三。

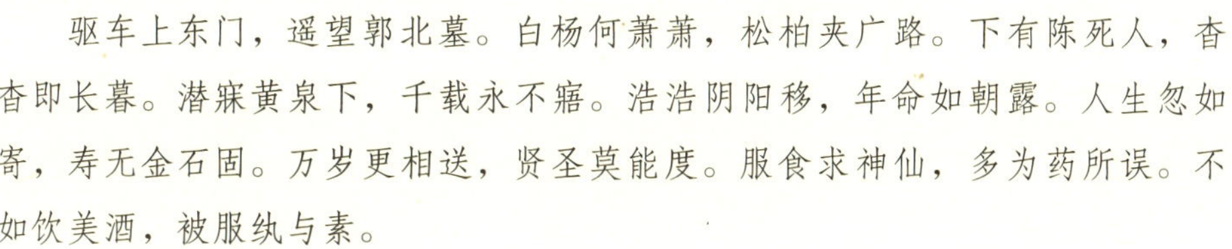

驱车上东门，遥望郭北墓。白杨何萧萧，松柏夹广路。下有陈死人，杳杳即长暮。潜寐黄泉下，千载永不寤。浩浩阴阳移，年命如朝露。人生忽如寄，寿无金石固。万岁更相送，贤圣莫能度。服食求神仙，多为药所误。不如饮美酒，被服纨与素。

③天似穹庐，笼盖四野。天苍苍，野茫茫，风吹草低见牛羊：出自南北朝时期斛律金的《敕勒歌》。

敕勒川，阴山下。天似穹庐，笼盖四野。天苍苍，野茫茫，风吹草低见牛羊。

斛律金：生卒年488—567，又名阿六敦，今山西朔州人，敕勒族，南北朝时期北魏、东魏、北齐三朝将领。

【译文】

“生年不满百，常怀千岁忧。昼短苦夜长，何不秉烛游?”“服食求神仙，多为药所误。不如饮美酒，被服纨与素。”像这样写情，才算是不隔。“采菊东篱下，悠然见南山。山气日夕佳，飞鸟相与还。”“天似穹庐，笼盖四野。天苍苍，野茫茫，风吹草低见牛羊。”像这样写景，才是不隔。

【赏析】

此篇再一次对“不隔”与“隔”的说法进行了补充说明。从写情角度来说，“生年不满百，常怀千岁忧。昼短苦夜长，何不秉烛游?”“服食求神仙，多为药所误。不如饮美酒，被服纨与素”，就属于直观表述，百年、千岁忧、昼短夜长、秉烛、神仙、药、美酒等，都是很自然的流露，不用过多猜测词人的意思，却又不乏词中的意韵，所以这便是写情诗中的不隔；从写景角度来说，“采菊东篱下，悠然见南山。山气日夕佳，飞鸟相与还”“天似穹庐，笼盖四野。天苍苍，野茫茫，风吹草低见牛羊”中，采菊、南山、山气、飞鸟、穹庐、牛羊等，也都是很直观的事物，不需要过多地解读，直抒胸臆，境界开阔，这便是写景诗中的不隔。

文中有两处以《古诗十九首》中的诗词举例，以此来表述写情之不隔。《古诗十九首》是东汉末期文人所著，大多表现了在动荡时局中的不安以及人生如白马过隙般短暂的感慨之情。其文风直率、通畅，对于自身情感毫不掩饰地描绘出来，尤受王国维喜爱。而后列举的陶渊明和斛律金的写景诗，亦是未加掩饰的写景之作。写景和写情的诗，均是真事物、真情感，这也和王国维所说的“真”的标准相符，而有了真便有了境界，有了境界便可称之为好诗。

所以说，王国维的“不隔说”最终还是落脚于他的“真”字上。

四二、白石格调最高

【原文】

古今词人格调之高，无如白石。惜不于意境上用力，故觉无言外之味，弦外之响，终不能与于第一流之作者也。

【译文】

论古今词人格调的高度，没有比得过姜夔的。只可惜他没有在词作的意境上下工夫，所以会感觉他的词没有言外之味、弦外之音，终究是无法和第一流作者相比的。

【赏析】

姜夔作词的特点就是喜好使用经典，致使词作如雾里看花般朦胧不透。所以，王国维便称他的词没有言外之味、弦外之音，终究是没办法列于第一流作者的。

不过，王国维也并没有由此否定姜夔词作的格调。陈廷焯在其《白雨斋词语》中说“格调之高，无过白石”，这一观点和王国维很是相似。姜夔生活在南宋末期，受当时时局和词风的影响，其风格多半飘逸清幽，再加上他常与高雅之士来往，让他的词作也多了一份清幽意味，格调自然高超。只可惜姜夔的这一清高自傲的秉性并没有很好地融入到他的词作中，一味地追求飘逸，而疏忽了意境的表述。所以，王国维说他格调最高却无意境，故而不能称为第一流作者。

四三、南宋词唯幼安也

【原文】

南宋词人，白石有格而无情，剑南[①]有气而乏韵。其堪与北宋人颉颃[②]者，唯一幼安[③]耳。近人祖南宋而祧北宋，以南宋之词可学，北宋不可学也。学南宋者，不祖白石，则祖梦窗，以白石、梦窗可学，幼安不可学也。学幼安者率祖其粗犷、滑稽，以其粗犷、滑稽处可学，佳处不可学也。幼安之佳处，在有性情，有境界。即以气象论，亦有"横素波、干青云[④]"之概，宁后世龊龊小生所可拟耶?

【注释】

①剑南：陆游（1125—1210年），南宋诗人、词人，字务观，号放翁，今浙江绍兴人。陆游的诗作多达九千多首，是现存留作最多的诗人。陆游与苏轼、王安石、黄庭坚并称"宋代四大诗人"，又和范成大、尤袤、杨万里合称为"南宋四大家"。著有《示儿》《冬夜读书示子聿》（其三）、《游山西村》《书愤》等。

②颉颃（xié háng）：相互抗衡、不相上下的意思。

③幼安：辛弃疾（1140—1207年），南宋豪放派词人，字幼安，号稼轩，

谥忠敏，今山东济南人。辛弃疾与李清照合称为“济南二安”。现留词作600多首，代表作品有《水调歌头（带湖吾甚爱）》《满江红（家住江南）》《摸鱼儿（更能消几番风雨）》《西江月（夜行黄沙道中）》等。

④横素波、干青云：出自萧统的《陶渊明集序》。

有疑陶渊明之诗，篇篇有酒。吾观其意不在酒，亦寄酒为迹也。其文章不群，词采精拔，跌宕昭彰，独超众类，抑扬爽朗，莫之与京。横素波而傍流，干青云而直上。语时事则指而可想，论怀抱则旷而且真。加以贞志不休，安道苦节，不以躬耕为耻，不以无财为病，自非大贤笃志，与道污隆，孰能如此乎？

【译文】

南宋的词人中，姜夔的词有格调而没有情致，陆游的词有气象却又少意韵。其中与北宋词人不相上下的，也只有辛弃疾了。近人只效仿南宋的词而疏远北宋的词，也是因为南宋的词容易学，而北宋的词不容易学的缘故。效仿南宋词作的人，不效仿姜夔，就效仿吴文英，这是因为姜夔、吴文英的词容易学，而辛弃疾的词不容易学的原因。效仿辛弃疾的人效仿他粗犷、滑稽的词风，是因为辛弃疾粗犷、滑稽的词风容易学，而他的好处不容易学的原因。辛弃疾词作的好处，在于它有真性情，有真境界。即便从气象的角度评说，它也有“横素波、干青云”的气概，这哪能是后世那些龌龊小子所能够比拟的呢？

【赏析】

此篇再次论述了北宋、南宋词作的差别。在王国维看来，南宋能够与北宋抗衡的词人只有一个，那就是辛弃疾，并评论辛弃疾的词“有意境，有气象”。在他看来，北宋的词都有很高的意境，而南宋的词有格调却无意境，有气象却又少意韵。后人之所以效仿南宋而不效仿北宋词的原因，也是因为意境难学而格调好学。

辛弃疾是一员忠心报国的大将，他曾经挥剑入敌营，砍杀敌军无数，这种气概非一个普通文人能比。他是一个胸襟极度宽广的人，再加上他所处的兵戈铁马的生存环境，使得其诗中自带有一些豪气，这些豪气是别人模仿不来的。如若生生地效仿，即便仿出了他的粗犷气势，可其中的意境却是难以

达到的。

由此得出，有格调的诗好学，有意境的诗难学；辞藻华丽的诗好学，意境深远的诗难学。

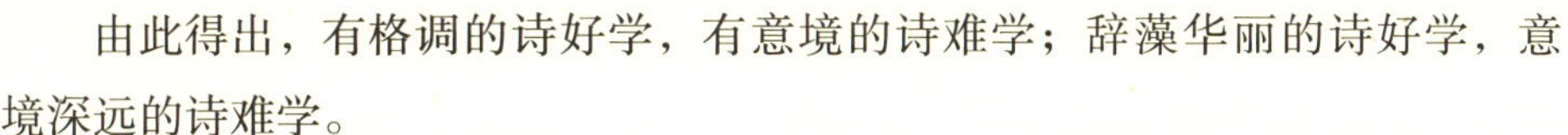

四四、无此胸襟不可学

【原文】

东坡之词旷，稼轩之词豪。无二人之胸襟而学其词，犹东施之效捧心也。

【译文】

苏东坡的词粗犷，辛弃疾的词豪放。没有这两个人的胸襟却效仿他们二人的词的人，犹如东施效颦般滑稽可笑。

【赏析】

旷达、豪放的词风是和词人的胸襟分不开的。如若后人盲目效仿的话，就会犹如东施效颦般可笑。

此篇中，王国维重点评述了词人胸襟和词风的关系。苏轼和辛弃疾都是宋朝的大家，是我国杰出的词人之一。辛弃疾更是我国留作最多的词人。后世人学他们二人词风的更是不计其数。只可惜，他们大多只学到了皮相，而无里面的精髓。其主要原因就是效仿者没有苏轼和辛弃疾那般胸襟。

此篇中的胸襟意为气度、学识、精神等，属于人生的一种大境界。胸襟宽大的人，便会气度不凡，眼界宽广，超越世俗，而从他笔下流出的诗作自然也有一番开阔的气象。而如若那些非高远之人勉强模仿的话，就会像东施效仿西施那样，不仅没有其韵味，还带有一丝滑稽，沦为笑柄，让人所不耻。

此外，苏轼和辛弃疾虽同为我国豪放派诗人的代表，但是他们二人诗中的内涵也是各不相同的。苏轼心胸宽阔，更多地是表达了和平的意韵；而辛弃疾理想、抱负远大，却苦于不得志，所以他的诗豪放中又带有一丝凄凉之情。

四五、苏、辛之雅量

【原文】

读东坡、稼轩词，须观其雅量高致，有伯夷[①]、柳下惠[②]之风。白石虽似蝉蜕尘埃，然终不免局促辕下。

【注释】

①伯夷：生卒年不详，商朝末期孤竹国亚微的长子。刚开始，孤竹君想要里立三儿子叔齐为太子，等到孤竹君逝世后，叔齐又要把王位让给伯夷。伯夷认为这是忤逆了父亲的意思，于是出逃。而叔齐也不愿意继承王位，也外逃了。伯夷到了周部落，并结识了周文王。后不满武王伐纣，绝食而亡。

②柳下惠：生卒年前720—前621，展氏，名获，字子禽，一字季，谥号惠，所以后人称他为柳下惠，今山东平阴展洼人。他最为经典的故事就是“坐怀不乱”，被视为我国道德的典范。《孟子》中曰：“柳下惠，圣之和者也。”所以后世人又称其为“和圣”。

【译文】

读苏东坡、辛弃疾的词，必须看其词中所蕴含的雅量情致，有伯夷、柳下惠的风范。虽然姜夔的词也犹如蝉蜕尘埃般清高脱俗，然而终究免不了局促于车辕之下。

【赏析】

苏轼、辛弃疾为豪放派诗人，而姜夔则为婉约派词人。一个豪放，一个婉约，如若从这两者的词风角度对比，未免有不妥之处。

姜夔清高孤傲，但却食于他人门下，多少受到一些拘束，无法将自己的真性情抒发出来。所以，从这一点上来说，虽然姜夔的词也如蝉蜕尘埃，但却要顾及主人的喜好，故而词风比较拘谨。

四六、狂者、狷者与乡愿

【原文】

苏、辛，词中之狂。白石犹不失为狷[①]。若梦窗、梅溪、玉田[②]、草窗[③]、西麓[④]辈，面目不同，同归于乡愿[⑤]而已。

【注释】

①狷（juàn）：拘谨。

②玉田：张炎，南宋最后一位著名词人，字叔夏，号玉田，又号乐笑翁。著有《山中白云词》。

③草窗：周密（1232—1298年），南宋词人、文学家，字公谨，号草窗，又号霄斋、蘋洲、萧斋，晚年号弁阳老人、四水潜夫、华不注山人，祖籍山东济南，后迁入浙江湖州。周密（草窗）和吴文英（梦窗）合称“二窗”，著有《武林旧事》《齐东野语》等。

④西麓：陈允平（生卒年不详），南宋末年、元朝初年词人，字君衡，一字衡仲，号西麓，今浙江宁波市人。著有《西麓诗

稿》、词集《西麓继周集》《日湖渔唱》。

⑤乡愿：表面上谨厚，背地里却同流合污，是为伪善者。

【译文】

苏东坡、辛弃疾，是词人中的狂者。姜夔不失为狷者。那么吴文英、史达祖、张炎、周密、陈允平之类的人，其面目都各不相同，只能一起归于“乡愿”一类了。

【赏析】

此篇王国维从词人的品格出发，狂者为最上，苏轼、辛弃疾便是；狷者为中，姜夔就是这样的人；而乡愿者为最下，吴文英、史达祖、张炎、周密、陈允平之类便是。他把人的品格分为上中下三等，豪放派的苏、辛为上等。

狂者积极进取，狷者有所不为，而乡愿则是表面坦荡、实则伪君子一类。狂者和狷者还有人们可学习的地方，而乡愿一类却带有极大的侮辱性，不为人所接受。刘熙载在其《游艺约言》中提到诗书词画的鉴赏时，也提到过狂、狷和乡愿，狂、狷尚在品格之中，而乡愿则完全被抛在品格之外了。

不过，在常人看来，吴文英、史达祖、张炎等人也是词中的大家，只是因所处时局的限制，词风才有了一些改变。他们的词作固然比不上苏、辛二人，但是若以“乡愿”二字加以评判，也确实有些草率了。

四七、稼轩之神悟

【原文】

稼轩中秋饮酒达旦，用《天问》[①]体作《木兰花慢》[②]以送月，曰：“可怜今夕月，向何处，去悠悠？是别有人间，那边才见，光影东头？”词人想象，直悟月轮绕地之理，与科学家密合，可谓神悟。

【注释】

①《天问》：为中国浪漫主义诗人屈原所作。西汉时期，刘向将其收编入《楚辞》中。《天问》整首诗共373句，大多是四言句。这部作品从始至终都

是以问句构成，对天地、自然、社会、人生提出了173个问题，所以称为《天问》。《天问》被誉为“千古万古至奇之作”。

曰：遂古之初，谁传道之？上下未形，何由考之？冥昭瞢（méng）暗，谁能极之？冯翼惟象，何以识之？明明暗暗，惟时何为？阴阳三合，何本何化？圜则九重，孰营度之？惟兹何功，孰初作之？斡维焉系，天极焉加？八柱何当，东南何亏？九天之际，安放安属？隅隈（yú wēi）多有，谁知其数？天何所沓？十二焉分？日月安属？列星安陈？出自汤谷，次于蒙汜。自明及晦，所行几里？夜光何德，死则又育？厥利维何，而顾菟（tù）在腹？女岐无合，夫焉取九子？伯强何处？惠气安在？何阖而晦？何开而明？角宿未旦，曜灵安藏？不任汩鸿，师何以尚之？佥曰“何忧，何不课而行之？”

鸱（chī）龟曳衔，鲧（gǔn）何听焉？顺欲成功，帝何刑焉？永遏在羽山，夫何三年不施？伯禹愎鲧，夫何以变化？纂就前绪，遂成考功。何续初继业，而厥谋不同？洪泉极深，何以窴（tián）之？地方九则，何以坟之？河海应龙？何尽何历？鲧何所营？禹何所成？康回冯怒，墬（dì）何故以东南倾？九州安错？川谷何洿（wū）？东流不溢，孰知其故？东西南北，其修孰多？南北顺椭，其衍几何？昆仑悬圃，其凥（kāo）安在？增城九重，其高几里？四方之门，其谁从焉？西北辟启，何气通焉？日安不到？烛龙何照？羲和之未扬，若华何光？何所冬暖？何所夏寒？焉有石林？何兽能言？焉有虬龙，负熊以游？雄虺（huǐ）九首，儵（tiáo）忽焉在？何所不死？长人何守？靡蓱（píng）九衢，枲（xǐ）华安居？

灵蛇吞象，厥大何如？黑水玄趾，三危安在？延年不死，寿何所止？鲮鱼何所？鬿（qí）堆焉处？羿焉彃（bì）日？乌焉解羽？禹之力献功，降省下土四方。焉得彼嵞（tú）山女，而通之於台桑？闵妃匹合，厥身是继。胡维嗜不同味，而快鼌（zhāo）饱？启代益作后，卒然离蠥（niè）。何启惟忧，而能拘是达？皆归射鞫（jū），而无害厥躬。何后益作革，而禹播降？启棘宾商，《九辨》《九歌》。何勤子屠母，而死分竟地？帝降夷羿，革孽夏民。胡射夫河伯，而妻彼雒（luò）嫔？冯珧利决，封豨（xī）是射。何献蒸肉之膏，而后帝不若？浞（zhuó）娶纯狐，眩妻爰谋。何羿之射革，而交吞揆之？阻穷西征，岩何越焉？化而为黄熊，巫何活焉？咸播秬（jù）黍，莆雚

(huán)是营。

何由并投，而鲧疾修盈？白蜺婴茀，胡为此堂？安得夫良药，不能固臧？天式从横，阳离爰死。大鸟何鸣，夫焉丧厥体？蓱号起雨，何以兴之？撰体协胁，鹿何膺之？鳌戴山抃，何以安之？释舟陵行，何之迁之？惟浇在户，何求于嫂？何少康逐犬，而颠陨厥首？女歧缝裳，而馆同爰止。何颠易厥首，而亲以逢殆？汤谋易旅，何以厚之？覆舟斟寻，何道取之？桀伐蒙山，何所得焉？妹嬉何肆，汤何殛焉？舜闵在家，父何以鱞？尧不姚告，二女何亲？厥萌在初，何所亿焉？璜台十成，谁所极焉？登立为帝，孰道尚之？女娲有体，孰制匠之？舜服厥弟，终然为害。何肆犬豕，而厥身不危败？

吴获迄古，南岳是止。孰期去斯，得两男子？缘鹄饰玉，后帝是飨。何承谋夏桀，终以灭丧？帝乃降观，下逢伊挚。何条放致罚，而黎服大说？简狄在台，喾何宜？玄鸟致贻，女何喜？该秉季德，厥父是臧。胡终弊于有扈，牧夫牛羊？

干协时舞，何以怀之？平胁曼肤，何以肥之？有扈牧竖，云何而逢？击床先出，其命何从？恒秉季德，焉得夫朴牛？何往营班禄，不但还来？昏微循迹，有狄不宁。何繁鸟萃棘，负子肆情？眩弟并淫，危害厥兄。何变化以作诈，而后嗣逢长？成汤东巡，有莘爰极。何乞彼小臣，而吉妃是得？水滨之木，得彼小子。夫何恶之，媵有莘之妇？汤出重泉，夫何辠(zuì)尤？

不胜心伐帝，夫谁使挑之？会朝争盟，何践吾期？苍鸟群飞，孰使萃之？列击纣躬，叔旦不嘉。何亲揆发足，周之命以咨嗟？授殷天下，其位安施？反成乃亡，其罪伊何？争遣伐器，何以行之？并驱击翼，何以将之？昭后成游，南土爰底。厥利惟何，逢彼白雉？穆王巧梅，夫何为周流？环理天下，夫何索求？妖夫曳炫，何号于市？周幽谁诛？焉得夫褒姒？天命反侧，何罚何佑？齐桓九会，卒然身杀。彼王纣之躬，孰使乱惑？何恶辅弼，谗谄是服？比干何逆，而抑沈之？雷开阿顺，而赐封之？何圣人之一德，卒其异方？梅伯受醢(hǎi)，箕子详狂？稷维元子，帝何竺之？投之于冰上，鸟何燠之？何冯弓挟矢，殊能将之？既惊帝切激，何逢长之？伯昌号衰，秉鞭作牧。

何令彻彼岐社，命有殷国？迁藏就岐，何能依？殷有惑妇，何所讥？受赐兹醢，西伯上告。何亲就上帝罚，殷之命以不救？师望在肆，昌何识？鼓刀扬声，后何喜？武发杀殷，何所悒？载尸集战，何所急？伯林雉经，维其何故？何感天抑墜，夫谁畏惧？皇天集命，惟何戒之？受礼天下，又使至代之？初汤臣挚，后兹承辅。何卒官汤，尊食宗绪？勋阖梦生，少离散亡。何壮武厉，能流厥严？彭铿斟雉，帝何飨？受寿永多，夫何久长？中央共牧，后何怒？蜂蛾微命，力何固？惊女采薇，鹿何佑？北至回水，萃何喜？兄有噬犬，弟何欲？易之以百两，卒无禄？薄暮雷电，归何忧？厥严不奉，帝何求？伏匿穴处，爰何云？荆勋作师，夫何长？悟过改更，我又何言？吴光争国，久余是胜。何环穿自闾社丘陵，爰出子文？吾告堵敖以不长。何试上自予，忠名弥彰？

②《木兰花慢》：为南宋词人辛弃疾效仿屈原《天问》所作。

中秋饮酒将，客谓前人诗词有赋待月，无送月者，因用《天问》体赋。

可怜今夕月，向何处，去悠悠？是别有人间，那边才见，光影东头？是天外。空汗漫，但长风浩浩送中秋？飞镜无根谁系？姮（héng）

娥不嫁谁留？谓经海底问无由，恍惚使人愁。怕万里长鲸，纵横触破，玉殿琼楼。虾蟆故堪浴水，问云何玉兔解沉浮？若道都齐无恙，云何渐渐如钩？

【译文】

辛弃疾中秋时节喝了一夜的酒，并且效仿屈原的《天问》体作了一首《木兰花慢》以送别明月，说："可怜今夕月，向何处，去悠悠？是别有人间，那边才见，光影东头？"词人的想象，直接悟到了月亮围绕地球的道理，和科学家的猜测密切贴合，真可以称得上是神悟啊。

【赏析】

"神悟"一词算是极高的评价。在辛弃疾生活的南宋时代，月球围绕地球旋转的道理并没有传及中国。所以在王国维看来，辛弃疾能够和科学家一样体会到这一点，可以说是神悟了。

四八、周旨荡而史意贪

【原文】

周介存谓"梅溪词中喜用'偷'字，足以定其品格。"刘融斋谓"周旨荡而史意贪。"此二语令人解颐。

【译文】

周济说："史达祖的词中喜欢使用'偷'字，这就足以判断他的品格了。"刘融斋说："周济的词意浪荡而史达祖的词意贪婪。"这两句话让人开颜大笑。

【赏析】

引入他人的文字，带入自己的评论，这是王国维编写词话的方式之一。有些他会在引入之后稍加评述辩论一番，而有些则是用寥寥几笔表示自己的赞同之意。这一则属于后者。

刘熙载所说的周济词意浪荡，这在王国维前文的评论中已经出现过。王国维更是将其作品与倡伎相提并论，可见对其品格极为排斥和厌恶。周济以

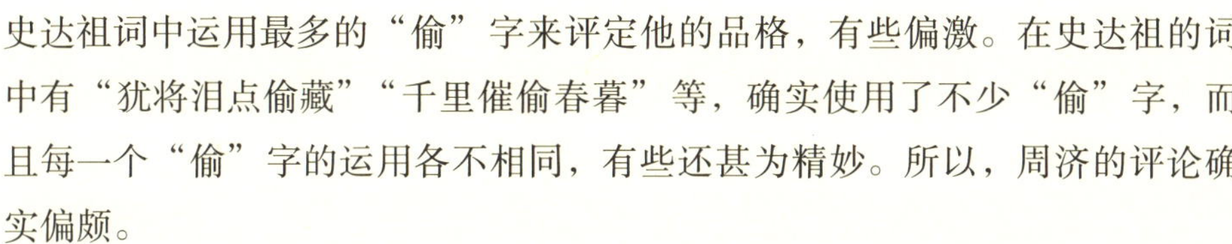

史达祖词中运用最多的“偷”字来评定他的品格，有些偏激。在史达祖的词中有“犹将泪点偷藏”“千里催偷春暮”等，确实使用了不少“偷”字，而且每一个“偷”字的运用各不相同，有些还甚为精妙。所以，周济的评论确实偏颇。

而周济自身又是艳语词人，香艳词句数不胜数。如若说他和史达祖的相同之处，那就是二人都喜欢咬文嚼字，喜欢华丽的辞藻却意境狭窄的诗作，二人的词风、品格可以说是不相上下。

所以，当刘熙载作出“周旨荡而史意贪”的评论时，王国维并没有多加反驳，而是开颜大笑，很是赞同。

四九、论梦窗之词

【原文】

介存谓：梦窗词之佳者，如“水光云影，摇荡绿波，抚玩无极，追寻已远。”余览《梦窗甲乙丙丁稿》[①]中，实无足当此者。有之，其“隔江人在雨声中，晚风菰叶生秋怨[②]”二语乎？

【注释】

①《梦窗甲乙丙丁稿》：为南宋词人吴文英所著。

②隔江人在雨声中，晚风菰叶生秋怨：出自南宋词人吴文英的《踏莎行》。

润玉笼绡，檀樱倚扇，绣圈犹带脂香浅。榴心空叠舞裙红，艾枝应压愁鬟乱。午梦千山，窗阴一箭，香瘢（bān）新褪红丝腕。隔江人在雨声中，晚风菰叶生秋怨。

【译文】

周济说：吴文英词中的佳句，就好比“水光云影，摇荡绿波，抚玩无极，追寻已远”。我看吴文英所著的《梦窗甲乙丙丁稿》中，实在没有足以担当此评价的句子。如若真要有的话，其“隔江人在雨声中，晚风菰叶生秋怨”两句怎么样呢？

【赏析】

《梦窗甲乙丙丁稿》为吴文英所著，收录了近350首词，仅次于南宋词人辛弃疾，为南宋第二词人。对于吴文英的词作评析，自古就有着很大的分歧。推崇他的人，将他列为宋词四大家；贬低他的人则认为他的词仅有华丽外表而无内涵。直到如今，对于吴文英词作的讨论还在争执不休。

不过，不管他们如何争论，吴文英的辞藻华丽是众所认同的。事实上，吴文英的词也并非后人评判的那样一无是处。在有些人看来，吴文英的词倒是颇有文理，而且他的创作手法类似于西方现代文艺，使用跳跃式叙述，内容杂糅。

周济对吴文英的词给出了很高的评价，而王国维却不以为然，认为能够承担周济之评价的词句寥寥无几，如若真要有，也就勉强挑出了“隔江人在雨声中，晚风菰叶生秋怨”二句。

五〇、梦窗之词与玉田之词

【原文】

梦窗之词，吾得取其词中之一语以评之，曰：“映梦窗，零乱碧[①]。”玉田之词，余得取其词中之一语以评之，曰：“玉老田荒[②]。”

【注释】

①映梦窗，零乱碧：出自南宋词人吴文英的《秋思》。

堆枕香鬟侧。骤夜声，偏称画屏秋色。风碎串珠，润侵歌板，愁压眉窄。动罗箑（shà）清商，寸心低诉叙怨抑。映梦窗，零乱碧。待涨绿春深，落花香泛，料有断红流处，暗题相忆。欢酌。檐花细滴。送故人、粉黛重饰。漏侵琼瑟。丁东敲断，弄晴月白。怕一曲、霓裳未终，催云骖（cān）凤翼。叹谢客、犹未识。漫瘦却东阳，灯前无梦到得。路隔重云雁北。

②玉老田荒：出自南宋词人张炎的《祝英台近·水痕深》。

水痕深，花信足，寂寞汉南树。转首青阴，芳事顿如许。不知多少消魂，夜来风雨。犹梦到、断红流处。最无据。长年息影空山，愁入庾郎句。玉老田荒，心事已迟暮。几回听得啼鹃，不如归去。终不似、旧时鹦鹉。

【译文】

吴文英的词，我从他的词中取一句用以评价，说：“映梦窗，零乱碧”。张炎的词，我也从他的词中取一句来评价，说：“玉老田荒。”

【赏析】

吴文英和张炎都属于南宋词人，而王国维对南宋词人大多都无好评，更是把吴文英、张炎二人列入“乡愿”之辈。在他看来，吴文英的词“映梦窗，零乱碧”，也就是词风虽有可取之处，但却凌乱不堪；张炎的词“玉老田荒”，有“迟暮”之意。初期，张炎的词风奢华，而到了后期，张炎的词风开始转为凄厉。但从悲情上来说，张炎无法超越后主李煜；从豪放上说，张炎不如辛弃疾；从清幽的角度来看，他又无法赶超李清照。所以，王国维才评论他的词风为“迟暮之风”。

五一、诗、词之境界

【原文】

"明月照积雪①"、"大江流日夜②"、"中天悬明月③"、"黄河落日圆④"，此种境界，可谓千古壮观。求之于词，唯纳兰容若⑤塞上之作，如《长相思》⑥之"夜深千帐灯"，《如梦令》⑦之"万帐穹庐人醉，星影摇摇欲坠"差近之。

【注释】

①明月照积雪：出自晋宋诗人谢灵运的《岁暮》。"殷忧不能寐，苦此夜难颓。明月照积雪，朔风劲且哀。运往无淹物，年逝觉已催。"

②大江流日夜：出自南北朝诗人谢朓（tiǎo）的《暂使下都夜发新林至京邑赠西府同僚》。

大江流日夜，客心悲未央。徒念关山近，终知返路长。秋河曙耿耿，寒渚夜苍苍。引领见京室，宫雉正相望。金波丽鳷（zhī）鹊，玉绳低建章。驱车鼎门外，思见昭丘阳。驰晖不可接，何况隔两乡？风云有鸟路，江汉限无梁。常恐鹰隼击，时菊委严霜。寄言罻（wèi）罗者，寥廓已高翔。

谢朓：生卒年464—499，南齐代表作家，字玄晖，今河南太康人。谢朓曾担任宣城太守，遂又称"谢宣城"。著有《谢朓逸集》等。

③中天悬明月：出自盛唐诗人杜甫的《后出塞五首·其二》。

朝进东门营，暮上河阳桥。落日照大旗，马鸣风萧萧。平沙列万幕，部伍各见招。中天悬明月，令严夜寂寥。悲笳数声动，壮士惨不骄。借问大将谁，恐是霍骠姚。

④黄河落日圆：出自唐代诗人王维的《使至塞上》。

单车欲问边，属国过居延。征蓬出汉塞，归雁入胡天。大漠孤烟直，长河落日圆。萧关逢候骑，都护在燕然。

王维：生卒年701—761，唐朝著名诗人、画家，字摩诘，号摩诘居士，

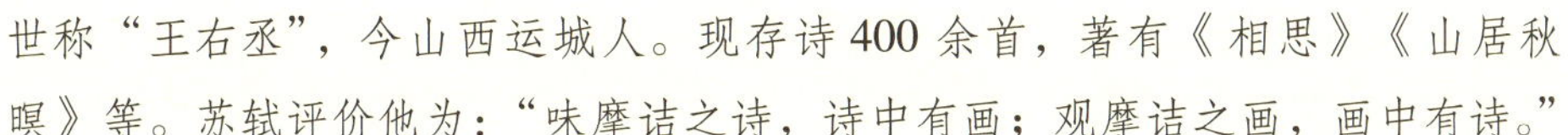
世称“王右丞”，今山西运城人。现存诗400余首，著有《相思》《山居秋暝》等。苏轼评价他为：“味摩诘之诗，诗中有画；观摩诘之画，画中有诗。”

⑤纳兰容若：纳兰性德（1655—1685），清代著名词人，纳兰氏，原名成德，后改名为性德，字容若，号饮水、楞伽山人，今北京人。他所编辑的《纳兰词》在中国文学史上享有很高的地位，与朱彝尊、陈维崧合称为“清词三大家”。著有《侧帽集》《饮水集》《渌水亭杂识》《纳兰词》等，现存词348首。

⑥《长相思》：为清代词人纳兰性德所著。

山一程，水一程，身向榆关那畔行。夜深千帐灯。风一更，雪一更，聒碎乡心梦不成。故园无此声。

⑦《如梦令》：为清代词人纳兰性德所著。

万帐穹庐人醉，星影摇摇欲坠。归梦隔狼河，又被河声搅碎。还睡，还睡，解道醒来无味。

【译文】

“明月照积雪”“大江流日夜”“中天悬明月”“黄河落日圆”，这些诗的境界，可以称得上是千古奇观。如果在词中寻找类似的意境，只有纳兰容若的塞上之作可比拟了，比如《长相思》中的“夜深千帐灯”，《如梦令》中的“万帐穹庐人醉，星影摇摇欲坠”差不多接近上述境界。

【赏析】

此篇主要是诗词境界的对比。在诗中，王国维认为“明月照积雪”“大江流日夜”“中天悬明月”“黄河落日圆”等这些诗作的境界达到了无比高深的境界，可谓是千古奇观，而在词中，能够与此境界相媲美的，独有纳兰容若的塞上之作。

王国维曾言：“诗之境阔，词之言长。”从这句话来说，诗和词的境界还是有些区别的。诗中的壮观境界比较多，而词因为其体例的限制，大多都是婉约细腻的表达，所以在词中，有壮观境界的词作很少。

词中有壮观之境的也并非纳兰容若一人，比如苏轼的“千骑卷平冈”，辛弃疾的“楚天千里清秋”等，都有此等境界的表述。

五二、观物、言情以自然

【原文】

纳兰容若以自然之眼观物，以自然之舌言情。此由初入中原，未染汉人风气，故能真切如此。北宋以来，一人而已。

【译文】

纳兰容若以自然的眼光观察事物，以自然的言语抒写感情。这是因为纳兰容若刚刚来到中原，还没有沾染上汉人的风气，所以才能够如此真情深切。北宋以后，只有这一个人而已。

【赏析】

文中“自然”二字，又再次强调了王国维所提倡的“不隔”“真”等标准。在他看来，纳兰容若之所以如此之自然，是因为他没有沾染上汉人不好的风气。更是将纳兰容若看作是北宋之后唯一一个如此词风的作者。

王国维说过：“政治家之眼，域于一人一事。诗人之眼，则通古今而观之。词人观物，须用诗人之眼，不可用政治家之眼。故感事、怀古之作，当与寿词同为词家所禁也。”

王国维的这句话，便强调了词人作诗时的纯粹性和自然性。政治家的眼睛要看清一人一事，而词人要像诗人一样，通古今而观之，不可受政治的影响。只有这样，词人才能够写出最自然的作品，才能够远离人世间的污浊之气，才能够不沾染人间的坏风气。这样的词才算是自然的，真实的，有意境的。

纳兰容若的词最多被人提及的便是抒情、悼亡的作品，而王国维却称纳兰词为和“诗”中气概相似的词，并说他的词作称得上千古奇观，也算是对纳兰词的另类评价和解说了。

五三、词并非易于诗

【原文】

陆放翁跋[1]《花间集》，谓："唐季五代，诗愈卑，而倚声者辄简古可爱。能此不能彼，未可以理推也。"《提要》驳之，谓："犹能举七十斤者，举百斤则蹶，举五十斤则运掉自如。"其言甚辨。然谓词必易于诗，余未敢信。善乎陈卧子[2]之言曰："宋人不知诗而强作诗，故终宋之世无诗。然其欢愉愁苦之致，动于中而不能抑者，类发于诗余，故其所造独工。[3]"五代词之所以独胜，亦以此也。

【注释】

①跋：文体的一种，为后序。

②陈卧子：陈子龙（1608—1647年），明代著名诗人、词人、文学家，初名介，字卧子、懋（mào）中、人中，号大樽、海士、轶符等，今上海市松江人。被后世誉为"明代第一词人"，著有《安雅堂稿》《陈忠裕公全集》等。

③宋人不知诗而强作诗，故终宋之世无诗。然其欢愉愁苦之致，动于中而不能抑者，类发于诗余，

故其所造独工：出自明代词人陈子龙的《王介人诗余序》。

【译文】

陆游为《花间集》作后序，说："后唐五代之后，诗作越来越卑微低下，而那些依声填词的人却显得简古可爱。能这样便不能那样，不可以从理论上来推算的。"《四库全书总目提要》反驳这个观点，说："那些能够举起七十斤的人，举起百斤就会有些困难，但是举起五十斤却轻松自如。"其言辞非常有说服力。然而要说作词比作诗容易，我不敢相信。陈子龙的一段话说得非常好："宋人不知道诗却又强行作诗，所以最终宋朝并没有诗作流传。但他们内心欢愉愁苦到了极点，而无法抑制住内心的激动，便将这些情感抒发到词作中，故而他们所创造出来的词作非常独特精妙。"五代时期的词作之所以能够取胜，也是这个原因。

【赏析】

《四库全书总目提要》认为作词比作诗容易，这是很片面的说法。词和诗就好比舞台上的旦角和丑角，都是文化长河中不可或缺的一部分，是人类文化遗产的重要组成部分。诗与词除了表现方式不同之外，它们都以最适合的艺术形式展现在世人眼前，都有着相同的魅力。

宋词的出现，并非因为词作比诗作容易，而是因为当时的时局。俗语说：时势造人。你生活在一个怎样的时代，你便会养成怎样的世界观、人生观和价值观，你就会拥有什么样的性格，便会选择怎样的艺术表现方式，这些都会影响到一个人文学艺术作品的创作。

对于陈子龙的说法，王国维是十分赞同的，他认为词作发于情感，当情感到达一个极致的时候，就会喷发出来，这也是宋词之所以能够达到巅峰的原因。陈子龙的这一说法符合王国维的"真感情"论。其实，不管任何文学作品，不管什么年代，只有将自己的真感情融入到作品里面，才算是赋予作品以灵魂；如若不然，便是空有其壳，而没有丝毫内涵可言了。

总的来说，王国维的"真情感"论，即便是放在现代生活中，也是有意义的。

五四、文体盛衰之由

【原文】

四言[①]敝而有《楚辞》[②]，《楚辞》敝而有五言[③]，五言敝而有七言[④]，古诗敝而有律绝[⑤]，律绝敝而有词。盖文体通行既久，染指遂多，自成习套。豪杰之士，亦难于其中自出新意，故遁而作他体，以自解脱。一切文体所以始盛终衰者，皆由于此。故谓文学后不如前，余未敢信。但就一体论，则此说固无以易也。

【注释】

①四言：四言诗，诗体的一种。南朝刘勰在其《文心雕龙·明诗》中说："汉初四言，韦孟首唱；匡谏之义，继轨周人。"《诗经》便是四言诗的代表作。

刘勰：生卒年约465—520，南朝梁代著名文学理论家，字彦和，今山东省日照市人。著有《文心雕龙》。

②《楚辞》：楚辞又称楚词，其作者是我国著名爱国主义诗人屈原。《楚辞》是我国第二部诗歌总集，地位仅次于《诗经》。楚辞主要写了楚地的山河大地、人物风情，有很突出的地方特色。

③五言：五言诗，诗体的一种。源于西汉，成熟于东汉。

④七言：七言绝句，每句七个字，是绝句的一种，属于近体诗范畴。六朝时期兴起，唐代时成熟。诗人王昌龄被称为"绝句圣手"。

⑤律绝：绝句的一种。

【译文】

四言诗衰败后而出现了《楚辞》，《楚辞》衰败后而有了五言诗，五言诗衰败后而有了七言绝句，古诗衰败后而出现了律绝，律绝衰败后又有了词。所以说文体流行的时间长了，于是便出现了很多使用它的人，最后自然便形成一种固定的套路。豪杰人士，也难以在这之中创造出什么新意来，

所以便远离这个文体而去开创其他文体，以此让自己从中解脱出来。一切文体之所以会开始时兴盛最终衰败，都是因为这个原因。所以说后来的文学比不上前人的文学，我是不敢相信的。但是就从文体上来论述，那么这种说法确实比较牢固而无法改变。

【赏析】

香港电影最初兴起的时候，警匪题材片一时间风靡大地，所以大部分影视公司便跟风而起，拍了一系列警匪故事片，直到弄得零票房甚至是负票房才罢手。其实，这一现象和王国维所说的“一切文体所以始盛终衰者”有些相似。文体刚兴起来的时候，属于前沿之作，很多人争相效仿，而当这一文体日臻完善的时候，人们便无法在这一文体的框架中再构想出新的创意来，所以文体开始走向衰败。此时有些人便开始另寻他路，然后又引发新一轮的文体兴盛到衰败的过程，周而复始。直到现在，文体兴衰的道理还是通用的。

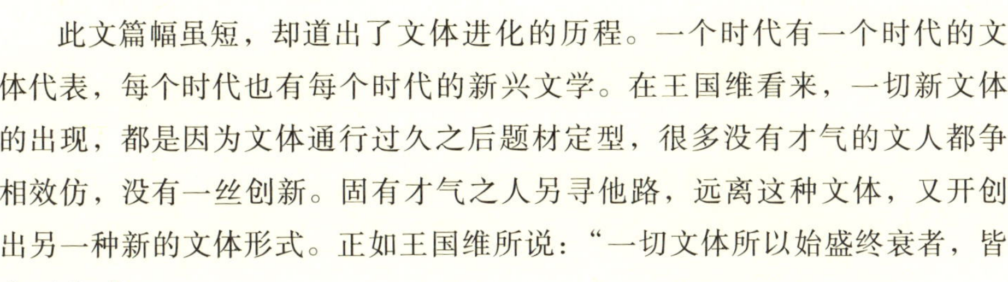
此文篇幅虽短，却道出了文体进化的历程。一个时代有一个时代的文体代表，每个时代也有每个时代的新兴文学。在王国维看来，一切新文体的出现，都是因为文体通行过久之后题材定型，很多没有才气的文人都争相效仿，没有一丝创新。固有才气之人另寻他路，远离这种文体，又开创出另一种新的文体形式。正如王国维所说："一切文体所以始盛终衰者，皆由于此。"

五五、诗、词有题而亡

【原文】

诗之《三百篇》[①]、《十九首》[②]，词之五代、北宋，皆无题也。非无题也，诗词中之意，不能以题尽之也。自《花庵》[③]、《草堂》[④]每调立题，并古人无题之词亦为之作题。如观一幅佳山水，而即曰此某山某河，可乎？诗有题而诗亡，词有题而词亡。然中材之士，鲜能知此而自振拔者矣。

【注释】

①《三百篇》：代指《诗经》，其收录了311篇诗歌。司马迁《报任少卿书》中说："《诗》三百篇，大抵圣贤发愤之所为作也。"

②《十九首》：《古诗十九首》，为南朝人萧统收录。

③《花庵》：《花庵词选》，为南宋黄昇所编。

黄昇：生卒年不详，字叔旸，号玉林，又号花庵词客，今福建人。著有《唐宋诸贤绝妙词选》等。

④《草堂》：《草堂诗余》，南宋何士信所编。

【译文】

《诗经三百篇》《古诗十九首》，五代、北宋的词，都是没有题目的。这并不是说没有题，而是诗词中的意思不能用题来道尽。自从《花庵词选》《草堂》开始每调都立题目，并且把古人没有题目的词也为它加上了题目。就好比观赏一幅山水佳画，却要即刻说出这是哪座山哪条河，这样可以吗？诗有了题目而诗开始衰败，词有了题目而词开始衰败。然而那些才气平平的人，很少能够知道这个道理而会自发振奋的。

【赏析】

文中论述了诗词立题的事情，王国维认为，诗经三百首、古诗十九首，五代、北宋的词都是没有题目的，但其创作自然，以情为题，所以并没有必要去另立题目。而诗词发展到南宋之后，人们开始给诗词立题，并且还将古人没有题目的诗词加上题目，这在王国维看来，完全是画蛇添足、没有必要之举。

再者说，北宋之前的诗词作品大多都是先有文再有题，而北宋之后的诗词作品则是先有题后有文。这样一来，先有题必定会束缚创作者的思维，不利于创作。叔本华说："艺术就好比一根垂直线，它可以在前者任何一点上加以割断"。这和王国维的无题论相似。

不过，王国维的这一说法有些片面。虽然五代、北宋的无题词作居多，但是也有少量有题的词作，甚至有些还有小序。再者，为诗词添上题目，并非都是有害之举，更没有达到王国维所说的"诗有题而亡，词有题而亡"的严重地步。有些诗词，另立题目，不仅不会干扰诗词的正意，而且还有些锦上添花的意味。

五六、大家之作

【原文】

大家之作，其言情也必沁人心脾，其写景也必豁人耳目。其辞脱口而出，无矫揉妆束之态。以其所见者真，所知者深也。诗词皆然。持此以衡古今之作者，可无大误矣。

【译文】

诗词名家的作品，其写情能够沁人心脾，其写景能够豁达心扉。他们的词句脱口而出，毫无矫揉造作、梳妆打扮的样子。因为他们观察得真切，理解得深远。诗词也是这样。拿着这个标准来衡量古今的作者，可以说不会有太大的误差了。

【赏析】

真切的观察能够让人领悟事物的细微之处，深远的理解能够觉察事物的本质特征，自然的言辞能够传递给读者真情实感。这是一个佳作的必备条件，也是大家作品的常态。

而对大家之作的评判，王国维也给出了一定的标准："言情沁人心脾，写景豁人耳目。"词作自然，深入人心。王国维说："词人之忠实，不独对人事宜然，即对一草一木，亦须有忠实之意。"很符合此篇所论述的观点。

辞藻华丽无内涵，矫揉造作无实情，这不仅是古时文章的忌讳，也是现今文学创作的大忌。一部没有真情实感的作品，无法引起人们的共鸣，无法达到其艺术创作要求，这样的作品犹如没有灵魂的躯壳，让人感到乏味。

五七、诗词创作之道

【原文】

人能于诗词中不为美刺投赠之篇，不使隶事之句，不用粉饰之字，则于此道已过半矣。

【译文】

如果人在创作诗词的时候能够不作美刺、投赠之类的篇章，不使用典故的句子，不采用粉饰的字词，那么对于诗词之道的理解已经过半了。

【赏析】

王国维的《人间词话》大都是从自然角度出发，提倡真情实感，主张气象、意境。而此文中指出，诗词的创作不能受附加物的限制，不能为了典故而典故，不能为了恭维而粉饰，只有理解了这二者，诗词的创作之道才算是理解了一半。

诗词真正美的地方，是以自然清新为题，抒发出诗词作者的真情实感。如若运用过多的粉饰、典故，则未免显得过于世俗，造成诗词作品华而不实，不能打动人。所以说，有纯粹情感、自然描述的诗词作品，才称得上是大家之作。

五八、白居易与吴伟业

【原文】

以《长恨歌》[①]之壮采，而所隶之事，只“小玉双成”四字，才有余也。梅村[②]歌行，则非隶事不办。白、吴优劣，即于此见。不独作诗为然，填词家亦不可不知也。

【注释】

①《长恨歌》：为唐朝诗人白居易所作。

……金阙西厢叩玉扃（jiōng），转教小玉报双成。闻道汉家天子使，九华帐里梦魂惊。揽衣推枕起徘徊，珠箔银屏迤逦开。云鬓半偏新睡觉，花冠不整下堂来。风吹仙袂飘飘举，犹似霓裳羽衣舞。玉容寂寞泪阑干，梨花一枝春带雨。含情凝睇谢君王，一别音容两渺茫。昭阳殿里恩爱绝，蓬莱宫中日月长。回头下望人寰处，不见长安见尘雾。惟将旧物表深情，钿合金钗寄将去。钗留一股合一扇，钗擘（bò）黄金合分钿。但教心似金钿坚，天上人间会相见。临别殷勤重寄词，词中有誓两心知。七月七日长生殿，夜半无人私语时。在天愿作比翼鸟，在地愿为连理枝。天长地久有时尽，此恨绵绵无绝期。

白居易：生卒年 772—846，唐代现实派诗人，字乐天，号香山居士，世称“诗魔”“诗王”，今山西太原人。著有《长恨歌》《卖炭翁》《琵琶行》等。

②梅村：吴伟业（1609—1672 年），明末清初著名诗人，字骏公，号梅村，别署鹿樵生、灌隐主人、大云道人，今江苏太仓人。吴伟业和钱谦益、龚鼎孳并称为“江左三大家”，开创“梅村体”，著有《永和宫词》《洛阳行》等。

【译文】

以白居易《长恨歌》的壮丽神采，而其中所运用典故的地方，只有“小玉双成”四个字，这是因为他的才华横溢。再看吴伟业的歌行，没有典故则写不成文章。白居易、吴伟业的优劣，从这里就能够看出来了。这一点不仅作诗的人要注意，填词的人也不可以不知道。

【赏析】

此篇继续阐述了诗文创作运用典故的事情。白居易的《长恨歌》和吴伟业的《圆圆曲》都是名家大作。只是一个典故少，一个典故多。而王国维以“典故多少”评判二位词作人的优劣，实在不妥当。

从内容文字上来说：白居易的《长恨歌》通俗易懂，但是吴伟业的《圆圆曲》也并非隐晦之作。典故多不能是评判诗词优劣的标准，只要使用恰当，亦能为作品增添色彩。

五九、绝句，律诗和排律

【原文】

近体诗体制，以五七言绝句为最尊，律诗次之，排律[1]最下。盖此体于寄兴言情，两无所当，殆有均之骈体文[2]耳。词中小令[3]如绝句，长调[4]似律诗，若长调之《百字令》[5]、《沁园春》[6]等，则近于排律矣。

【注释】

①排律：指长篇的律诗，又称长律。大多数情况下为五言。

②骈体文：古代汉民族以字句两两相对而成篇章的文体。

③小令：散曲的一种，等于一首单调的词。

④长调：词调中的长曲。

⑤《百字令》：词牌名，词共有100个字。代表作品是苏轼的《念奴娇·赤壁怀古》。

大江东去，浪淘尽，千古风流人物。故垒西边，人道是，三国周郎赤壁。乱石穿空，惊涛拍岸，卷起千堆雪。江山如画，一时多少豪杰。遥想公瑾当年，小乔初嫁了，雄姿英发。羽扇纶巾，谈笑间，樯橹灰飞烟灭。故国神游，多情应笑我，早生华发。人生如梦，一尊还酹江月。

⑥《沁园春》：词牌名。代表作品是苏轼的《沁园春·情若连环》。

情若连环，恨如流水，甚时是休。也不须惊怪，沈郎易瘦；也不须惊怪，潘鬓先愁。总是难禁，许多魔难，奈好事教人不自由。空追想，念前欢杳杳，后会悠悠。凝眸。悔上层楼。谩惹起、新愁压旧愁。向彩笺写遍，相思字了，重重封卷，密寄书邮。料到伊行，时时开看，一看一回和泪收。须知道，口这般病染，两处心头。

【译文】

近体诗的体制，五言绝句和七言绝句是最好的，其次便是律诗，最下为排律。所以如果这种体制要写寄兴言情的话，并不适合，这是因为排律带有骈体文的韵律。词中的小令犹如绝句，长调就好比律诗，而长调中的《百字令》《沁园春》等，则是和排律相接近了。

【赏析】

王国维将近体诗分为三类：最上等的是绝句，其次是律诗，再次是排律。而如若将词和诗对比的话，词中的小令就相当于绝句，长调则仿似律诗，而长调中的《百字令》《沁园春》则相当于排律。也就是说，在词中，小令为第一等，长调为第二等，《百字令》《沁园春》为第三等。

在王国维看来，排律好比骈体文，字句讲究工整，体制有些呆板，不利于作者发挥个人的创新思维。所以将排律列为第三等。这种排列方法并不恰当，排律虽然格式统一呆板，没有新意，但是也不妨碍其寄兴言情。如若这样排比，不免有失公正。

王国维的这一评判还是推崇北宋贬低南宋，北宋是小令的昌盛时代，而南宋的词作大多以长调为主。其实对于作品来说，采用何种体例、何种抒写方式并不是很重要。只要意思明朗，感情真挚，也是一首高雅的好诗、好词。如果被限制在格律以内，可能就会因为过分追逐词的格律而减少了诗词的清灵纯真之美。

六〇、入乎其内，出乎其外

【原文】

诗人对宇宙人生，须入乎其内，又须出乎其外。入乎其内，故能写之。出乎其外，故能观之。入乎其内，故有生气。出乎其外，故有高致。美成能入而不能出。白石以降，于此二事皆未梦见。

【译文】

诗人对于宇宙人生，既要深入其中，又要远离其外。深入其中，所以才能够描写它。远离其外，才能够细细观察它。深入其中，故而有了生气。远离其外，故而有了高雅精致。周邦彦能够深入其中却无法远离其外。姜夔之后，这两种事情做梦都见不到了。

【赏析】

此篇讲述了作者对于外物的一种态度。“入乎其内，出乎其外”是创造诗词意境的方法之一，只有深入其中，才能够了解其生气，只有远离其外，才能够观其高雅。周邦彦和姜夔是前文多次被批评的人物。周邦彦善用替代字，其词作大多华美但缺少了高致；姜夔的词虽然有格调，但是在境界上却没有大的作为。

拿我们现代的写作来说，如若要写人世间的悲欢离合，就需要作者反复思量和体会，才能够动笔。否则，写出来的东西只有表面而缺乏本质，经不起人们的推敲。特别是对那些要反映社会时局的大作家来说，“入”便显得尤为重要。作者需要深入社会阶层，认真钻研其中的生活现象，研究人际交互关系，以此来安排人物性格主线、故事发展等。“出”便是在“入”之后的升华，如果说“入”是写作的情感基础，那么“出”就是对这一基础的提升。只有“出”来，才能够更加细微地品味到其中暗含的本质，让整个作品

在真情实感的基础上再上升一个高度。

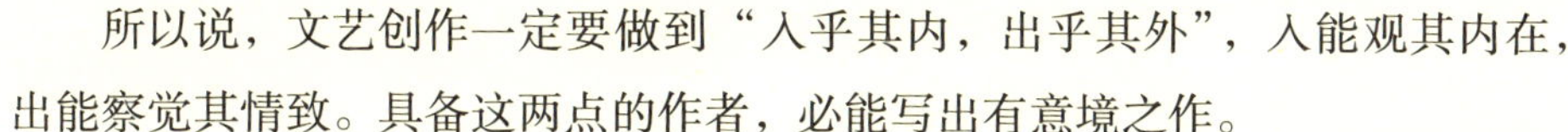
所以说，文艺创作一定要做到“入乎其内，出乎其外”，入能观其内在，出能察觉其情致。具备这两点的作者，必能写出有意境之作。

六一、诗人与外物

【原文】

诗人必有轻视外物之意，故能以奴仆命风月。又必有重视外物之意，故能与花鸟共忧乐。

【译文】

诗人一定要具备轻视一切外物的气魄，故而能够把风月当作奴仆看待。又必须有重视外物的思想，故而能够和花鸟一同忧乐。

【赏析】

“轻外物”“重外物”是王国维对于“入乎其内，出乎其外”的进一步补充说明。“轻外物”便是“出乎其外”，超脱于外物之上，不受外物打扰，如此方能够看清外物的本质，能够物为我用，充分发挥自己的创作思想；“重外物”便是“入乎其内”，将自身的感情和外物融为一体，以外界的事物为情感载体，达到“物我两相忘”的境界。

六二、游词为淫鄙之病

【原文】

“昔为倡家女，今为荡子妇。荡子行不归，空床难独守。①”“何不策高足，先据要路津？无为久贫贱，轗轲长苦辛。②”可谓淫鄙之尤。然无视为淫

词、鄙词者，以其真也。五代、北宋之大词人亦然。非无淫词，读之者但觉其亲切动人。非无鄙词，但觉其精力弥满。可知淫词与鄙词之病，非淫与鄙之病，而游词[③]之病也。“岂不尔思，室是远而。”而子曰：“未之思也，夫何远之有?”[④]恶其游也。

【注释】

①昔为倡家女，今为荡子妇。荡子行不归，空床难独守：出自《古诗十九首·青青河畔草》。

青青河畔草，郁郁园中柳。盈盈楼上女，皎皎当窗牖。娥娥红粉妆，纤纤出素手。昔为倡家女，今为荡子妇。荡子行不归，空床难独守。

②何不策高足，先据要路津?无为久贫贱，轗（kǎn）轲长苦辛：出自《今日良宴会》。

今日良宴会，欢乐难具陈。弹筝奋逸响，新声妙入神。令德唱高言，识曲听其真。齐心同所愿，含意俱未申。人生寄一世，奄忽若飙尘。何不策高足，先据要路津。无为守贫贱，坎坷长苦辛。

③游词：浮夸的言词。

④岂不尔思：出自《论语》。

唐棣之华，偏其反而。岂不尔思，室是远而。子曰：“未之思也，夫何

远之有?”

【译文】

“昔为倡家女，今为荡子妇。荡子行不归，空床难独守。”“何不策高足，先据要路津？无为久贫贱，轗轲长苦辛。”这样的词篇可以说是淫秽卑鄙之最。然而却不能无视这样淫秽卑鄙的词，因为它们表达的是真实的感情。五代、北宋的大词人也是一样。并不是没有淫词，而是读过的人都感觉亲切动人。并不是没有鄙词，而是读过后但觉精力充沛。由此可以知道淫词和鄙词的弊病，并不在于淫与鄙，而是那些浮夸的词句造成的。《论语》中说：“我难道不思念你吗？只是因为我们相隔太远罢了。”而孔子说：“这并不是思念，又何来距离远的说法呢?”孔子也是厌恶这些游词的。

【赏析】

“游词”便是浮夸之词，言不由衷、虚无缥缈。初读时，以为作者所要批评的是淫词和鄙词，直到最后才点明主题：淫词和鄙词的弊病并非在于“淫鄙”二字，而是在于作词者没有真情实感。

在王国维看来，古今所成就的大文学，无非是做到了“真”字。只要情真意切，即便是淫词和鄙词，那也是有境界的词作，能够触动人心的词作；同样，那些典故之多、粉饰华丽的词作，如若没有融入自己的真情实感，也只是外表华丽，而无法让读者体会到真实之感。

所以，“真”而不“游”，则淫、鄙都不为过；“游”而不“真”，典故亦多余。

六三、《天净沙》马致远

【原文】

“枯藤老树昏鸦，小桥流水平沙，古道西风瘦马。夕阳西下，断肠人在天涯。[①]”此元人马东篱[②]《天净沙》小令也。寥寥数语，深得唐人绝句妙境。有元一代词家，皆不能办此也。

【注释】

①枯藤老树昏鸦，小桥流水平沙，古道西风瘦马。夕阳西下，断肠人在天涯：为元代散曲家马致远的《天净沙·秋思》。人们多用“小桥流水人家”，但王国维在《人间词话》中便将“人家”写成“平沙”。

②马东篱：马致远（1250—1324年），元代散曲家，字千里，号东篱，今北京人。元末明初贾仲明在诗中说：“万花丛中马神仙，百世集中说致远。”马致远、郑光祖、白朴、关汉卿并称为“元曲四大家”，后世又称其为“曲状元”。著有《天净沙·秋思》《汉宫秋》《东篱乐府》等。

【译文】

“枯藤老树昏鸦，小桥流水平沙，古道西风瘦马。夕阳西下，断肠人在天涯。”这是元代散曲家马致远所作的《天净沙》小令。寥寥几句话，却深得唐代的绝句妙境。元代的所有词作家，都不能做到这一点。

【赏析】

马致远是元代词人的代表，亦是千古悲秋第一人，“元曲四大家”之一。从元曲杂剧的成就和影响来说，马致远仅次于关汉卿；而从元曲散曲的角度来说，马致远是当之无愧的元曲第一人。

马致远在外漂泊二十多年，五十入仕途，最后又因不与昏暗时局同流合污而隐居退去。这首小令是他的漂泊之作，以秋景来寄托漂泊之感，自带有一份凄凉之意。王国维更是将他的词称作有唐代绝句妙境之风范，可见评价之高。

王国维将马致远的《天净沙》这一艺术成就推上了元代最高峰，认为除了他，元代没有哪个词人能够当得起有唐代绝句妙境之意的。而在《宋元戏曲考》中又言：“《天净沙》小令，纯是天籁，仿佛唐人绝句。马东篱《秋思》一套，周德清评之以为万中无一，明王元美等亦推为套数中第一，诚定论也。此二体虽与元杂剧无涉，可知元人之于曲，天实纵之，非后世所能望其项背也。”可见评价之高。

六四、人各有能有不能

【原文】

白仁甫[1]《秋夜梧桐雨》剧，沈雄悲壮，为元曲冠冕。然所作《天籁词》[2]，粗浅之甚，不足为稼轩奴隶，岂创者易工，而因者难巧欤？抑人各有能有不能也？读者观欧、秦之诗远不如词，足透此中消息。

【注释】

①白仁甫：白朴（1226—1306年），元代著名的杂剧作家，原名恒，字仁甫，后改名朴，字太素，号兰谷，元曲四大家之一，今山西河曲人。著有《唐明皇秋夜梧桐雨》《裴少俊墙头马上》《董秀英花月东墙记》等。

②《天籁词》：为白朴所著。

【译文】

白仁甫的《秋夜梧桐雨》一剧，沉雄悲壮，为元曲之首。然而他所作的《天籁词》，甚是粗浅，都不足以做辛弃疾的奴隶，难道是新创造的容易，而旧时的难吗？或者是人都有能为的有不能为的？读者看欧阳修、秦观的诗远远不如他们的词，这足以透出这种道理了。

【赏析】

白朴是“元曲四大家”之一，是有名的元曲作家，也是有名的词作家，称得上是元代词坛上的代表人物。只是近些年来，人们更多关注的是他的曲而非词，他的词作也一直没有得到世人的重视。而王国维更是将他的词评论为“不足为稼轩奴隶”，可见白朴的词作地位之低。

人间词话未刊稿

一、白石之词

【原文】

白石之词，余所最爱者，亦仅二语，曰："淮南皓月冷千山，冥冥归去无人管。[①]"

【注释】

①淮南皓月冷千山，冥冥归去无人管：出自南宋诗人姜夔的《踏莎行》。

燕燕轻盈，莺莺娇软，分明又向华胥见。夜长争得薄情知？春初早被相思染。别后书辞，别时针线，离魂暗逐郎行远。淮南皓月冷千山，冥冥归去无人管。

【译文】

姜夔的词，我所最爱的，也仅仅只有两句，也即："淮南皓月冷千山，冥冥归去无人管。"

【赏析】

这首词是姜夔在去湖州的路上所作的相思之作。"淮南皓月冷千山，冥冥归去无人管"，看似写景之作，实则是写情之句，体现了词人对恋人的相思之情，也表达了诗人在远行路上的孤独凄凉之意。

这两句词表述清晰，正在王国维所主张的"不隔"之列，有景亦有情，符合王国维对诗词的审美和评判观。

二、双声、叠韵之论

【原文】

双声[①]、叠韵[②]之论，盛于六朝，唐人犹多用之。至宋以后，则渐不讲，并不知二者为何物。乾嘉间，吾乡周松霭[③]先生著《杜诗双声叠韵谱括略》，正千余年之误，可谓有功文苑者矣。其言曰：“两字同母谓之双声，两字同韵谓之叠韵。”余按用今日各国文法通用之语表之，则两字同一子音者谓之双声。如《南史·羊元保传》之“官家恨狭，更广八分”，“官家更广”四字，皆从 k 得声。《洛阳伽蓝记》[④]之“狞奴慢骂”，“狞奴”两字，皆从 n 得声。“慢骂”两字，皆从 m 得声也。两字同一母音者，谓之叠韵。如梁武帝[⑤]“后牖有朽柳”，“后牖有”三字，双声而兼叠韵。“有朽柳”三字，其母音皆为 u。刘孝绰[⑥]之“梁王长康强”，“梁长强”三字，其母音皆为 ian 也。自李淑[⑦]《诗苑》伪造沈约[⑧]之说，以双声叠韵为诗中八病之二，后是诗家多废而不讲，亦不复用之于词。余谓苟于词之荡漾处多用叠韵，促结处用双声，则其铿锵可诵，必有过于前人者。惜世之专讲音律者，尚未悟此也。

【注释】

①双声：两个字的汉语拼音的声母相同，就是双声。

②叠韵：汉语拼音的韵母与用此韵母拼音所得的字，就是叠韵。

③周松霭：周春（1729—1815 年），字芚兮，号松霭，晚号黍谷居士，又号内乐村叟，今浙江省海宁盐官人。著有《松霭吟稿》《松霭诗话》等。

④《洛阳伽蓝记》：佛教史籍。公元 547 年成书，是一部集历史、地理、

文学、佛教于一身的故事类笔记，在国际汉学史上也有不可磨灭的地位。

⑤梁武帝：梁武帝萧衍（464—549年），字叔达，小字练儿，今江苏省丹阳市访仙镇人，梁朝政权的建立者。著有《涅萃》《大品》《净名》等。

⑥刘孝绰：生卒年481—539，字孝绰，本名冉，小字阿士，今江苏徐州人。著有《昭明文选》。

⑦李淑：生卒年628—658，字献臣，北宋词论家，今徐州丰人。著有《诗苑类格》等。

⑧沈约：生卒年441—513，字休文，南朝史学家、文学家，今浙江湖州德清人。沈约出生于门阀士族家庭，家族地位非常优越。著有《晋书》《宋书》《齐纪》《高祖纪》《迩言》《谥例》等。但让人遗憾的是，除了《宋书》之外，其他作品大多已经流失了。

【译文】

双声、叠韵的理论，在六朝时期比较盛行，到了唐朝时期使用的人还非常多。到了宋朝之后，则慢慢地不再讲了，人们甚至不知道双声、叠韵是什么东西。乾隆嘉庆年间，我的同乡周松霭先生著有《杜诗双声叠韵谱括略》，纠正了千年来的错误，可以说是有功于文苑的人。他说："两个字的声母相同就称之为双声，两个字的韵母相同则称之为叠韵。"我按照今天各国文法的通用语言来表达它，则是两个字的子音相同则称之为双声。比如《南史·羊元保传》的"官家恨狭，更广八分"中"官、更、广"四个字，都是从的g声。《洛阳伽蓝记》中的"狞奴慢骂"，"狞奴"两个字，都是从的n声。"慢骂"两个字，都是从的m声。两个字的母音相同，称之为叠韵。比如梁武帝的"后牖有朽柳"，"后牖有"三个字，是双声也是叠韵。"有朽柳"三个字，它们的母音都是u。刘孝绰的"梁王长康强"，"梁长强"三个字，它们的母音都是ian。自从李淑的《诗苑类格》伪造沈约理论开始，将双声叠韵看作诗中八病之二，后来的诗人大多都将其废弃而不再讲了，也不再将其二者用于词作创作中。我认为在词的荡漾处多采用叠韵，促结处多使用双声，那么词作将会铿锵有力可以吟诵，必定比前人有功。只可惜世间专门研究音律的人，还没有领悟到这个道理。

【赏析】

古时候，诗词作者在创作作品的时候，尤为看重音韵，目的就是让词作朗朗上口，带有音律之美。在王国维看来，六朝和唐代是最为讲究音律的，到了宋朝之后，音律之说便逐渐被人忽视了，甚至人们连双声叠韵都不知道为何物。词作发展到晚清时期，词律更是只局限于平仄四声，而再无双声叠韵之说，所以王国维将双声叠韵搬上台面，也看出王国维对于音律的执着追求和更高超的审美眼光。

文中所说的“诗中八病”指的是：平头、上尾、蜂腰、鹤膝、大韵、小韵、旁钮、正钮。其中，旁钮和正钮则是与双声、叠韵有着密切关系的。

王国维在探讨双声、叠韵的时候，并没有局限在语言学的角度，而是将眼光放在了诗词创作的角度，以此来探讨双声、叠韵在诗词美学方面的意义。王国维主张词的荡漾处应该多使用叠韵，词的促结处多使用双声，这样便能够形成音律感，带来铿锵可诵的效果。只可惜研究音律的后世人还没有明白这个道理。由此也可以看出王国维本人对诗词音律方面的重视。

三、平仄有殊皆叠韵

【原文】

世人但知双声之不拘四声①，不知叠韵亦不拘平、上、去三声。凡字之同母者，虽平仄有殊，皆叠韵也。

【注释】

①四声：汉语中的平、上、去、入四个声调。

【译文】

世人都知道双声不拘于“平、上、去、入”四声，却不知道叠韵也不拘于“平、上、去”三声。凡是同母的字，虽然在平仄上有区别，但都属于叠韵。

【赏析】

此篇延续讨论了双声叠韵的话题。不过其着重点讲的是双声、叠韵和平、上、去、入四声的关系。双声不拘于平、上、去、入四声，这是世人都知道的事情，所以文中王国维只略微提了一下，并没有做太详细的说明。而叠韵也不拘于平、上、去三声，这一观点却只有极少数人知道。在王国维看来，只要两个字的母音相同，不管它们的平仄如何，都属于叠韵的范畴。比如前文中所说的“后牖有”，它们的母音相同，声调略有不同，但是却都属于叠韵。王国维的这一理论，也为他后来系统研究韵学铺平了道路。

四、诗词之盛衰

【原文】

诗之唐中叶以后，殆为羔雁①之具矣。故五代北宋之诗，佳者绝少，而词则为其极盛时代。即诗词兼擅如永叔少游者，词胜于诗远甚。以其写之于诗者，不若写之于词者之真也。至南宋以后，词亦为羔雁之具，而词亦替矣。此亦文学升降之一关键也。

【注释】

①羔雁：小羊和大雁。这里指的是卿大夫相见的时候所携带的礼物。

【译文】

诗作发展到唐朝中叶之后，便沦为应酬的工具。所以五代北宋时期的诗作，很少有上好的作品，而词作在这个时期倒是极为昌盛。即便是诗词都擅长的欧阳修和秦观，他们的词也是远远胜于诗的。这是因为他们写于诗中的，不如写于词中的真切。到了南宋之后，词也沦为了应酬工具，而词也开始衰败了。这也是文学盛衰的关键所在。

【赏析】

此文讲述了诗词兴衰的过程和原因。文学原本就是人们的抒心之作，可到了唐朝中叶之后，诗沦为了人们的应酬工具，附庸风雅者居多，而所出的佳作却极少，这样也便失去了文学的基本意义。在这种现象的推力下，词作渐渐兴起，而到了南宋之后，词作也慢慢沦为应酬的工具，开始走向衰败。

这便是诗词兴衰的原因所在。

附庸风雅者便失了真情感、真事物，自然也就没有真境界，文体的生命力便会逐渐衰弱。而这也是王国维偏爱北宋词而贬低南宋词的主要原因。

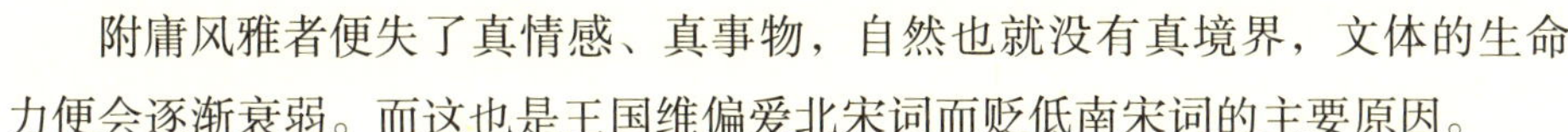

五、不解“天乐”义

【原文】

曾纯甫[①]中秋应制，作《壶中天慢》[②]词，自注云：“是夜，西兴亦闻天乐。”谓宫中乐声，闻于隔岸也。毛子晋[③]谓：“天神亦不以人废言。”近冯梦华复辨其诬。不解“天乐”两字文义，殊笑人也。

【注释】

①曾纯甫：曾觌（dí）（1109—1180 年），字纯甫，南宋词人，今河南开封人。著有《阮郎归》等。

②《壶中天慢》：为南宋词人曾觌所著。

此进御月词也。上皇大喜曰：“从来月词不曾用‘金瓯’事，可谓新奇。”赐金束带、紫番罗、水晶碗。上亦赐宝盏。至一更五点还宫。是夜，西兴亦闻天乐焉。

素飚（biāo）漾碧，看天衢（qú）稳送、一轮明月。翠水瀛壶人不到，比似世间秋别。玉手瑶笙，一时同色，小按霓裳叠。天津桥上，有人偷记新阕。当日谁幻银桥，阿瞒儿戏，一笑成

痴绝。肯信群仙高宴处，移下水晶宫阙。云海尘清，山河影满，桂冷吹香雪。何劳玉斧，金瓯千古无缺。

③毛子晋：毛晋（1599—1659 年），明末著名藏书家、出版家、文学家，原名凤苞，字子久，后改字子晋，号潜在，别号汲古主人，今江苏人。著有《毛诗陆疏广要》《海虞古今文苑》《毛诗名物考》《明诗纪事》等。

【译文】

曾觌中秋应制，作出《壶中天慢》一词，自注说："今天夜间，西兴也听到了天乐。"可谓宫中的乐声，在隔岸也可以听得到。毛子晋说："天神也不会以人废言。"近代的冯梦华又对此进行辩诬。不理解"天乐"两个字的文义，真是让人笑话了。

【赏析】

《壶中天慢》便称得上是应酬之作，是曾觌为讨皇帝欢喜而作的词，词中自然少了一些真情实意，可以说有文字却无意境。曾觌所说的"天乐"，原意就是指宫中的乐曲，而毛子晋却将其夸大，称之为"天神"，真是让读者见笑了。

此则，王国维虽然辩说了附庸风雅之物的弊端，却也说出了过分阐释字词的坏处。毛子晋将"天乐"二字远远脱离它的本意，说成任人抒发解释的"天神"二字，使得其本意越走越远，见笑于世人。

六、北宋名家以方回为最次

【原文】

北宋名家以方回为最次。其词如历下[①]、新城[②]之诗，非不华瞻，惜少真味。

【注释】

①历下：李攀龙（1514—1570 年），明代著名文学家，字于鳞，号沧溟，历城（今山东济南）人。"后七子"领袖之一，著有《沧溟先生集》等。

②新城：王士祯（1634—1711），清代诗人，字贻上，号阮亭，别号渔洋山人，新城（今山东垣台）人。

【译文】

北宋名家里面以贺铸为最差。他的词就好比李攀龙、王士祯的诗，虽然有比较华丽的词语，只可惜少了一分真味。

【赏析】

此文再次强调了“真”字。贺铸《青玉案》中的“试问闲愁都几许？一川烟草，满城风絮，梅子黄时雨”是其名句，也因为这一句词让贺铸得了“贺梅子”这一雅号。不过在很多人看来，贺铸最能够打动人心的词并非此句，而是《鹧鸪天》：“重过阊门万事非，同来何事不同归。梧桐半死清霜后，头白鸳鸯失伴飞。原上草，露出晞。旧栖新垅两依依。空床卧听南窗雨，谁复挑灯夜补衣！”这是一首悼亡诗。在旅居苏州的时候，贺铸的妻子因病去世，几年之后，贺铸再次来到苏州，心中不免感慨万分，便作了此首诗。

贺铸的这首诗可谓情真意切、感人肺腑，所以王国维认为贺铸的诗徒有其表而无内涵的想法是比较偏颇的。

七、创作之难之易

【原文】

散文易学而难工，韵文难学而易工。近体诗易学而难工，古体诗难学而易工。小令易学而难工，长调难学而易工。

【译文】

散文容易学却难以学精，韵文难学却容易学精。近体诗容易学却难以学精，古体诗难学却容易学精。小令容易学却难以学精，长调难学却容易学精。

【赏析】

散文和韵文，近体诗和古体诗，小令和长调，属于三种不同的文体样式。

散文和韵文的差别：散文没有固定的文体格式，属于长短句列的自由组合；韵文则有着固定的四六句式，在字体的排列上非常讲究。近体诗和古体诗的差别：近体诗的格律固定，模式统一；古体诗的格律有多种变化，并没有固定的规则限制。小令和长调的区别：小令的格律比较简单，而长调的格律则比较复杂。

散文、近体诗和小令属于比较容易学的范畴，因为散文的排列比较自由，近体诗的格律比较固定，小令的格式比较简单，对于初学者来说，比较容易入门，但是要想学精却并非易事。而韵文、古体诗、长调属于难学的范畴，因为它们三者都有很多规律和戒律，这让初学者很难把握，甚至还会为之拘束，而一旦掌握了其中精髓，想要学精就非常容易了。王国维的这番辩论，也算是比较客观公正了。

八、欢愉之辞难工，愁苦之言易巧

【原文】

古诗云："谁能思不歌？谁能饥不食？①"诗词者，物之不得其平而鸣者也②。故欢愉之辞难工，愁苦之言易巧③。

【注释】

①谁能思不歌？谁能饥不食：出自晋宋齐辞《子夜歌》。

谁能思不歌？谁能饥不食？日冥当户倚，惆怅底不忆？

②不得其平而鸣者也：出自唐代诗人韩愈的《送孟东野序》。

大凡物不得其平则鸣……人之于言亦然。有不得已者而后言，其歌也有思，其哭也有怀。凡出乎口而为声者，其皆有弗平者乎？

韩愈：生卒年768—824，唐代文学家，字退之，自称昌黎先生，世称韩昌黎，谥文，世又称韩文公，今河南省孟州市人。唐宋八大家之一，著有《昌黎先生集》《张中丞传后叙》《毛颖传》《送穷文》《南山诗》《秋怀诗》等。

③故欢愉之辞难工，愁苦之言易巧：出自晚清著名词家陈廷焯的《白雨斋词话》。

诗以穷而后工，倚声亦然。故仙词不如鬼词，哀则幽郁，乐则浅显也。

陈廷焯：生卒年1853—1892，晚清著名词家，字亦峰，又字伯与，原名世琨，今江苏省镇江市丹徒区人。

【译文】

古诗中说："谁能心中有所思而不寄于诗歌？谁又能饥饿而又不进食？"所谓诗词，就是事物遇到不平之处所发出的声音。所以欢愉的词文难以精细，而愁苦的词比较容易精巧。

【赏析】

此文提到了文学上的一个非常重要的概念，那就是"不平则鸣"。这一概念直到现今也通用。诗表达志向，词抒发感情，天下的文学作品莫不都是情感的载体，言欢愉和言愁苦。只是在情感因素中，欢愉大都是一样的状态，而愁苦却各有不同。

都写悼亡之苦，纳兰容若和贺铸的不同；都写相思之苦，晏儿道和柳永的不同；都写离别之苦，辛弃疾和李清照的有所不同，等等，这样的例子数不胜数。

《论语·季氏》中有："诗可以兴，可以观，可以群，可以怨。"尼采更是将诗人的作品比喻为母鸡下蛋时的啼叫，都是因为痛苦而起。王国维再次发展了韩愈的

看法，并将此则当作诗词创作的共同点。“不平则鸣”是因为世间愁苦千千万，而诗人又大多心思细腻，所以才能够捕捉到其中的细微情感，才能够写出如此百转千回的感人诗篇。

九、文学之习惯

【原文】

社会上之习惯，杀许多之善人。文学上之习惯，杀许多之天才。

【译文】

社会上的习惯，就是杀掉许多善良的人。文学上的习惯，就是杀掉许多文学天才。

【赏析】

“社会之习惯，杀许多之善人。”随着人们的生长，社会上的各种陋习也会随之而来，渐渐地抹掉了人们的天性，成为一个随波逐流，顺应社会的人。所以有人说，人的成长过程就是被社会渐渐抹杀的过程。“文学上之习惯，杀许多之天才。”在封建社会和资本主义社会，文学天才被扼杀是司空见惯的事情，他们的作品必须符合当时的时局发展，符合当时统治者的利益，只有这样，文学作品才会被保留下来。而在这一过程中，文学创作受到了外界的一些限制，扼杀了很多优秀的文学作品，磨灭了作者的创作灵性。

一〇、一切景语皆情语

【原文】

昔人论诗词，有景语、情语之别。不知一切景语，皆情语也。

【译文】

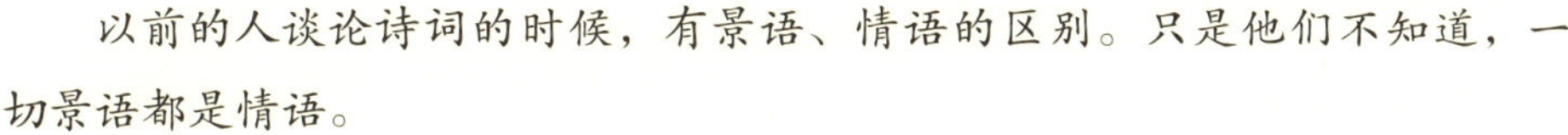

以前的人谈论诗词的时候，有景语、情语的区别。只是他们不知道，一切景语都是情语。

【赏析】

对于诗词的创作来说，并没有单纯为了写景而写景的词作。要么是借景寓情，要么是寄情于景。在古时候的诗词创作中，所有的景物都是为了抒发人的情感而设定的。所以，景语便是情语，并没有单纯的景语、情语的分别。

不过，如若真要区分景语和情语，只能从客观角度出发，看诗词作品是着重写景还是写情，这般做法也未尝不可。

一一、词家多以景寓情

【原文】

词家多以景寓情。其专作情语而绝妙者，如牛峤①之“须作一生拼，尽君今日欢②。”顾夐③之“换我心为你心，始知相忆深。④”欧阳修之“衣带渐宽终不悔，为伊消得人憔悴。”美成之“许多烦恼，只为当时，一饷留情⑤。”此等词，求之古今人词中，曾不多见。余《乙稿》中颇于此方面有开拓之功。

【注释】

①牛峤：生卒年不详，唐代诗人，字松卿，一字延峰，今甘肃临洮人。后人称牛给事。著有《牛峤集》等。

②须作一生拼，尽君今日欢：出自唐朝诗人牛峤的《菩萨蛮》。

玉炉冰簟鸳鸯锦，粉融香汗流山枕。帘外辘轳声，敛眉含笑惊。柳阴轻漠漠，低鬓蝉钗落。须作一生拚，尽君今日欢。

③顾夐（xiòng）：生卒年、籍贯均不详，字琼之。五代词人，现存有五十多首词，内容都为男女之事。

④换我心为你心，始知相忆深：出自五代词人顾夐的《诉衷情》。

永夜抛人何处去？绝来音。香阁掩，眉敛，月将沉。争忍不相寻？怨孤衾。换我心为你心，始知相忆深。

⑤许多烦恼，只为当时，一饷留情：出自北宋词人周邦彦的《庆宫春·云接平冈》。

云接平冈，山围寒野，路回渐转孤城。衰柳啼鸦，惊风驱雁，动人一片秋声。倦途休驾，淡烟里、微茫见星。尘埃憔悴，生怕黄昏，离思牵萦。华堂旧日逢迎。花艳参差，香雾飘零。弦管当头，偏怜娇凤，夜深簧暖笙清。眼波传意，恨密约、匆匆未成。许多烦恼，只为当时，一饷留情。

【译文】

词作者大多以景喻情。其中有专门写情而写得精妙绝伦的，比如牛峤的"须作一生拼，尽君今日欢"；顾夐的"换我心为你心，始知相忆深"；欧阳修的"衣带渐宽终不悔，为伊消得人憔悴"；周邦彦的"许多烦恼，只为当时，一饷留情"。这样的词，在古今词作中找寻，并不多见。我在《人间词话乙稿》中对于此方面的研究算得上是创新之举了。

【赏析】

中国人的特点便是含蓄，所以大多数词作的特点都是以景喻情，但也有专门写情写得精妙绝伦的。牛峤的"须作一生拼，尽君今日欢"，顾夐的"换我心为你心，始知相忆深"，欧阳修的"衣带渐宽终不悔，为伊消得人憔悴"，周邦彦的"许多烦恼，只为当时，一饷留情"等，都是直接写情的佳句。直抒胸臆、应时应景、水到渠成，这也是情真意切的一种。

只是，纵观古今诗词，如这般描写的词句并不多，而王国维在《人间词话乙稿》中对此的研究颇有创新的意味，故略有得意之色。

一二、诗之景阔，词之言长

【原文】

词之为体，要眇宜修。能言诗之所不能言，而不能尽言诗之所能言。诗之景阔，词之言长。

【译文】

词的文体，是适宜完美的。能够表达诗作所无法表达的，却不能全部代替诗作所能够表达的。诗作的意境辽阔，而词作的韵味较长。

【赏析】

此篇就诗词的文体而言。诗词属于两种不同的文学载体，它们有相同的地方，也有不同的地方。王国维认为，诗的意境宽阔，而词的意韵悠长。词能够表达诗无法表达的事情，却无法全部代替诗来表达内容，这也就说出了词作的局限性。

一三、气质、神韵不如境界

【原文】

言气质，言神韵，不如言境界。有境界，本也。气质、神韵，末也。有境界而二者随之矣。

【译文】

说气质，说神韵，不如说境界。有境界，是一首作品的根本。气质、神韵，只是作品之末。有了境界则两者便都有了。

【赏析】

“境界”是王国维最为沾沾自喜的说法。境界是一切诗词作品的根本，有了境界，那么气质和神韵也就随之而来了。

气质过于空泛，神韵过于具体，只有境界将这二者都包含在内，营造出豁达开阔之感。没有了境界，气质和神韵便是徒有空壳，便是飘渺无实的。就如同王国维前文所说：“有境界则自成高格。”一首作品有了境界，自然就有了高的品格。

一四、非自有境界

【原文】

“秋风吹渭水，落日满长安。[①]”美成以之入词[②]，白仁甫以之入曲[③]，此借古人之境界为我之境界者也。然非自有境界，古人亦不为我用。

【注释】

①秋风吹渭水，落日满长安：出自唐代诗人贾岛的《忆江上吴处士》。

闽国扬帆去，蟾蜍亏复圆。秋风吹渭水，落叶满长安。此地聚会夕，当时雷雨寒。兰桡（ráo）殊未返，消息海云端。

贾岛：生卒年779—843，唐代诗人，字阆（làng）仙，一作浪仙，河北省涿州市人。唐文宗时期，担任长江主簿，所以后世人又称其为“贾长江”。著有《长江集》等。

②美成以之入词：指北宋词人周邦彦的《齐天乐·正宫秋思》。

绿芜凋尽台城路，殊乡又逢秋晚。暮雨生寒，鸣蛩劝织，深阁时闻裁剪。云窗静掩。叹重拂罗衾，顿疏花簟。尚有练囊，露萤清夜照书卷。荆江留滞最久，故人相望处，离思何限？渭水西风，长安乱叶，空忆诗情宛转。凭高眺远。正玉液新篘（chōu），蟹螯初荐。醉倒山翁，但愁斜照敛。

③白仁甫以之入曲：指元代文学家白朴的《双调得胜乐·秋》。

玉露冷，蛩吟砌。听落叶西风渭水，寒雁儿长空嘹唳。陶元亮醉在东篱。

另有白朴的《梧桐雨·普天乐》。

恨无穷，愁无限。争奈仓促之际，避不得蓦岭登山。銮驾迁。成都盼。更那堪浐（chǎn）水西飞雁，一声声送上雕鞍。伤心故园，西风渭水，落日长安。

【译文】

“秋风吹渭水，落日满长安。”周邦彦将其代入自己的词中，白朴将其代入自己的词中，这便是借古人的境界来创作我的境界。然而如果自己没有境界，那么古人的境界也无法真正为我所用。

【赏析】

典故运用得恰当，会为自己的作品增添色彩，而典故用得不当，则会变成“隔”，朦胧不得其意。周邦彦和白朴引用了贾岛的“秋风吹渭水，落日满长安”两句，将其融合得恰到好处，所以才在此基础上创造出了属于自己的新境界。

反过来说，贾岛的“秋风吹渭水，落日满长安”二句原本就是秋意萧瑟，带有凄楚之感。而在周邦彦和白朴的诗词中，只要贴合此类主题，其意境的打造也就不会偏差太多，也算是和此典故相得益彰了。

一五、长调之最工

【原文】

长调自以周、柳、苏、辛为最工。美成《浪淘沙慢》二词①，精壮顿挫，已开北曲②之先声。若屯田之《八声甘州》③，东坡之《水调歌头》④，“中秋寄子由”，则伫兴之作，格高千古，不能以常调论也。

【注释】

①《浪淘沙慢》二词：指北宋词人周邦彦的两首《浪淘沙慢》。

其一，《浪淘沙慢·晓阴重》

晓阴重，霜凋岸草，雾隐城堞（dié）。南陌脂车待发，东门帐饮乍阕。正拂面、垂杨堪揽结。掩红泪、玉手亲折。念汉浦、离鸿去何许？经时信音绝。

情切，望中地远天阔。向露冷、风清无人处，耿耿寒漏咽。嗟万事难忘，唯是轻别。翠尊未竭，凭断云、留取西楼残月。罗带光销纹衾叠，连环解、旧香顿歇。怨歌永、琼壶敲尽缺。恨春去、不与人期，弄夜色、空余满地梨花雪。

其二，《浪淘沙慢·万叶战》

万叶战，秋声露结，雁度沙碛（qì）。细草和烟尚绿，遥山向晚更碧。见隐隐、云边新月白。映落照、帘幕千家。听数声、何处倚楼笛？装点尽秋色。脉脉。旅情暗自消释。念珠玉、临水犹悲感，何况天涯客？忆少年歌酒，当时踪迹。岁华易老，衣带宽、懊恼心肠终窄。飞散后、风流人阻。蓝桥约、怅恨路隔。马蹄过、犹嘶旧巷陌。叹往事、一一堪伤，旷望极、凝思又把阑干拍。

②北曲：原指宋元以来的北方散曲、戏曲等，后也指元杂剧。

③《八声甘州》：为北宋词人柳永所著。

对潇潇暮雨洒江天，一番洗清秋。渐霜风凄惨，关河冷落，残照当楼。是处红衰翠减，苒（rǎn）苒物华休。唯有长江水，无语东流。不忍登高临远，望故乡渺邈，归思难收。叹年来踪迹，何事苦淹留？想佳人，妆楼颙（yóng）望，误几回、天际识归舟。争知我，倚阑干处，正恁（nèn）凝愁！

④《水调歌头》：为北宋文学家苏轼所作。

丙辰中秋，欢饮达旦，大醉，作此篇，兼怀子由。

明月几时有？把酒问青天。不知天上宫阙，今夕是何年。我欲乘风归去，又恐琼楼玉宇，高处不胜寒。起舞弄清影，何似在人间？转朱阁，低绮户，照无眠。不应有恨，何事长向别时圆？人有悲欢离合，月有阴晴圆缺，此事古难全。但愿人长久，千里共婵娟。

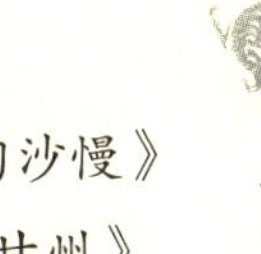

【译文】

长调自是以周邦彦、柳永、苏轼、辛弃疾为最佳。周邦彦的《浪淘沙慢》两首词，文字精壮抑扬顿挫，已然开了北曲之先河。若柳永的《八声甘州》，苏东坡的《水调歌头》“中秋寄子由”，则属于即兴之作，千古格调，无法用普通的标准来衡量它。

【赏析】

周邦彦、柳永、苏轼、辛弃疾的长调，被王国维称之为最工。尤其是苏东坡的《水调歌头》和柳永的《八声甘州》，更是达到了千古格调的境界，无法用普通的诗词标准加以衡量。“人有悲欢离合与月有阴晴圆缺，此事古难全”“但愿人长久，千里共婵娟”是古往今来人们最为传唱的词句，将人世间的悲欢离合，月亮的阴晴圆缺结合在一起，引出了一条人生哲理。而既然人无法做到永久团圆的结局，就只能希望人生长久、千里共婵娟了。此等意境，在我国古今诗词史上都极为少有。

所以，王国维称苏东坡、柳永的这两首词为千古绝唱。

一六、后人不能学

【原文】

稼轩《贺新郎》[①]词“别茂嘉十二弟”，章法绝妙。且语语有境界，此能品而几于神者。然非有意为之，故后人不能学也。

【注释】

①《贺新郎》：为南宋词人辛弃疾所著。

绿树听鹈鴂（tí jué）。更那堪、鹧鸪声住，杜鹃声切。啼到春归无寻处，苦恨芳菲都歇。算未抵、人间离别。马上琵琶关塞黑，更长门、翠辇辞金阙。看燕燕，送归妾。将军百战身名裂。向河梁、回头万里，故人长绝。易水萧萧西风冷，满座衣冠似雪。正壮士、悲歌未彻。啼鸟还知如许恨，料不啼、清泪长啼血。谁共我，醉明月。

【译文】

辛弃疾《贺新郎·别茂嘉十二弟》一词，章法绝妙。并且每一句都有境界，这种品格几乎相当于神品。然而这并非作者有意为之，所以后人是无法学习的。

【赏析】

辛弃疾《贺新郎·别茂嘉十二弟》写的是离别之情。这首词既有辛弃疾的独特之处，又不失词家本色。梁启超曾经说过："《贺新郎》调，以第四韵之单句为全首筋节，如此句最可学。"

杨慎论辛弃疾《贺新郎》说："此词尽集许多怨事，全与李太白拟恨赋相似。……盖曲者也，固当以委曲为体，然徒狃于风情婉娈，则亦易厌。回视稼轩所作，岂非万古一清风哉！"此句亦应和了王国维的观点。

神品或有章法可循，但意境却不可学。更何况并非有意之作。

一七、开北曲四声通押之祖

【原文】

稼轩《贺新郎》词："柳暗凌波路。送春归猛风暴雨，一番新绿。①"又《定风波》词："从此酒酣明月夜。耳热。②""绿""热"二字，皆作上去用。与韩玉③《东浦词·贺新郎》④以"玉""曲"叶"注""女"，《卜算子》⑤以"夜""谢"叶"节""月"，已开北曲四声通押之祖。

【注释】

①柳暗凌波路。送春归猛风暴雨，一番新绿：出自南宋词人辛弃疾的《贺新郎》。

柳暗清波路。送春归、猛风暴雨，一番新绿。千里潇湘葡萄涨，人解扁舟欲去。又樯燕、留人相语。艇子飞来生尘步，唾花寒、唱我新番句。波似箭，催鸣橹（lǔ）。黄陵祠下山无数。听湘娥、泠泠曲罢，为谁情苦。行到东吴春已暮，正江阔、潮平稳渡。望金雀、觚棱翔舞。前度刘郎今重到，问玄都、千树花存否。愁为倩，么弦诉。

②从此酒酣明月夜。耳热：出自南宋词人辛弃疾的《定风波·自和》。

金印累累佩陆离。河梁更赋断肠诗。莫拥旌旗真个去。何处。玉堂元自要论思。且约风流三学士。同醉。春风看试几枪旗。从此酒酣明月夜。耳热。那边应是说侬时。

③韩玉：生卒年不详，字温甫，南宋词人。著有《东浦词》。

④《东浦词·贺新郎》：出自南宋词人韩玉的《贺新郎·咏水仙》。

绰约人如玉。试新妆、娇黄半绿，汉宫匀注。倚傍小栏闲伫立。翠带风前似舞。记洛浦、当年俦侣（chóu lǚ）。罗袜尘生香冉冉，料征鸿、微步凌波女。惊梦断，楚江曲。春工若见应为主。忍教都、闲亭邃（suì）馆，冷风凄雨。待把此花都折取，和泪连香寄与。须信道、离情如许。烟水茫茫斜照里，是骚人《九辩》招魂处。千古恨，与谁语。

⑤《卜算子》：为南宋词人韩玉所著。

杨柳绿成阴，初过寒食节。门掩金铺独自眠，那更逢寒夜。强起立东风，惨惨梨花谢。何事王孙不早归，寂寞秋千月。

【译文】

辛弃疾《贺新郎》一词中的“柳暗凌波路。送春归猛风暴雨，一番新绿”，又《定风波》词中的“从此酒酣明月夜。耳热”，此两首词中的“绿”“热”两个字，原入声都作去声读。而韩玉《东浦词·贺新郎》中以“玉”

"曲"叶"汗""女",《卜算子》中以"夜""谢"叶和"节""月"叶韵,这已经开创了北曲四声全部押一个韵的先河。

【赏析】

在诗词的发展史上,有相当长的一段时间,作诗讲究四声全,写词讲究平仄韵。很多有灵性的字眼都屈从于这种规则之下。大部分文人因循守旧,并没有突破限制的想法。直到辛弃疾《贺新郎》一篇的出现,才算是开创了南宋词新的一面。

一八、不足与容若比

【原文】

谭复堂[①]《箧中词选》谓:"蒋鹿潭[②]《水云楼词》与成容若[③]、项莲生[④],二百年间,分鼎三足。"然《水云楼词》小令颇有境界,长调惟存气格。《忆云词》精实有余,超逸不足,皆不足与容若比。然视皋文、止庵辈,则倜乎远矣。

【注释】

①谭复堂:谭献(1832—1901年),近代词人、学者,初名廷献,字仲修,号复堂,今浙江杭州人。著有《复堂类集》等,编有《箧(qiè)中词选》。

②蒋鹿潭:蒋春霖(1818—1868年),晚清词人,字鹿潭,江苏江阴人。著有《水云楼词》,多有感伤之音,被称为"词史"。

③成容若:纳兰容若。

④项莲生:项廷纪(1798—1835年),原名继章,又名鸿祚,字莲生,浙江钱塘人。著有《忆云词》等。

【译文】

谭献在《箧中词选》中说:"蒋春霖的《水云楼词》和纳兰容若、项廷纪的词,两百年来,呈三足鼎立之势。"然而《水云楼词》的小令比较有境

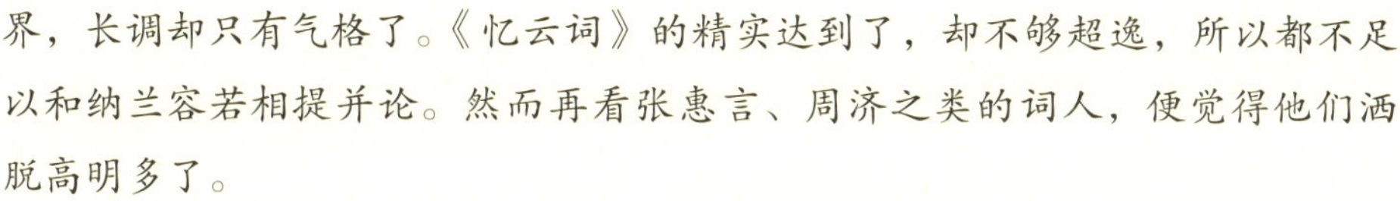

界，长调却只有气格了。《忆云词》的精实达到了，却不够超逸，所以都不足以和纳兰容若相提并论。然而再看张惠言、周济之类的词人，便觉得他们洒脱高明多了。

【赏析】

蒋春霖的词悲伤凄婉，这与他所生活的晚清时代背景有关，但词只有格调却无气质可言，如“哀角起重关，霜深楚水寒。悲西风、归雁声酸。一片石头城上月，浑怕照、旧江山”；项廷纪的词多感慨旧时光，凄清冷冽，颇有些自怨自艾的味道，所以其文字精巧却少了超逸之感，如“正画栏、红药飘残，是前度、玉人凭处。剩空庭、烟草凄迷，黄昏吹暗雨”；而纳兰容若的词则被王国维看作超凡脱俗、飘逸洒脱，世间除了李后主，再无他人可比拟。所以在王国维那里，将蒋春霖、项廷纪二人和纳兰容若相提并论，对纳兰容若来说是有些委屈了。

一九、词家时代之说

【原文】

词家时代之说，盛于国初。竹垞[①]谓：词至北宋而大，至南宋而深[②]。后此词人，群奉其说。然其中亦非无具眼者。周保绪[③]曰：“南宋下不犯北宋拙率之病，高不到北宋浑涵之诣。”又曰：“北宋词多就景叙情，故珠圆玉润，四照玲珑。至稼轩、白石，一变而为即事叙景，故深者反浅，曲者反直。[④]”潘四农[⑤]曰：“词滥觞于唐，畅于五代，而意格之闳深曲挚，则莫盛于北宋。词之有北宋，犹诗之有盛唐。至南宋则稍衰矣。”[⑥]刘融斋曰：“北宋词用密亦疏、用隐亦亮、用沈亦快、用细亦阔、用精亦浑。南宋只是掉转过来。”[⑦]可知此事自有公论。虽止庵词颇浅薄，潘刘尤甚。然其推尊北宋，则与明季云间诸公[⑧]，同一卓识也。

【注释】

①竹垞（chá）：朱彝尊（1629—1709 年），清代诗人、词人、学者，字

锡鬯（chàng），号竹垞，又号驱芳，晚号小长芦钓鱼师，又号金风亭长，今浙江嘉兴人。朱彝尊开创了浙西词派，他的诗与王士祯称为南北两大宗。

②词至北宋而大，至南宋而深：出自清代词学家朱彝尊的《词综·发凡》："世人言词，必称北宋。然词至南宋始极其工，至宋季而始极其变。"

③周保绪：指周济。

④"南宋"几句：出自清代词学家周济的《介存斋论词杂著》。

⑤潘四农：潘德舆（1785—1839年），清代诗文家、文学评论家，字彦辅，号四农，别号艮庭居士、三录居士、念重学人、念石人，今江苏淮安人。著有《养一斋集》等。

⑥"词滥觞于唐"几句：出自潘德舆的《养一斋集》。

⑦"北宋"几句：出自清代词学家刘熙载的《艺概》。

⑧云间诸公：陈子龙、宋徵舆、李雯合称"云间三子"。

【译文】

词家的时代之说，兴起于清朝初期。朱彝尊认为：词到了北宋时期开始盛大，到了南宋时期开始精深。自他之后的词人，都开始奉行他的观点。然而其中也并非没有慧眼的人。周济说："南宋的词卑微的没有犯北宋词粗拙、直率的毛病，优秀的也达不到北宋浑厚内涵的造诣。"又说："北宋词大多就景叙情，所以显得珠圆玉润，四照玲珑。到了辛弃疾、姜夔时期，一举变成了因事叙景，所以造成深的变为浅的，曲的变为直的。"潘德舆说："词在唐代兴起，在五代时流行，而要说意境格调的宏深曲挚，则没有比北宋更为盛行的了。北宋的词，就好比盛唐的诗一样。到了南宋时期则渐渐衰败了。"刘融斋说："北宋的词用密的时候也疏畅、隐晦的时候也明亮、沉着的时候也明快、细腻的时候也宽阔、精准的时候也浑浊。南宋却将其整个调转过来了。"可见这件事情自有公论。虽然周济的词意比较浅薄，尤其是潘德舆、刘熙载的词更是如此。然而他们推崇北宋，这就和明末的云间词人一样，有着相同的超凡见识。

【赏析】

文中所提到的词中之时代，实际上就是词作的发展历史。纵观我国古代文学，每一个时代都有其对应的文体出现。盛唐的诗、宋朝的词、元朝的曲、

明清的小说等。而在词的时代中，此文又着重论述了北宋和南宋词作的评价和区别。清朝初期的朱彝尊在其编撰的《词综》中说："世人言词，必称北宋。然词至南宋时始极其工，至宋季而始穷其变。"用此一句，便道出了词的发展历程。

而在王国维看来，周济、潘德舆、刘熙载三人，虽然他们的词作肤浅，但是他们深受明末花间词派人的影响，力推北宋词。周济认为，北宋词有浑厚的内涵；潘德舆则从词作的发展历史出发，认为北宋词堪比盛唐诗；刘熙载则是从北宋词的审美观和艺术手法上出发，彰显出北宋词的诱人魅力。虽然这三者的观察、评判角度略有不同，但是他们得到的结论都是一样的：词之巅峰时期乃北宋。

最后王国维得出，三人填词水平虽低，但是审美眼光却比较卓越。由此也可以见得，创作的水准和审美眼光并没有直接的联系，创作水准低并不代表着审美眼光低。

二〇、云间诸公彩花耳

【原文】

唐五代北宋词，可谓生香真色①。若云间诸公，则彩花②耳。湘真③且然，况其次也者乎？

【注释】

①生香真色：出自清代词学家王士祯的《花草蒙拾》："'生香真色人难学'为'丹青女易描，真色人难学'所从出。千古诗文之诀，尽此七字。"

②彩花：出自清代词学家谢章铤的《双邻词钞序》："词也者，意内言外者也。言胜意，剪彩之花；意胜言，道情之曲也。顾与其言胜，无宁意胜，意胜则情深。"

谢章铤：生卒年1821—1904，清代文学家，字枚如，号药阶退叟，福建长乐江田人。著有《赌棋山庄集》等。

③湘真：陈子龙。

【译文】

唐、五代、北宋时期的词，可以称得上是“生香真色”。而像云间词派的各个词人，就属于“彩花”一类的了。陈子龙尚且是这样，更何况是那些比他还差的人呢？

【赏析】

“生香真色”指的是词作所生出来的灵动、真实和丰富。形容词作文采飞扬、作品生动活泼。词在唐朝兴起，在北宋时期繁盛，之后的两百年，词慢慢衰亡。云间派出现于明末清初时期，是我国历史上第一个真正意义上的词派。只是词作发展到这个时期已经衰败了，社会矛盾开始不断涌出，创作者将所有的精力从词的创作转到小说的创作中来。而以陈子龙为代表的云间派词人，虽然在当时有很大的影响，但是鉴于当时词的发展现状，无法和北宋等词作的昌盛时期相比。他们的诗作比不上唐宋时期，也是无可厚非的了。

王国维将唐宋词比作“生香”，将云间派词人比作“彩花”，其实究根结底，也是落于“真”的本质上面。“生香”是有真实生命力，是有灵动本质的；而“彩花”却只是一个没有灵魂的装饰品，自然无法和“生香”比拟。

二一、《衍波词》之佳者

【原文】

《衍波词》①之佳者，颇似贺方回。虽不及容若，要在浙中诸子之上。

【注释】

①《衍波词》：为清代词作家王士祯所著，共两卷。其一序："盖闻之弇（yǎn）州曰：《花间》者，世说之靡也；《草堂》者，文选之变也。而余以为不然。《花间》句雕字琢，调或未谐，句无不致，是昌谷之靡也。《草堂》音协调流，句或未妍，体无不秀，是西昆之变也。至所云字必色飞，语必魂绝，则美出自然，诚非缘借矣。尝试论前代诸家，文成之于元献，犹兰亭之似梓泽也；新都之于庐陵，犹弘治之似伯玉也；琅琊之于眉山，犹小令之于大令也；公谨之于稼轩，犹宣武之似司空也；逮黄门舍人之于屯田待制，直如曹刘之于苏李。遂觉后来益工，然未有如吾阮亭者也。阮亭年少才丰，无所不擅，千古文义书词，直欲一时将去，即如诗余一事，于阮亭直雕虫耳。而以余读之，篝灯萧寺，中夜琅琅，觉十年中离别之苦，哀乐之多，无不怦然欲动。而艳思绮语，令人手推口维，而不能解，则阮亭之移我情，与我情之合于阮亭。诚有不自知者，又何色飞魂绝之足拟也哉。如余舌本作强，笔底如椎，偶赋短言，无关佳事，即至同里诸子，好工小词，如文友之儇（xuān）艳，其年之矫丽，云孙之雅逸，初子之清扬，无不尽东南之瑰宝，以视阮亭并驱中原，犹恐不免为黄沛耳。兰陵年同学弟邹祇（zhī）谟撰。"

【译文】

《衍波词》中好的作品，颇有些贺铸的味道。虽然比不上纳兰容若，但却在浙派各个词人之上。

【赏析】

王国维对纳兰容若的赏识，前文已经不止一处提到。在王国维看来，王士祯《衍波词》中的最好作品和贺铸有些相似，虽然比不上纳兰容若的作品，却又远在浙派各词人之上。可见王国维对浙派词人的贬低之重。

前文中，王国维将贺铸的作品称为北宋最差的，徒有华丽的辞藻，却没有内涵。而王士祯词中最好的，也就和贺铸类似，不足以和纳兰相比。只是，古诗词中的好坏，后世人自会根据个人的审美眼光和评判角度来评论，并不能凭借一己之言，便将一个时代的词作全盘否定。在这一点上，王国维还是有失公正的。

二二、学人之词，彊村为极

【原文】

近人词如复堂词[①]之深婉，彊村[②]词之隐秀，皆在半塘老人[③]上。彊村学梦窗而情味较梦窗反胜。盖有临川[④]庐陵[⑤]之高华，而济以白石之疏越者。学人之词，斯为极则。然古人自然神妙处，尚未梦见。

【注释】

①复堂词：为清朝谭献所著。

②彊村：朱孝臧（zāng）（1857—1931年），清末四大词家之一，字藿生，一名祖谋，一字古微，号沤（ōu）尹，又号彊村，今湖州人。著有《彊村遗书》。

③半塘老人：王鹏运（1849—1904年），晚清官员、词人，字佑遐，一字幼霞，中年自号半塘老人，又号鹜（wù）翁，晚年号半塘僧鹜，今广西桂林人。著有《味梨词》《鹜翁词》等。

④临川：王安石（1021—1086年），字介甫，晚号半山，谥号文，世称王文公，自号临川先生，晚年封荆国公，世称临川先生，今江西省抚州市临川区人。王安石是唐宋八大家之一，也是我国历史上著名的政治家、文学家，其政治上的主要贡献是王安石变法。著有《临川先生文集》，现有《王临川集》《临川集拾遗》等。

⑤庐陵：欧阳修。

【译文】

近人的词如谭献词那般深远委婉，如朱孝臧词那般隐晦秀丽，这些都在王鹏运之上。朱孝臧效仿吴文英而情境却比吴文英更高。既有王安石、欧阳修词作的高远华丽，又有姜夔词的疏朗跌宕。效仿别人的词，疆村为最上。然而要想达到古人自然神妙的地方，尚且没有梦到。

【赏析】

近代词人中，朱孝臧算是比较有名的一位。他和王鹏运、郑文焯、况周颐合称为“清季词人四大家”。近代词人中，王国维唯一推崇的就是纳兰容若，称他没有受到汉人习气的污染，词作颇有宋朝之风。

而那些一味模仿宋朝词风，一味研究宋朝词人的近代人，就好比邯郸学步，写出来的词作丝毫没有自己的风格特点，所以王国维对于这一类人的评价比较低，将他们归为“填词者”一类。朱孝臧的词刚开始效仿吴文英，晚年时期又效仿苏东坡，词作超过吴文英，又有些欧阳修、王安石的味道。对于这一点，王国维是不否认的。但是，效仿终归不是自己的，在自然神妙的境界面前，朱孝臧的词还是达不到此种境界的。

二三、《蝶恋花》二首

【原文】

宋直方[①]《蝶恋花》：“新样罗衣浑弃却，犹寻旧日春衫著。[②]”谭复堂《蝶恋花》：“连理枝头侬与汝，千花百草从渠许。[③]”可谓寄兴深微。

【注释】

①宋直方：宋徵舆（1618—1667），清朝词作家，字直方，一字辕文，江苏华亭人。

②新样罗衣浑弃却，犹寻旧日春衫著：出自清朝词作家宋徵舆的《蝶恋花·秋闺》。

宝枕轻风秋梦薄。红敛双蛾，颠倒垂金雀。新样罗衣浑弃却，犹寻旧日春衫著。偏是断肠花不落。人苦伤心，镜里颜非昨。曾误当初青女约，只今霜夜思量着。

③连理枝头侬与汝，千花百草从渠许：出自近代词人谭献的《蝶恋花》。

帐里迷离香似雾，不烬（jìn）炉灰，酒醒闻余语。连理枝头侬与汝，千花百草从渠许。莲子青青心独苦，一唱将离，日日风兼雨。豆蔻香残杨柳暮，当时人面无寻处。

【译文】

宋徵舆《蝶恋花》中的“新样罗衣浑弃却，犹寻旧日春衫著”，谭献《蝶恋花》中的“连理枝头侬与汝，千花百草从渠许”，可以说其中寄予的情感是既深远又细微的。

【赏析】

宋徵舆的《蝶恋花》和谭献的《蝶恋花》皆是抒写儿女之情的作品。王国维称其二者的描写为“寄兴深微”。

宋徵舆《蝶恋花》中的“新样罗衣浑弃却，犹寻旧日春衫著”两句，丢弃了新罗衣，却去寻找旧春衫这一动作，体现出了对爱人的相思之情，刻画细微，意义深刻。再看谭献《蝶恋花》中的“连理枝头侬与汝，千花百草从渠许”这两句，谭献用连理枝来衬托内心的相思意，同样别有一番情致。所以王国维才这般称赞。

二四、《半塘丁稿》

【原文】

《半塘丁稿》[①]中和冯正中《鹊踏枝》十阕[②]，乃《鹜翁词》[③]之最精者。“望远愁多休纵目”等阕，郁伊惝恍，令人不能为怀。《定稿》只存六阕[④]，殊为未允也。

【注释】

①《半塘丁稿》：王鹏运号称半塘老人，故他的作品称为《半塘丁稿》。

②和冯正中《鹊踏枝》十阕：为王鹏运和冯《鹊踏枝》十首。

其一

落蕊残阳红片片，懊恨比邻，尽日流莺转。似雪杨花吹又散，东风无力将春限。慵把香罗裁便面，换到轻衫，欢意垂垂浅。襟上泪痕犹隐见，笛声催按《梁州遍》。

其二

漫说目成心便许，无据杨花，风里频来去。怅望朱楼难寄语，伤春谁念司勋误？枉把游丝牵弱缕，几片闲云，迷却相思路。锦帐珠帘歌舞处，旧欢新恨思量否？

其三

望远愁多休纵目，步绕珍丛，看笋将成竹。晓露暗垂珠簏簌（lù sù），芳林一带如新浴。檐外春山森碧玉，梦里骖（cān）鸾，记过清湘曲。自定新弦移雁足，弦声未抵归心促。

其四

斜日危阑凝伫久，问讯花枝，可是年时旧？浓睡朝朝如中酒，谁怜梦里人消瘦。香阁帘栊（lóng）烟阁柳，片霎氤氲（yīn yūn），不信寻常有。休遣歌筵回舞袖，好怀珍重春三后。

其五

昼日恹恹（yān yan）惊夜短，片霎欢娱，那惜千金换。燕睨莺颦春不管，敢辞弦索为君断。隐隐轻雷闻隔岸，暮雨朝霞，咫尺迷云汉。独对舞衣思旧伴，龙山极目烟尘满。

其六

风荡春云罗样薄，难得轻阴，芳事休闲却。几日啼鹃花又落，绿笺莫忘深深约。老去吟情浑寂寞，细雨檐花，空忆灯前酌。隔院玉箫声乍作，眼前何物供哀乐。

其七

谁遣春韶随水去？醉倒芳尊，忘却朝和暮。换尽大堤芳草路，倡条都是

相思树。蜡烛有心灯解语，泪尽唇焦，此恨消沈否？坐对东风怜弱絮，萍飘后日知何处。

其八

对酒肯教欢意尽？醉醒恹恹，无那忺（xiān）春困。锦字双行笺别恨，泪珠界破残妆粉。轻燕受风飞远近，消息谁传，盼断乌衣信。曲几无憀（liáo）闲自隐，镜奁（lián）心事孤鸾鬓。

其九

几见花飞能上树，难系流光，枉费垂杨缕。筝雁斜飞排锦柱，只伊不解将春去。漫诩心情粘地絮，容易飘飏（yáng），那不惊风雨。倚遍阑干谁与语？思量有恨无人处。

其十

谱到《阳关》声欲裂，亭短亭长，杨柳那堪折。挑菜湔（jiān）裙春事歇，带罗羞指同心结。千里孤光同皓月，画角吹残，风外还呜咽。有限坠欢争忍说，伤生第一生离别。

③《鹜翁词》：王鹏运集。

④《定稿》只存六阕：《半塘定稿》只收录了十阕中的六阕。

【译文】

《半塘丁稿》和冯延巳《鹊踏枝》中的十阕，乃是《鹜翁词》中最为精妙的部分。“望远愁多休纵目”等阕，抑郁恍惚，让人无法释怀。《半塘定稿》

中只保存了其中的六阕，这是很不应当的。

【赏析】

“郁伊惝恍”，是王国维对王鹏运《鹊踏枝》词风和内容的评价。王鹏运的《鹊踏枝》属于和词，虽和于冯延巳的《鹊踏枝》，其真情却又超越了冯延巳。冯延巳的《鹊踏枝》大多描写的是男女间的相思之情，凄凉婉转，在后人中引起了共鸣。而王鹏运的《鹊踏枝》已然超出了男女感情的范畴，属于“就均成词，无关寄托”。对于这一类作品，王国维是十分赞赏的，称其为“郁伊惝恍，让人读之无法释怀”。这也就从侧面描写了王鹏运词中的真情实感，能够打动人心。

二五、皋文之为词，深文罗织

【原文】

固哉，皋文之为词也！飞卿《菩萨蛮》①、永叔《蝶恋花》、子瞻《卜算子》②，皆兴到之作，有何命意？皆被皋文深文罗织。阮亭《花草蒙拾》谓：“坡公命宫磨蝎，生前为王珪③舒亶④辈所苦，身后又硬受此差排⑤。”由今观之，受差排者，独一坡公已耶？

【注释】

①《菩萨蛮》：为晚唐词人温庭筠所著。

小山重叠金明灭，鬓云欲度香腮雪。懒起画蛾眉，弄妆梳洗迟。照花前后镜，花面交相映，新帖绣罗襦，双双金鹧鸪。

②《卜算子》：为北宋文学家苏轼所作的《卜算子·黄州定慧院寓居作》。

缺月挂疏桐，漏断人初静。谁见幽人独往来，缥缈孤鸿影。惊起却回头，有恨无人省。拣尽寒枝不肯栖，寂寞沙洲冷。

③王珪：生卒年1019—1085：字禹玉，北宋文学家，今潜山县人。

④舒亶：生卒年1041—1103：字信道，号懒堂，今浙江余姚大隐人。现留词50首。

⑤坡公命宫磨蝎，生前为王珪舒亶辈所苦，身后又硬受此差排：出自清代词家王士祯的《花草蒙拾》："仆尝戏谓，坡公命宫磨蝎，湖州诗案，生前为王珪、舒亶所苦，身后又硬受此差排耶?"

【译文】

张惠言对词作的评论，很是浅薄牵强！温庭筠的《菩萨蛮》、欧阳修的《蝶恋花》、苏轼的《卜算子》，都是即兴之作，又能有什么命意呢？这些都被张惠言编排虚构。王士祯在其《花草蒙拾》中说："苏东坡命宫磨蝎，生前被王珪、舒亶之辈诬告受苦，死后又要硬生生忍受这样的差排。"从今天看来，受到差排的人，难道仅仅只有苏东坡一个人吗?

【赏析】

此文重点批判的便是那些喜欢"深文罗织"的人。温庭筠的《菩萨蛮》只单纯描写男女情感之事，而张惠言却将其解读为"感士不遇"之作；欧阳修的《蝶恋花》也只是写离别之情，张惠言将其解读为"关乎政事"的作品；苏轼的《卜算子》亦为自我伤怀之作，张惠言也将其附上了政治色彩。

在王国维看来，张惠言句句含沙射影，将普通的文学作品和政治挂钩，实在是让人厌恶。王国维向来反对政治对于文学作品的干预，他曾经说："生百政治家，不如生一文学家。"所以，张惠言的几番评论，未免过于牵强附会。

对词作"深文罗织"，并不只见于古代，就连现如今，也免不了落入这样的俗套。可以这样说，只要有文学作品存在，就会有牵强附会之流存在。文学作品，原本只是即兴之作，抑或是抒发个人情感的作品，哪能延伸出那么多的含义呢？如若张惠言这样的解说方式在现代流传开来的话，后果真是不堪设想啊。

二六、赞姜夔而疏贺裳

【原文】

贺黄公[①]谓："姜论史词，不称其'软语商量'，而赏其'柳暗花暝'，固知不免项羽[②]学兵法之恨。"[③]然"柳暗花暝"自是欧秦辈句法，前后有画工化工之殊。吾从白石，不能附和黄公矣。

【注释】

①贺黄公：贺裳（生卒年不详），清代词人，字黄公，号檗（bò）斋，别号白凤词人，江苏丹阳人。著有《红牙词》《皱水轩词筌》等。

②项羽：生卒年前232—前202，名籍，字羽，今江苏宿迁人。公元前202年，项羽兵败垓下，于乌江边自刎。

③"姜论史词"几句：出自清代词人贺裳的《皱水轩词筌》。

【译文】

贺裳认为："姜夔谈论史达祖的词，不称赞他的'又软语商量不定'一句，而赞赏他的'红楼归晚，看足柳暗花暝'一句，由此可知免不了会有项羽学习兵法的遗憾。"然而"红楼归晚，看足柳暗花暝"原本是欧阳修、秦观的写法，欧、秦与史达祖有画工和化工的差别。我同意姜夔，不赞同贺裳。

【赏析】

"软语商量""柳暗花暝"二句出自史达祖的《双双燕》："过春社了，度帘幕中间，去年尘冷。差池欲住，试入旧巢相并。还相雕梁藻井，又软语商量不定。飘然快拂花梢，翠尾分开红影。芳径，芹泥雨润，爱贴地争飞，竞夸轻俊。红楼归晚，看足柳暗花暝。应自栖香正稳，便忘了天涯芳信。愁损翠黛双蛾，日日画阑独凭。"上阕描写的是事物的形态，惟妙惟肖，极为精巧；下阕则是物人合一。

对于史达祖的这首《双双燕》，贺裳欣赏其带有拟人意味的"软语商量"

一句，而姜夔则喜欢以景喻情的“柳暗花暝”一句。贺裳更是将姜夔的喜爱看作是项羽学兵法，带有些遗憾。不过从词论的评判角度来说，王国维却同意姜夔的看法，认为此句有欧阳修、秦观的影子。

二七、“闭门造诗”之论

【原文】

“池塘春草谢家春①，万古千秋五字新。传语闭门陈正字②，可怜无补费精神。”此遗山③论诗绝句也。梦窗、玉田辈，当不乐闻此语。

【注释】

①池塘春草谢家春：出自东晋诗人谢灵运的《登池上楼》。

潜虬（qiú）媚幽姿，飞鸿响远音。薄霄愧云浮，栖川怍渊沉。进德智所拙，退耕力不任。徇禄反穷海，卧疴对空林。衾枕昧节候，褰开暂窥临。倾耳聆波澜，举目眺岖嵚。初景革绪风，新阳改故阴。池塘生春草，园柳变鸣禽。祁祁伤豳歌，萋萋感楚吟。索居易永久，离群难处心。持操岂独古，无闷徵在今。

②陈正字：陈师道（1053—1102年），北宋官员、诗人，字履常，一字无己，号后山居士，彭城人。著有《后山先生集》等。

③遗山：元好问。

【译文】

“池塘春草谢家春，万古千秋五字新。传语闭门陈正字，可怜无补费精神。”这是元好问《论诗绝句》中的句子。吴文英、张炎等类词人，定当不喜欢听到这般言语的。

【赏析】

“池塘春草谢家春，万古千秋五字新”二句是元好问对谢灵运的赞美，而后两句诗则是嘲笑陈师道（陈师道喜欢关起门来作诗，元好问认为这样做根本无法作出好诗，只是白白浪费自己的精力罢了）。

其实，“传语闭门陈正字”这句话本源于黄庭坚的：“闭门觅句陈无己，对客挥毫秦少游。正字不知温饱未？西风吹泪古藤州。”这首诗的本意是在关心陈师道，只是发展到后来，“闭门造诗”反而成了一个满是贬义的词句。王国维一向不喜欢苦吟诗人，所以对于陈师道这样“闭门造诗”的诗人来说，王国维是极为反感的，他不喜欢吴文英和张炎，便将二者归于陈师道一类的人物。

对于文学创作来说，每个人都有各自的创作方法，只要作品好，闭门不闭门，也就显得无关紧要了。

二八、北宋词有句，南宋词无句

【原文】

朱子[①]《清邃阁论诗》谓：“古人诗中有句，今人诗更无句，只是一直说将去。这般诗一日作百首也得。”余谓北宋之词有句，南宋以后便无句。玉田、草窗之词，所谓“一日作百首也得”者也。

【注释】

①朱子：朱熹（1130—1200 年），南宋理学家，名沈（yóu）郎，小字季延，字元晦，一字仲晦，号晦庵，晚称晦翁，谥号文，又称朱文公。著有《四书章句集注》《楚辞集注》《晦庵词》等。

【译文】

朱熹在其《清邃阁论诗》中说：“古人的诗中有句，今人的诗中无句，只知道一味地说下去。像这样的诗一天作上一百首也是可以的。”我认为北宋的词中有句，南宋之后便没有句了。张炎、周密的词，便是“一天可以作百首”的词。

【赏析】

王国维将朱熹对“诗作有句无句”的判断引用到词界中来，并认为北宋词中有句，而南宋之后的词便没有句了。南宋之后的词，大都是模仿之作，千篇一律，丝毫没有让人眼前一亮的魅力，缺乏个人风格。在当时的时代背景下，出现了过多附庸风雅的作品，只一味玩文字游戏，而忽略了词作的境界。

在朱熹看来，只知道一直说下去的诗，缺少了诗作应有的波澜和壮阔，最终呈现出来的作品也会显得过于单薄。王国维认为，词作也是如此。缺少了真实，缺少了壮阔，词便只是词，没有任何境界可言。

二九、草窗、玉田之词为枯槁

【原文】

朱子谓："梅圣俞诗，不是平淡，乃是枯槁。"余谓草窗、玉田之词亦然。

【译文】

朱熹说："梅尧臣的诗，不是平淡，而是瘦瘠没有生气。"我认为周密、张炎的词也是这样。

【赏析】

此篇王国维继续引用朱熹之言来批判张炎、周密等南宋词人。前文中，王国维将周密、张炎的词归为“一日可作百首”之列，而在此文中，又认为周密、张炎的词形同枯槁，没有一点点灵动性。

王国维的这一评价大多合乎事实，但是从他对南宋词的挑剔眼光来说，其评价不免会带有过多的个人情感色彩。毕竟在梅尧臣的作品中也有不少佳作。比如梅尧臣的《苏幕遮》："露堤平，烟墅杳。乱碧萋萋，雨後江天晓。独有庾郎年最少。窣地春袍，嫩色宜相照。接长亭，迷远道。堪怨王孙，不记归期早。落尽梨花春又了。满地残阳，翠色和烟老。"这首咏春草，便将春草的形象神态描绘得栩栩如生。

所以，在评价词作的时候，不能以偏概全，要从客观的角度去评判，既能看到诗词作者的优点，又能够看到诗词作者的缺点才可。

三〇、此非警句也

【原文】

“自怜诗酒瘦，难应接，许多春色[①]。”“能几番游，看花又是明年[②]。”此等语亦算警句耶？乃值如许笔力！

【注释】

①自怜诗酒瘦，难应接，许多春色：出自南宋词人史达祖的《喜迁莺·月波疑滴》。

月波疑滴，望玉壶天近，了无尘隔。翠眼圈花，冰丝织练，黄道宝光相直。自怜诗酒瘦，难应接，许多春色。最无赖，是随香趁烛，曾伴狂客。踪迹，漫记忆。老了杜郎，忍听东风笛。柳院灯疏，梅厅雪在，谁与细倾春碧？旧情拘未定，犹自学，当年游历。怕万一，误玉人、夜寒帘隙。

②能几番游，看花又是明年：出自南宋词人张炎的《高阳台·西湖春感》。

接叶巢莺，平波卷絮，断桥斜日归船。能几番游，看花又是明年。东风且伴蔷薇住，到蔷薇、春已堪怜。更凄然。万绿西泠，一抹荒烟。当年燕子知何处，但苔深韦曲，草暗斜川。见说新愁，如今也到鸥边。无心再续笙歌梦，掩重门、浅醉闲眠。莫开帘，怕见飞花，怕听啼鹃。

【译文】

“自怜诗酒瘦，难应接，许多春色。”“能几番游，看花又是明年。”这样的词句也能够称得上是警句吗？为何值得花费如此的笔力！

【赏析】

“自怜诗酒瘦，难应接，许多春色。”“能几番游，看花又是明年。”源于元代陆辅的《词旨》，并将此二句列入警句的行列。而王国维认为，警句应该出于真实情感，要在自然流畅中透露出意韵，这才是警句。

而“自怜”“能儿”两句有太多拼凑装饰的词语，并不是天然佳成之作。所以这两句并不能称为警句，更不值得为此花费过多的力气。

三一、宋之文天祥，明之刘基

【原文】

文文山[①]词，风骨甚高，亦有境界，远在圣与[②]、叔夏、公谨诸公之上。亦如明初诚意伯[③]词，非季迪[④]、孟载[⑤]诸人所敢望也。

【注释】

①文文山：文天祥（1236—1283年），宋朝民族英雄，初名云孙，字天祥，后以天祥为名，改字履善，因为他在文山居住过，所以又号文山，今江西吉安县人。文天祥、陆秀夫、张世杰被称为“宋末三杰”。“人生自古谁无死？留取丹心照汗青！”是文天祥《过零丁洋》中的千古佳句。

《过零丁洋》：辛苦遭逢起一经，干戈寥落四周星。山河破碎风飘絮，身世浮沉雨打萍。惶恐滩头说惶恐，零丁洋里叹零丁。人生自古谁无死？留取丹心照汗青！

②圣与：王沂孙（生卒年不详），南宋末年词人，字圣与，又字咏道，号碧山，又号中仙、玉笥（sì）山人，今浙江绍兴人。著有《天香·龙涎香》《高阳台·和周草窗寄越中诸友韵》《眉妩·新月》等。

③诚意伯：刘基（1311—1375年），元末明初政治家、文学家，字伯温，明朝开国元勋，浙江人。明洪武三年封其为诚意伯，后世人又称其为刘诚意。刘基、宋濂、高启并称“明初诗文三大家”，著有《诚意伯文集》。

④季迪：高启（1336—1374年），明代诗人，字季迪，自号青丘子，今南京人。明初诗文三大家之一，又与杨基、张羽、徐贲并称为“吴中四杰”。著有《高太史大全集》《凫（fú）藻集》等。

⑤孟载：杨基（1326—1378年），元末明初诗人，字孟载，号眉庵，今四川乐山人。“吴中四杰”之一，著有《岳阳楼》《铁笛》等。

【译文】

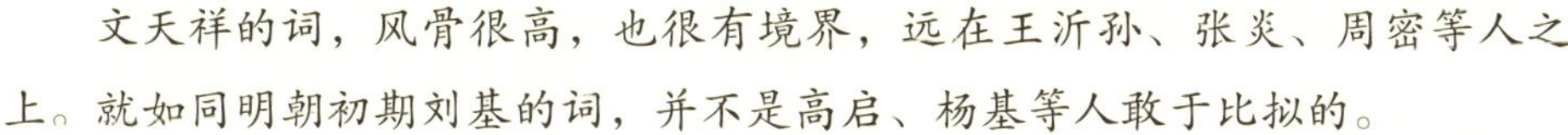
文天祥的词，风骨很高，也很有境界，远在王沂孙、张炎、周密等人之上。就如同明朝初期刘基的词，并不是高启、杨基等人敢于比拟的。

【赏析】

文天祥是宋朝民族英雄，也是一位比较有名的词作家。他的词有风骨也有境界，所以被王国维赞之。不过，文天祥前期的作品并无此等高境界，后期的作品倒是涌现了不少佳作。这或许是和文天祥后期所处的战乱环境有关。王国维将文天祥和南宋的张炎、王沂孙、周密等人相比，称文天祥的词作远在此三人之上。

此篇除了宋朝的词作外，王国维还列举了明朝的词。在王国维看来，文天祥的词和刘基的词相似，而高启、杨基等人的词则如同张炎、周密之辈，和前者没有太大的可比性。

三二、和凝《长命女》

【原文】

和凝[①]《长命女》词："天欲晓。宫漏穿花声缭绕，窗里星光少。冷霞寒侵帐额，残月光沈树杪。梦断锦闱空悄悄。强起愁眉小。"此词前半，不减夏英公《喜迁莺》也。

【注释】

①和凝：生卒年898—955，五代时文学家、法医学家，字成绩，今山东东平人。著有《疑狱集》等。

【译文】

和凝的《长命女》词中："天欲晓。宫漏穿花声缭绕，窗里星光少。冷霞寒侵帐额，残月光沈树杪。梦断锦闱空悄悄。强起愁眉小。"这首词的上阕，毫不逊色夏竦所著的《喜迁莺》。

【赏析】

夏竦的《喜迁莺》属于应景之作，词中自带有风雅之美，深得王国维的赞美。而和凝的《长命女》也是应景之作，上半阙词中的美妙丝毫不逊色于夏竦的《喜迁莺》。

三三、北宋词疏远

【原文】

宋《李希声诗话》云："唐人作诗，正以风调高古为主。虽意远语疏，皆为佳作。后人有切近的当、气格凡下者，终使人可憎。"余谓北宋词亦不妨疏远。若梅溪以下，正所谓切近的当、气格凡下者也。

【译文】

宋朝《李希声诗话》中说："唐朝的人写诗，都以风骨格调高深朴素为主。虽然意思深远但语句却浅显易懂，都是上好的诗作。后世有恰切得当、气格低下的，终究会让人感到憎恶。"我认为北宋的词也算是疏远高古。到了史达祖之后，便是属于恰切得当而气格低下的了。

【赏析】

李希声将唐诗定为风骨高雅格调之作，而将后人的诗比作"切近的当、气格凡下"之作，认为这些后人的诗虽然真实，但没有灵性和格调。王国维将这一观点引入词作的评价中，北宋的词就相当于唐代的诗，意境深远、词句疏放；而史达祖之后的人便相当于诗界的后世人，真实有了却缺少了韵味和美感。

在王国维看来，词作只取诗作中"意远语疏"四字中的"疏远"二字便可。只要做到了"疏远"二字，就是一首好词，这也是北宋词的独特魅力所在。此篇亦是着重论述北宋词和南宋词的境界问题。

三四、小好小惭，大好大惭

【原文】

自竹垞痛贬《草堂诗余》而推《绝妙好词》，后人群附和之。不知《草堂》虽有亵诨之作，然佳词恒得十之六七。《绝妙好词》则除张[1]范[2]辛刘[3]诸家外，十之八九，皆极无聊赖之词。古人云：小好小惭，大好大惭，洵非虚语。

【注释】

①张：张孝祥（1132—1170年），南宋著名词人、书法家，字安国，别号于湖居士，今安徽和县乌江镇人。著有《于湖居士文集》《于湖词》等。

②范：范成大（1126—1193年），字致能，号石湖居士，谥文穆，今江苏苏州人。与杨万里、陆游、尤袤合称“中兴四大诗人”，著有《揽辔（pèi）录》等。

③刘：刘过（1154—1206年），南宋文学家，字改之，号龙洲道人，今江西泰和县人。与刘克庄、刘辰翁并称为“辛派三刘”，著有《龙洲集》《龙洲词》等。

【译文】

自从朱彝尊极力贬低《草堂诗余》而极力推崇《绝妙好词》开始，后世人便群起附和他的观点。他们不知道《草堂诗余》虽然有轻慢戏谑的作品，然而十之六七却都是佳作。而《绝妙好词》则除了张孝祥、范成大、辛弃疾、刘过等人之外，十之八九，都是一些极其无聊的词作。古人说：小好的作品让人感到小惭愧，大好的作品让人感到大惭愧，这并非是虚话。

【赏析】

《草堂诗余》盛行于明朝时期，并且是为歌唱服务的，词句通俗，很多才子都为其作序、评注等，书中的作品虽有轻慢戏谑的地方，但大部分词作都是用情之作，倾注了作者的真实感情；而《绝妙好词》中收录的大多是那些经过精雕细琢、言语打磨的作品，将词作的外表修饰看作第一位，而少了一分真切，除了张孝祥、辛弃疾、刘过、范成大等人的作品外，其他作品都是一些很无聊的苦吟之声，没有丝毫意义。

三五、弃周鼎而宝康瓠

【原文】

梅溪、梦窗、玉田、草窗、西麓诸家，词虽不同，然同失之肤浅。虽时代使然，亦其才分有限也。近人弃周鼎而宝康瓠①，实难索解。

【注释】

①康瓠（hù）：破壶，代指庸才。

【译文】

史达祖、吴文英、张炎、周密、陈允平等人，词风虽然有所不同，然而他们的词都很肤浅。虽然是时代造成的，但也表明他们的才华是有限的。近人将有才华的人抛弃却将庸才当作宝贝，实在让人无法理解。

【赏析】

对于南宋词人来说，除了辛弃疾之外，便再没有被王国维看得上的了。而在南宋词人中，张炎和吴文英又是王国维最为厌恶的，曾将他们二人的词归于“乡愿”一列。在王国维看来，史达祖之后，宋词便开始逐渐衰落，这虽然和当时的时代有很大关系，但却也离不开个人的才华。南宋词之所以比不上北宋词，除了时代外，更大的原因还是个人的才华有限。

最后一句，北宋的词为周鼎，南宋的词为康瓠，可近人却将周鼎丢弃而宝贝康瓠，这让王国维非常费解。

三六、沈昕伯之《蝶恋花》

【原文】

余友沈昕伯[①]自巴黎寄余蝶恋花一阕云："帘外东风随燕到。春色东来，循我来时道。一霎围场生绿草，归迟却怨春来早。锦绣一城春水绕。庭院笙歌，行乐多年少。著意来开孤客抱，不知名字闲花鸟。"此词当在晏氏父子[②]间，南宋人不能道也。

【注释】

①沈昕伯：沈纮，字昕伯，王国维的同窗好友。

②晏氏父子：晏殊和晏几道。

【译文】

我的朋友沈昕伯从巴黎给我寄来了一阕《蝶恋花》："帘外东风随燕到。春色东来，循我来时道。一霎围场生绿草，归迟却怨春来早。锦绣一城春水绕。庭院笙歌，行乐多年少。著意来开孤客抱，不知名字闲花鸟。"这首词的风格应当在晏殊、晏几道父子之间，南宋人的词还无法到达这样的境界。

【赏析】

沈纮去巴黎留学之后的第二年春天写下了《蝶恋花》这首词，并将其寄给了自己的好友王国维，属于思乡之作。

这首词作用语自然贴切，情感真切，在王国维看来，此等境界应当属于晏殊、晏几道之列，而非南宋词人所能为。

三七、诗人之眼与政治家之眼

【原文】

“君王忍把平陈业，只换雷塘数亩田[①]。”政治家之言也。“长陵亦是闲丘陇，异日谁知与仲多?[②]”诗人之言也。政治家之眼，域于一人一事。诗人之眼，则通古今而观之。词人观物，须用诗人之眼，不可用政治家之眼。故感事、怀古等作，当与寿词同为词家所禁也。

【注释】

①君王枉把平陈乐，换得雷塘数亩田：出自唐代诗人罗隐的《炀帝陵》。

入郭登桥出郭船，红楼日日柳年年。君王忍把平陈业，只换雷塘数亩田。

罗隐：生卒年833—909，唐代诗人、道家学者，字昭谏，今浙江富阳市新登镇人。著有《谗书》等。

②长陵亦是闲丘陇，异日谁知与仲多：出自唐代诗人唐彦谦的《仲山》。

千载遗踪寄薜萝，沛中乡里汉山河。长陵亦是闲丘陇，异日谁知与仲多?

唐彦谦：生卒年不详，唐朝政治家，字茂业，号鹿门先生，今山西太原人。

【译文】

“君王忍把平陈业，只换雷塘数亩田。”这是政治家的言语。“长陵亦是闲丘陇，异日谁知与仲多?”这是诗人的言语。政治家的眼界，只局限于一人一事。诗人的眼界，则要通古今之变观百家之言。词人观察事物，必须使用诗人的眼界，不可以使用政治家的眼界。所以对于感事、怀古的作品，应该和寿词一样都列入词家所禁忌的行列。

【赏析】

政治家以国人利益为重，而诗词家则以个人精神为重，二者所分担的社会职责不同，自然眼界也会有所不同，在社会中的角色更是不同。此篇论述政治家之眼和诗人之眼的目的，就在于呼吁词人不要将眼界放在一人一事上，而局限了自己的创作空间。而是应该学诗人那样，通古今之变观百家之言，将宇宙、社会、人文等都纳入文学作品的思考行列，只有这样，才能够写出气势磅礴的作品，才能够有大意境，才能够引人深思，才能够真切动人。

三八、宋人小说，多不足信

【原文】

宋人小说，多不足信。如《雪舟脞语》[1]谓：台州知府唐仲友眷官妓严蕊奴。朱晦庵系治之。及晦庵移去，提刑岳霖行部至台，蕊[2]乞自便。岳问曰：去将安归？蕊赋《卜算子》[3]词云“住也如何住”云云。案此词系仲友戚高宣教作，使蕊歌以侑觞者，见朱子“纠唐仲友奏牍”[4]。则《齐东野语》所纪朱唐公案[5]，恐亦未可信也。

【注释】

①《雪舟脞（cuǒ）语》：宋朝末期邵桂子著。《雪舟脞语》中说：“唐悦斋字兴正，知台州，朱晦庵为浙东提举，数不相得，至于互申。寿皇问宰执二人曲直，对曰：‘秀才争闲气耳。’悦斋眷官妓严蕊奴，晦庵捕送图圄。提刑岳商卿霖行部疏决，蕊奴乞自便，宪使问：‘去将安归？’蕊奴赋《卜算子》，末云：‘去也终须去，住也如何住。若得山花插满头，莫问奴归处。’宪笑而释之。”

邵桂子，字德芳，号玄同，淳安人。

②蕊：严蕊（生卒年不详），原姓周，字幼芳，南宋中期女词人。

③《卜算子》：“不是爱风尘，似被前缘误。花落花开自有时，总赖东君主。去也终须去。住也如何住。若得山花插满头，莫问奴归处。”

④纠唐仲友奏牍：出自朱熹《朱子大全》卷十九《按唐仲友第四状》：“每遇仲友筵会，严蕊进入宅堂，因此密熟，出入无间，上下合干人并无阻节。今年二月二十六日宴会。夜深，仲友因与严蕊逾滥，欲行落籍，遣归婺州永康县亲戚家。说与严蕊：‘如在彼处不好，却来投奔我。’至五月十六日

筵会，仲友亲戚高宣教撰曲一首，名《卜算子》。后一段云：‘去也终须去。住也如何住。但得山花插满头，莫问奴归处。’”

⑤《齐东野语》所纪朱唐公案：周密《齐东野语》卷十七《朱唐交奏本末》：“朱晦庵按唐仲友事，或云吕伯恭尝与仲友同书会，有隙，朱主吕，故抑唐，是不然也。盖唐平时恃才轻晦庵，而陈同父颇为朱所进，与唐每不相下。同父游台，尝狎籍妓，嘱唐为脱籍，许之。偶郡集，唐语妓云：‘汝果欲从陈官人耶?’妓谢。唐云：‘奴须能忍饥受冻乃可。’妓闻大恚。自是陈至妓家，无复前之奉承矣。陈知为唐所卖，亟往见朱。朱问：‘近日小唐云何?’答曰：‘唐谓公尚不识字，如何作监司?’朱衔之，遂以部内有冤狱，乞再巡按。既至台，适唐出迎少稽，朱益以陈言为信。立索郡印，付以次官，乃摭唐罪具奏，而唐亦作奏驰上。时唐乡相王淮当轴。既进呈，上问王，王奏：‘此秀才争闲气耳。’遂两平甚是。详见周平园、王季海日记。而朱门诸贤所著《年谱道统录》，乃以季海右唐而并斥之，非公论也。其说闻之陈伯玉式卿，盖亲得之婺之诸吕云。”

【译文】

宋人的小说，大多都是不可信的。

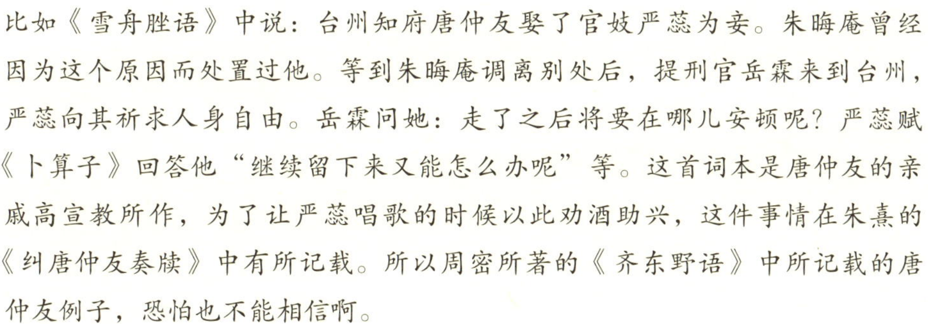
比如《雪舟脞语》中说：台州知府唐仲友娶了官妓严蕊为妾。朱晦庵曾经因为这个原因而处置过他。等到朱晦庵调离别处后，提刑官岳霖来到台州，严蕊向其祈求人身自由。岳霖问她：走了之后将要在哪儿安顿呢？严蕊赋《卜算子》回答他“继续留下来又能怎么办呢”等。这首词本是唐仲友的亲戚高宣教所作，为了让严蕊唱歌的时候以此劝酒助兴，这件事情在朱熹的《纠唐仲友奏牍》中有所记载。所以周密所著的《齐东野语》中所记载的唐仲友例子，恐怕也不能相信啊。

【赏析】

宋朝时期的小说，大都是以笔记的形式为主，其创作方式并不是以事作词，而是以词写事，所以多有虚构的成分，大都不可信。

三九、诗词歌赋之工

【原文】

《沧浪》①《凤兮》②二歌，已开楚辞体格。然楚词之最工者，推屈原、宋玉③，而后此之王褒④、刘向⑤之词不与焉。五古之最工者，实推阮嗣宗⑥、左太冲⑦、郭景纯⑧、陶渊明，而前此曹⑨刘，后此陈子昂⑩、李太白不与焉。词之最工者，实推后主、正中、永叔、少游、美成，而后此南宋诸公不与焉。

【注释】

①《沧浪》:《孟子·离娄上》中有“沧浪之水清兮，可以濯我缨。沧浪之水浊兮，可以濯我足”的诗句。

②《凤兮》:《论语·微子》中有“楚狂接舆歌而过孔子曰：‘凤兮凤兮，何德之衰？往者不可谏，来者犹可追。已而已而，今之从政者殆而’”的诗句。

③宋玉：生卒年约前298—约前222，战国后期楚国辞赋作家，今湖北省宜城人。宋玉是屈原之后最为杰出的楚辞作家，后世人将其二人并称为“屈

宋”。据说，宋玉貌美，再加上其在楚辞上的成就，后世人又将其誉为“天下第一风流才子”。

④王褒：生卒年前90—前51，西汉著名文学家，今四川省资阳市人。著有《洞箫赋》等。

⑤刘向：生卒年约前77—前6，西汉经学家、文学家，本名更生，字子政，今江苏沛县人。著有《新序》《列女传》等。

⑥阮嗣宗：阮籍（210—263年），三国时期魏诗人，“竹林七贤”之一，“建安七子”之一阮瑀的儿子，字嗣宗，今河南人。阮籍为“正始之音”的代表人物，著有《咏怀》《大人先生传》等。

⑦左太冲：左思（约250—305年），西晋著名文学家，字太冲，今山东淄博人。著有《三都赋》等。

⑧郭景纯：郭璞（276—324年），字景纯，两晋时期著名文学家，今山西省闻喜县人。曾经为《尔雅》《山海经》《葬经》等作注。

⑨曹：曹植（192—232年），三国时期曹魏著名文学家，建安文学的代表人物，字子建，今安徽省亳州市人。曹植、曹丕、曹操被后人尊称为“三曹”，著有《洛神赋》、《白马篇》《七哀诗》等。

⑩陈子昂：生卒年661—702，唐代文学家，字伯玉，今四川人。著有《陈伯玉集》《感遇》等。

【译文】

《沧浪》《凤兮》两首诗歌，已经开始具备《楚辞》的文体格调。而楚词作者中作品最为精妙的，首推屈原、宋玉两个人，而后的王褒、刘向的词作都不能和他们相比。五言古诗作者中作品最为精妙的，实推阮籍、左思、郭璞、陶渊明四人，而前面的曹植、刘祯二人，以及后来的陈子昂、李太白都是无法和他们相比的。词作者中作品最为精妙的，实推李后主、冯延巳、欧阳修、秦观、周邦彦五人，他们之后的南宋作者就没办法相比了。

【赏析】

从《诗经》《楚辞》、乐府、五言古诗、七言古诗到近体格律诗、长短句填词等，是我国诗词歌赋的发展演变过程。在王国维看来，《诗经》中的《沧浪》《凤兮》二首，已经有了《楚辞》的痕迹，只是到了屈原、宋玉那里才

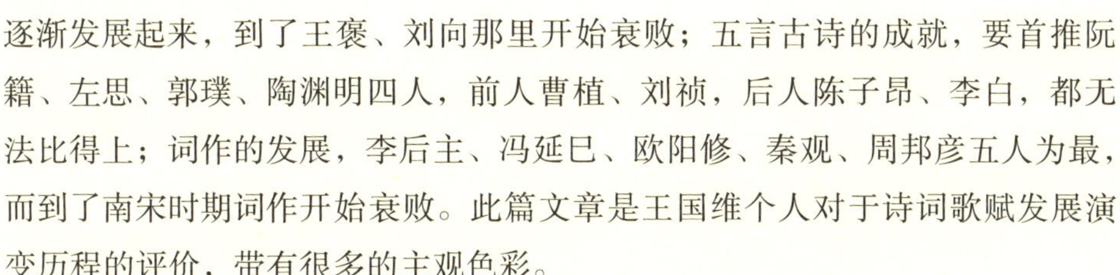
逐渐发展起来，到了王褒、刘向那里开始衰败；五言古诗的成就，要首推阮籍、左思、郭璞、陶渊明四人，前人曹植、刘祯，后人陈子昂、李白，都无法比得上；词作的发展，李后主、冯延巳、欧阳修、秦观、周邦彦五人为最，而到了南宋时期词作开始衰败。此篇文章是王国维个人对于诗词歌赋发展演变历程的评价，带有很多的主观色彩。

四〇、有篇又有句

【原文】

唐五代之词，有句而无篇。南宋名家之词，有篇而无句。有篇有句，唯李后主降宋后诸作，及永叔、子瞻、少游、美成、稼轩数人而已。

【译文】

唐代和五代的词，有句而没有篇。南宋名家的词，有篇而没有句。有篇又有句的，只有李后主投降宋朝之后的作品，以及欧阳修、苏轼、秦观、周邦彦、辛弃疾几个人而已。

【赏析】

“句”和“篇”在王国维那里似乎并没有一个明确的定义。“句”者，王国维曾经说“有境界则自成高格，自有名句”，由此可见，有句代表的是有境界，而无句则是朱熹所言“一日可作百首”的诗词；而此文中的“篇”，应该就是指的文体的篇章结构。王国维认为，唐代、五代、北宋的诗词作品，将句子的弦外之音看得很重，却忽视了篇章构造上的功夫，而南宋则主要讲究篇章功夫，句子的意境又达不到，这就是王国维评价他们“有句而无篇，有篇而无句”的主要判断标准。“有篇”“有句”和所谓的“有境界”比较相似，不能过于拘泥于表面概念。

四一、宁失之倡优，不失之俗子

【原文】

唐五代北宋之词家，倡优也。南宋后之词家，俗子也。二者其失相等。但词人之词，宁失之倡优，不失之俗子。以俗子之可厌，较倡优为甚故也。

【译文】

唐代、五代、北宋的词作家，就好比娼妓和优伶。南宋之后的词作家，便都是凡夫俗子。两者的过失之处是一样的。不过词人的词，宁可失之娼妓、优伶，也不要失之俗子。以俗子的可厌恶度来说，较娼妓、优伶要厉害得多。

【赏析】

词在宋朝时期鼎盛，不过因为当时的社会、政治、经济、文化背景的影响和限制，北宋词和南宋词经历了两种完全不同的发展道路，致使后来两宋的词家成就也各不相同。在王国维看来，如若北宋的词如同娼优的话，那么南宋的词便是俗子。娼优为真小人，而俗子则为伪君子，两者虽然都有相同的过失之处，但是如若选择一样跟随，宁可选择真小人，也不能选择伪君子。

周济曾经说过："北宋有无谓之词以应歌，南宋有无谓之词以应社。"意思是，北宋时期的词作发展大多以应歌为前提，后又因应歌而沦为消遣娱乐的工具；南宋的词作发展则是为了适应当下的社会环境，为了应酬而作。应歌与应社都有其弊端：应歌，没有自己的个性，大多都是娼优之言；应社，使得词作失了灵魂，成了文人之间的应酬游戏。

从某种角度来说，王国维将北宋词比作娼优，将南宋词比作俗子，也是有一定道理的。但是两宋时期词作的创作也和当时的生活环境和精神风貌有关系，所以不能下此确切的定论。而究其意义来说，两宋词的发展为后世人的创作奠定了基础，其有不可磨灭的特殊贡献。

四二、《蝶恋花》之议

【原文】

《蝶恋花》“独倚危楼”一阕，是《六一词》[①]，亦见《乐章集》[②]。余谓：屯田[③]轻薄子，只能道“妳妳兰心蕙性”[④]耳。

【注释】

①《六一词》：欧阳修词集。

②《乐章集》：柳永词集。

③屯田：指柳永。

④奶奶兰心蕙性：出自北宋词人柳永的《玉女摇仙佩》。

飞琼伴侣，偶别珠宫，未返神仙行缀。取次梳妆，寻常言语，有得几多姝丽。拟把名花比。恐旁人笑我，谈何容易。细思算、奇葩艳卉，惟是深红浅白而已。争如这多情，占得人间，千娇百媚。

须信画堂绣阁，皓月清风，忍把光阴轻弃。自古及今，佳人才子，少得当年双美。且恁相偎依。未消得、怜我多才多艺。愿妳妳、兰心蕙性，枕前言下，表余深意。为盟誓。今生断不孤鸳被。

【译文】

《蝶恋花·独倚危楼风细细》这首词，在欧阳修的《六一词》中有记载，在柳永的《乐章集》中也有记载。我认为：柳永是一个轻薄之人，也就只能写出“妳妳兰心蕙性”这样的话（而不能写出《蝶恋花》中“衣带渐宽终不悔，为伊消得人憔悴”这样的词句）。

【赏析】

《蝶恋花·独倚危楼风细细》一首词，历来就有许多争议。有人认为是欧阳修所作，有人则认为是柳永所作。不过，大部分人都认为是柳永所作。王国维称柳永为轻薄浪子，而在大多数人看来，柳永却是一个有真性情的人，能够写出“衣带渐宽终不悔，为伊消得人憔悴”这样的词句，也是意料之中的事情。

但是在王国维这里，却认为柳永只能写出“妳妳兰心蕙性”这样的词句，而像“衣带渐宽终不悔，为伊消得人憔悴”这样的境界词句，非欧阳修是写不出来的。不过，有些时候，欧阳修的词作也非常露骨，并不亚于柳永的“妳妳兰心蕙性”句。

王国维评论词，主要以词之境界为主，而前文中他更是将“衣带渐宽终不悔，为伊消得人憔悴”二句作为人成功路上的第二境界，并不是将这首词当作一般的情感词来对待的。所以，在王国维心中，轻薄浪子柳永是无法写出有如此抱负的诗句，更不会达到这般境界的。这样的判断实在是不敢为人所赞同。

四三、万不可作儇薄语

【原文】

读《会真记》[①]者，恶张生[②]之薄幸倖，而恕其奸非。读《水浒传》[③]者，恕宋江[④]之横暴，而责其深险。此人人之所同也。故艳词可作，唯万不可作儇薄语。龚定庵[⑤]诗云：“偶赋凌云偶倦飞，偶然闲慕遂初衣。偶逢锦瑟佳人问，便说寻春为汝归。[⑥]”其人之凉薄无行，跃然纸墨间。余辈读耆卿伯可[⑦]词，亦有此感。视永叔、希文[⑧]小词何如耶？

【注释】

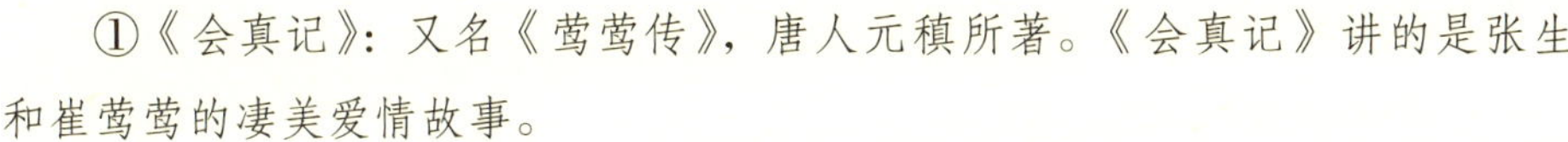

①《会真记》：又名《莺莺传》，唐人元稹所著。《会真记》讲的是张生和崔莺莺的凄美爱情故事。

元稹：生卒年 779—831，唐朝著名诗人，字微之，今河南洛阳人。因他和白居易共同倡导新乐府运动，故世人又称二人为“元白”，更是留下了“曾经沧海难为水，除却巫山不是云”的佳句，著有《莺莺传》《菊花》《离思五首》《遣悲怀三首》等。

②张生：《会真记》中男主人公的名字。

③《水浒传》：中国古典文学四大名著之一。

④宋江：《水浒传》中的主要人物之一，人称“孝义黑三郎”“及时雨”。

⑤龚定庵：龚自珍（1792—1841 年），清朝中后期著名思想家、文学家、哲学家，字璱（sè）人，号定盦（ān），曾字尔玉，字伯定，今浙江杭州人。著有《己亥杂诗》《国语注补》等。

⑥偶赋凌云偶倦飞，偶然闲慕遂初衣。偶逢锦瑟佳人问，便说寻春为汝归：为清代文学家龚自珍的《己亥杂诗·偶赋凌云偶倦飞》。

⑦伯可：康与之（？—1158 年），字伯可，号顺庵，洛阳人。

⑧希文：范仲淹。

【译文】

阅读《会真记》的人，都会厌恶张生的薄情寡义，却宽恕了他的淫乱作为。读《水浒传》的人，通常会宽恕宋江的蛮横残暴，而斥责他的阴险狡诈。这是每个人都相同的地方。所以艳词可以写，唯独万万不可以写轻薄的语言。龚自珍的诗中说：“偶赋凌云偶倦飞，偶然闲慕遂初衣。偶逢锦瑟佳人问，便说寻春为汝归。”这个人的凉薄无行，在其纸墨间便看出来了。我们在阅读柳永、康与之的词时，也有相同的感觉。他们和欧阳修、范仲淹的小词相比又怎么样呢？

【赏析】

《会真记》中，张生见崔莺莺貌美，便几番调戏，最后崔莺莺爱上了张生。张生进京赶考后一直未归，崔莺莺几次写信催促，张生却全当无物。更甚者，张生和他人讨论崔莺莺的时候，竟然说她是“必妖于人”的“尤物”，可谓是薄幸之人。只是人们却一味地痛斥张生的薄情，而宽容了他调戏崔莺莺的行为，这是令人费解的。调戏，也属于虚情假意之事，没有真情又何来后面的薄幸之说呢？

在王国维看来，轻薄的语言不是出于真心，也不忠实于他人。柳永、康与之和欧阳修、范仲淹之间的区别就在这个地方。所以王国维认为，可以作艳词，但不可写轻薄之语，可以写艳语，但必须要情感真实。

当然，王国维的这一论点我们要辩证地看待，不能全然信之，更不可全盘照做。

四四、词人之忠实

【原文】

词人之忠实[①]，不独对人事宜然。即对一草一木，亦须有忠实之意，否则所谓游词[②]也。

【注释】

①词人之忠实：陈廷焯说："无论诗、古文、词，推到极处，总以一诚为主。杜诗、韩文，所以大过人者在此。求之于词，其惟碧山乎。明乎词，则无聊之酬应，与无病之呻吟，皆可不作矣。"吴世昌说："填词之道，不必千言万语，只二句足以尽之。曰：'说真话；说得明白自然，切实诚恳。'前者指内容本质，后者指表达艺术。易曰'修辞立诚'，要不外此。论古今人词，亦不必千言万语，只此二句足以衡之；凡是真话，深固可贵，浅亦可喜。凡游词遁词，皆是假话。'岂不尔思，室是远而。'伪饰之情，如见肺腑。故圣人恶之。"

②游词：没有真情实意的词作。

【译文】

词人的忠实，不单单对人对事这般。即便是对一草一木，也必须有忠实的意思，否则他的作品就是所说的游词了。

【赏析】

艺术的真实并不仅仅体现在对人、对事上，在真正的文学创作者眼中，

一草一木都是有着无限生命力的，对待它们也要如同对待人、事那般忠实才可，否则写出来的作品便是没有真情实感的，属于游词行列。

王国维的这篇文章又把作品中的“真”字拿出来论述。其实，不管是古代还是现代，王国维的这一观点都非常适用。我们在阅读艺术作品的时候也有相同的感受。用真情实意写出来的作品总能够打动人心，而那些枯枝烂叶拼凑出来的作品则味如嚼蜡，很难让人继续读下去。

所以说，要想让作品流传，一定要求真、求实、求善，求表里如一。

四五、集之回想

【原文】

读《花间》《尊前》[①]集，令人回想徐陵[②]《玉台新咏》[③]。读《草堂诗余》，令人回想韦縠[④]《才调集》[⑤]。读朱竹垞《词综》[⑥]，张皋文、董子远[⑦]《词选》[⑧]，令人回想沈德潜[⑨]三朝诗别裁集[⑩]。

【注释】

①《尊前》:《尊前集》，编者不详，不过宋朝人王灼的《碧鸡漫志》以及胡仔的《苕溪渔隐丛话》等作品中论述过这本书，由此可见，《尊前集》在北宋时期就已经有了。

王灼：生卒年不详，宋代著名学者，字晦叔，号颐堂，四川遂宁人。

②徐陵：生卒年507—583，南朝梁陈间诗人、文学家，字孝穆，今山东郯城人。著有《玉台新咏》等。

③《玉台新咏》：是一部汉族诗歌总集，记录了从《诗经》《楚辞》到南朝梁代之间的汉族诗歌。大部分人认为，《玉台新咏》为南朝文学家徐陵所编，收录了769篇诗歌。

④韦縠：五代前蜀文学家，生卒年、字号及籍贯不详。

⑤《才调集》：唐诗选集。是现存唐人选唐诗集中选诗最多最广的一部。

⑥《词综》：词总集，为清代朱彝尊、汪森所编。

汪森：生卒年1653—1726，清著名藏书家、文学家，字晋贤，一字文梓，号碧巢，浙江桐乡人。著有《粤西诗载》《文载》等。

⑦董子远：董毅，清代词人，字子远，是张惠言的外孙。编撰了《续词选》。

⑧《词选》：词总集，清代张惠言所编。

⑨沈德潜：生卒年1673—1769，清代诗人，字碻（què）士，号归愚，今江苏苏州人。著有《沈归愚诗文全集》等。

⑩三朝诗别裁集：指的是《唐诗别裁集》《明诗别裁集》《清诗别裁集》。为沈德潜所编撰，影响很大。

【译文】

阅读《花间集》《尊前集》，让人回想到徐陵的《玉台新咏》。阅读《草堂诗余》，让人回想到韦縠所著的《才调集》。阅读朱彝尊的《词综》和张惠言、董毅的《词选》，让人回想到沈德潜所编的三朝诗别裁集。

【赏析】

《花间集》为后蜀人赵崇祚所编，收录了晚唐时期到五代时期的十八位词人的作品。而花间派的创始人就是温庭筠，所以温庭筠之后的人都极力模仿他的词风，进而才有了花间派。《尊前集》中的诗歌都是为筵会服务的，收录了唐

代、五代等三十六位词家的作品。而南朝人徐陵所编的《玉台新咏》，收录了从先秦时期到南朝梁时期的宫体诗，诗集内容大多都是艳情闺情的作品。《花间集》《尊前集》和《玉台新咏》三部诗歌集，风格相似，都是香艳之风，所以王国维才将它们列为一体。

《草堂诗余》为南宋何士信所编，选入的大多是宋词，唐代和五代的词作比较少，诗风偏于真情实感。而《才调集》则收录的是唐代的诗作，词风韵高华丽。所以王国维将其二者并列谈论。

朱彝尊所编的《词综》收录了唐宋金元等六百多位词家的2253首作品，词风醇雅；而张惠言、董毅所编的《词选》则是强调词作要有自身的现实意义，收录的大多是苏轼、辛弃疾、秦观、周邦彦等人的词；而三朝诗别裁集为“格调说”，强调的是诗作应该和政治挂钩，为政治服务，并且讲究有格调的诗作。所以王国维将其三者并列论述。

王国维的这一对比，虽然有小的错误，但并不影响大局，还是有一定道理的。

四六、论词与论诗

【原文】

明季国初诸老之论词，大似袁简斋[①]之论诗，其失也，纤小而轻薄。竹垞以降之论词者[②]，大似沈规愚，其失也，枯槁而庸陋。

【注释】

①袁简斋：袁枚（1716—1797年），清代诗人、散文家、文学评论家，今杭州人，字子才，号简斋，晚号随园老人。袁枚和纪晓岚有“北纪南袁”之称，和赵翼、蒋士铨合称为“乾隆三大家”。著有《小仓山房集》《随园诗话》等。

②竹垞以降之论词者：指张惠言、周济、谭献、冯煦等人。

【译文】

明末清初各个前辈们谈论词作，大多和袁枚的论诗相似，他们的错误，就在于比较纤小而又轻薄。朱彝尊之后讨论词作的人，大都和沈德潜相似，他们的错误，都是比较古板而又庸俗浅陋。

【赏析】

明末清初的词论家，指的是陈子龙、朱彝尊、王森等人，王国维认为他们的论词和袁枚的论诗比较相像，都比较纤小轻薄。袁枚在论诗上，着重提倡“性灵说”，文字要遵从自然本性，要抒发人内心的真情实感。不过，袁枚在此论述上过于重视个人情感，而有些忽略诗作的文体美感，所以王国维称之为“纤小而轻薄”。

“竹垞以降”指的是张惠言、周济等人，在王国维看来，他们的论词和沈德潜相似。沈德潜主张诗词作品要服务于政治，词风较为空泛，追求形式主义，没有真情实感之说，而“竹垞以降”的论词者也是追求词风“清空”的，所以王国维才将此二者并为一谈，称之为“枯槁而庸陋”。

四七、东坡之旷，白石之旷

【原文】

东坡之旷在神①，白石之旷在貌②。白石如王衍口不言阿堵物③，而暗中为营三窟之计④，此其所以可鄙也。

【注释】

①东坡之旷在神：俞彦《爰园词话》中说：“子瞻词，无一语著人间烟火，此自大罗天上一种，不必与少游、易安辈较量体裁也。”

俞彦：生卒年不详，字仲茅，上元人。

②白石之旷在貌：周济《介存斋论词杂著》说：“白石放旷，故情浅。”又云：“白石词，如明七子诗，看是高格响调，不耐人细思。”

③阿堵物：钱。刘义庆《世说新语·规箴第十》说：“王夷甫雅尚玄远，

常嫉其妇贪浊，口未尝言‘钱’字。妇欲试之，令婢以钱绕床不得行。夷甫晨起，见钱阂行，呼婢曰：‘举却阿堵物。’”

刘义庆：生卒年403—444，南朝宋文学家，字季伯，今江苏徐州人。

王夷甫：王衍（256—311年），西晋时期著名清谈家，字夷甫，山东临沂北人。

④三窟之计：《战国策·齐策》中有所记载。战国时期，冯谖为孟尝君的门客。有一年，孟尝君的封地薛城收成不好，无法还清孟尝君的贷款。冯谖便毛遂自荐，要去帮孟尝君要债。

冯谖走到薛城之后，以孟尝君的名义，烧掉了所有人的契据，百姓们对孟尝君感激不尽。回去之后，孟尝君问道：“你都买了些什么回来?”

冯谖答：“您说过：看我家里缺少什么就买什么。我想，您有无数的珍奇异宝，又有很多匹良马，还有数不清的绝色美人，那么您家里也只有缺少个‘义’字了，于是我帮你把‘义’买回来了。”孟尝君疑惑地说：“为何这样说?”冯谖回答：“借钱的人大多都是穷人，眼下薛城收成不好，他们的利息也会逐年上涨，这样一来，即便我们追着他要十年，也是还不来的。如若逼得厉害，他们就会逃走。所以我用您的名义，烧掉了他们的契据，放弃了那些必定要不回来的账，这样百姓们就会爱戴您，这就是我所说的‘义’啊。”

后来，齐王听信他人诬告，撤了孟尝君的职位。三千多名食客除了冯谖外，全部都离开了。无奈，孟尝君只能回到自己的封地薛城。谁想到，孟尝君还未到薛城，薛城百姓便出城百里迎接。孟尝君看到此情况，对冯谖说：“这就是先生给我买的‘义’吧。”

冯谖说：“狡兔有三个洞穴，会救它于危难。而您也得有三个安身的地方，这样才可以高枕无忧啊。”

而冯谖为孟尝君也准备了三个洞穴：

冯谖游说秦王，让其重用孟尝君，后齐王听到消息后，又赶忙派人去请孟尝君，官复原职。冯谖又给孟尝君提议，让他向齐王索要祭器，在薛城建造宗庙，巩固自己的地位。做完这些事情后，冯谖说：“三个洞穴已经做好，您可以高枕无忧了。”

【译文】

东坡词的旷达在作品的精神上，姜夔词的旷达在于它的表面。姜夔就如同嘴上不说钱，而背地里却在偷偷经营着狡兔三窟计划的王衍，这就是他之所以令人鄙夷的原因。

【赏析】

苏轼是豪放派诗人的代表，他的诗作大都直抒胸臆，有豪放深远之风，所以王国维称他的词之所以旷达是在于它的精神。南宋词人姜夔是布衣之人，后又担当达官贵人的清客，他的为人也不免多了些文人雅士之风。而王国维看词主看人品，他一眼便道出了姜夔的缺点，认为其和王衍一样，表面上清高，背地里却在经营狡兔三窟的事情。所以，在王国维看来，姜夔的词旷达，只在于表面，没有实在的本质。

四八、文学之事

【原文】

“纷吾既有此内美兮，又重之以修能[①]。”文学之事，于此二者，不能缺一。然词乃抒情之作，故尤重内美。无内美而但有修能，则白石耳。

【注释】

①纷吾既有此内美兮，又重之以修能：出自于屈原的《离骚》。

帝高阳之苗裔兮，朕皇考曰伯庸。摄提贞于孟陬（zōu）兮，惟庚寅吾以降。皇览揆（kuí）余初度兮，肇（zhào）锡余以嘉名：名余曰正则兮，字余曰灵均。纷吾既有此内美兮，又重之以修能。扈（hù）江离与辟芷兮，纫秋兰以为佩。汩（mì）余若将不及兮，恐年岁之不吾与。朝搴（qiān）阰（pí）之木兰兮，夕揽洲之宿莽。日月忽其不淹兮，春与秋其代序。惟草木之零落兮，恐美人之迟暮。不抚壮而弃秽兮，何不改乎此度？乘骐骥以驰骋兮，来吾道夫先路！

【译文】

“我既有这么多的内在美，又注重外表的修饰。”文艺创作上的事情，这两个方面，一个方面都不能缺少。然而词是抒发情感的载体，所以尤其重视内在美。没有内在美而只有外在的修饰，这说得就是姜夔了。

【赏析】

在前文中，王国维称姜夔的词表面上看起来旷达，实际上并没有内涵。此文中，王国维又再次论述了内在美和外在美的关系。在他看来，词作是寄托人们情感的载体，所以更为注重内在的抒发和联系，而那些只有外表而没有内在的词作，说的就是姜夔的作品了。

内在美指的是作品中美好的格调，而修能指的是修饰外表的状态，和内在美是相对应的。如若说内在美是先天的，那么外表修饰就是后天的。在一般的文学创作中，内在美和外表修饰缺一不可。缺了内在美，文学作品便没有精神，没有品格；缺了外表修饰，那么文字也过于朴素乏味。

王国维在其《文学小言》中称：“三代以下之时人，无过于屈子、渊明、子美、子瞻者。此四子者若无文学之天才，其人格亦自足千古。故无高尚伟大之人格，而有高尚伟大文章者，殊未之有也。”这句话可以解释王国维对内在美的重视。

四九、诗人视一切外物

【原文】

诗人视一切外物，皆游戏之材料也。然其游戏，则以热心为之，故诙谐与严重二性质，亦不可缺一也。

【译文】

诗人看所有的外在事物，都是游戏的材料。然而他们的游戏，是以满腔热血在进行，所以诙谐和庄严两种特质，也是不能缺少其中一样的。

【赏析】

前文中王国维提到：诗人必有轻视外物之意，也必有重视外物之意。这一理论便是在“游戏论”的基础上产生的。

近代西方美学史上，“游戏论”是最为重要的理论之一，王国维将其引入，用来做辨析我国诗词歌赋的理论学说。在其《文学小言》中也曾说：“文学者，游戏的事业也。”王国维将文学当作游戏的事业，属于竞争生存的游戏事业。所以，王国维将文艺创作看作艺术家们“争权夺势”的自我表现，所以他们才会把所有的外物都当作游戏的材料。王国维的这一看法带有一定的主观色彩，不足以全信。

人间词话删稿

一、不喜长调，不喜用人韵

【原文】

余填词不喜作长调，尤不喜用人韵。偶尔游戏，作《水龙吟》[①]咏杨花用质夫、东坡倡和韵，作《齐天乐》[②]咏蟋蟀用白石韵，皆有与晋代兴之意。余之所长殊不在是，世之君子宁以他词称我。

【注释】

①《水龙吟》：王国维的《水龙吟·杨花》，用章质夫苏东坡唱和韵。

开时不与人看，如何一霎蒙蒙坠。日长无绪，回廊小立，迷离情思。细雨池塘，斜阳院落，重门深闭。正参参欲住，轻衫掠处，又特地因风起。花事阑珊到汝，更休寻、满枝琼缀。算人只合，人间哀乐，者般零碎。一样飘零，宁为尘土，勿随流水。怕盈盈、一片春江，都贮得离人泪。

②《齐天乐》：王国维的《齐天乐·蟋蟀》，用姜夔的原韵。

天涯已自愁秋极，和须更闻虫语。乍响瑶阶，旋穿绣闼。更入画屏深处。喁喁似诉。有几许哀丝，佐伊机杼。一夜东堂，暗抽离恨万千绪。空庭相和秋雨。又南城罢柝，西院停杵。试问王孙，苍茫岁晚，那有闲愁无数。宵深谩与。怕梦稳春酣，万家儿女。不识孤吟，劳人床下苦。

【译文】

我填词不喜欢用长调，尤其不喜欢使用别人的韵。偶尔的游戏之作，用章质夫、苏东坡的唱和韵作了一首咏杨花的词《水龙吟》，用姜夔的韵作了一首咏蟋蟀的词《齐天乐》，都是想要和原作者一比高下的意思。我所擅长的并不在这里，我还是希望世上的君子能够用其他词作来评价我。

【赏析】

王国维的《人间词话》中长调极少，大多都是小令，确实如他所言，不喜长调。五代、北宋的词是王国维一直所推崇的。一个原因是五代北宋的词

有境界，另一个恐怕也和王国维喜欢的文体有关系。王国维喜好小令，而五代北宋的词大多以小令为主；王国维讨厌长调，而南宋词则以长调为主。这也是王国维贬低南宋的原因之一。

王国维不喜长调，更不喜欢和韵。和韵的词作大部分都会受到原作的影响，少了一分个人的魅力，使得诗词创作受到局限，无法让真情自然地流露，这便不符合王国维所追求的“真”字了。

而王国维所作的几首和韵词也是为了和原作一比高下而写的。不过，他并没有对自己的两首词做过多的评价，毕竟在咏物方面，苏轼的《水龙吟》和史达祖的《双双燕》已经达到了登峰造极的境界，后世人也只能效仿而无法超越了。

二、开词家未有之境

【原文】

樊抗夫[①]谓余词如《浣溪沙》[②]之“天末同云”、《蝶恋花》之“昨夜梦中”、“百尺朱楼”、“春到临春”[③]等阕，凿空而道，开词家未有之境。余自谓才不若古人，但于力争第一义处，古人亦不如我用意耳。

【注释】

①樊抗夫：樊炳清（1877—1929年），清末文学家，字少泉，一字抗父，又作抗甫，号志厚，今浙江省绍兴人。“东文学社三杰”之一，编译《科学丛书》《哲学丛书》《农学丛书》《教育丛书》等。

②《浣溪沙》：为王国维所著。

天末同云黯四垂，失行孤雁逆风飞。江湖寥落尔安归？陌上金丸看落羽，闺中素手试调醯（xī）。今朝欢宴胜平时。

③《蝶恋花·昨夜梦中多少恨》句：王国维所著。

昨夜梦中多少恨？细马香车，两两行相近。对面似怜人瘦损，众中不惜搴帷问。陌上轻雷听渐隐，梦中难从，觉后那堪讯？蜡泪窗前堆一寸，人间

只有相思分。

《蝶恋花·百尺朱楼临大道》

百尺朱楼临大道，楼外轻雷，不间昏和晓。独倚阑干人窈窕，闲中数尽行人小。一霎车尘生树杪，陌上楼头，都向尘中老。薄晚西风吹雨到，明朝又是伤流潦。

《蝶恋花·春到临春花正妩》

春到临春花正妩，迟日阑干，蜂蝶飞无数。谁遣一春抛却去，马蹄日日章台路。几度寻春春不遇，不见春来，那识春归处？斜日晚风杨柳渚，马头何处无飞絮。

【译文】

樊炳清认为我的词如《浣溪沙》中的“天末同云”、《蝶恋花》中的“昨夜梦中”“百尺朱楼”“春到临春”等句，独辟蹊径，开创了词家从未有过的境界。我自认为才华比不上古人，但在努力寻求创新的地方，古人便不如我这般用意了。

【赏析】

樊炳清是王国维的朋友，他对王国维的论述也有其道理。王国维的词作之所以开创了古人所没有的境界，这和他受西方哲学的影响密不可分。在他的词作中，对于人生思考的问题变得更加深刻，不再局限于万缕情思之中，突破了传统的限制，开创了另一番境界。

三、曲古不如今，词今不如古

【原文】

叔本华[①]曰："抒情诗，少年之作也；叙事诗及戏曲，壮年之作也。"余谓：抒情诗，国民幼稚时代之作；叙事诗，国民盛壮时代之作也。故曲则古不如今（元曲诚多天籁，然其思想之陋劣，布置之粗笨，千篇一律，令人喷饭。至本朝之《桃花扇》[②]、《长生殿》[③]诸传奇，则进矣），词则今不如古。盖一则以布局为主，一则须伫兴而成故也。

【注释】

①叔本华：亚瑟·叔本华（1788—1860年），德国哲学家。著有《论充足理由率的四重根》《论道德的起源与基础》等。

②《桃花扇》：为孔尚任所著。《桃花扇》是一部体现亡国之痛的历史剧，通过侯方域和李香君的凄美爱情故事来表现南明覆灭的历史。

孔尚任：生卒年1648—1718，清初诗人、戏曲作家，字聘之，又字季重，号东塘，别号岸堂，自称云亭山人，山东曲阜人。

③《长生殿》：取材于白居易所写的《长恨歌》和元代白朴的《梧桐雨》。《长生殿》讲述的是唐玄宗和杨贵妃的爱情故事。作者为清朝初期剧作家洪昇。

洪昇：生卒年1645—1704，清代戏曲作家、诗人，字昉思，号稗畦，又号稗村、南屏樵者，今浙江杭州市人。洪昇与孔尚任合称为"南洪北孔"。

【译文】

德国哲学家叔本华说："抒情的诗，主要是少年时代所作的；叙事的诗和戏曲，则都是壮年时期所作的。"我认为：抒情诗，是国民幼稚时期所作；叙事诗，是国民盛壮时期所作。所以曲的发展便是古时候比不上现在（元曲虽然有很多天籁之作，但是它的思想比较粗陋低劣，布置比较粗糙笨拙，千篇一律，让人喷饭。至于本朝的《桃花扇》《长生殿》等传奇之作，都是比较进步的），词作的发展则是今天不如古时候了。因为前者注重篇章布局，后者注重情致灵感。

【赏析】

在《人间词话》中，王国维的思想深受西方哲学的影响，其中叔本华和尼采便是对王国维影响最大的两位。

叔本华的观点，主要是依据人在少年时期情感炙热，所以做出来的大多是抒情诗；而人到了壮年时期，思想渐渐趋于成熟，判断事物大多趋于理性，所以叙事诗和戏曲便渐渐多了起来。而王国维将叔本华的这一观点引用到词曲的创作中来。

王国维认为，现在的词比不上古时候的词，这是因为古时候的词注重的是情致和灵感，而现在的词注重篇章和故事；曲，则是古时候不如现在，古时候的曲虽然有可取之处，但是在思想和内容布置上不及现在，并且还列举了《长生殿》《桃花扇》等传奇剧作来加以说明论证。至于抒情诗和叙事诗，王国维和叔本华的观点略同，此处不加论述。

四、孔门之用词

【原文】

“岂不尔思，室是远而。①”孔子讥之。故知孔门而用词，则牛峤之“须作一生拚，尽君今日欢”等作，必不在见删之数。

【注释】

①岂不尔思，室是远而：出自《论语》。

【译文】

“我并不是不思念你，而是我们的距离太远了。”孔子曾经因此而讥笑。所以依照孔子门下的观点来用词的话，那么牛峤所作的“我会拼尽一生，来满足你今天的欢乐”等作品，一定不在被删的行列了。

【赏析】

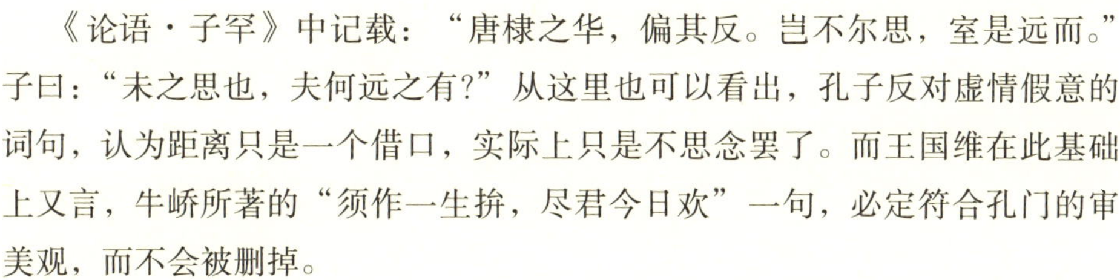

《论语·子罕》中记载："唐棣之华，偏其反。岂不尔思，室是远而。"子曰："未之思也，夫何远之有？"从这里也可以看出，孔子反对虚情假意的词句，认为距离只是一个借口，实际上只是不思念罢了。而王国维在此基础上又言，牛峤所著的"须作一生拚，尽君今日欢"一句，必定符合孔门的审美观，而不会被删掉。

其实，王国维也十分欣赏牛峤的这一观点，认为其有真情实感在里面，这正是王国维所赞同的事情，而他引用孔子的话，无疑是再为自己的辩论增加论据，为自己的求真添一分力量。

五、暮雨潇潇郎不归

【原文】

"暮雨潇潇郎不归[①]"，当是古词，未必即白傅[②]所作。故白诗云"吴娘夜雨潇潇曲，自别苏州更不闻[③]"也。

【注释】

①暮雨潇潇郎不归：出自吴二娘的《长相思》。

深花枝，浅花枝，深浅花枝相间时，花枝难似伊。巫山高，巫山低，暮雨潇潇郎不归，空房独守时。

吴二娘为杭州名妓，据说是 位色艺双绝的佳人。

②白傅：指白居易。

③吴娘夜雨潇潇曲，自别苏州更不闻：出自唐代诗人白居易的《寄殷协律》。

五岁优游同过日，一朝消散似浮云。琴诗酒伴皆抛我，雪月花时最忆君。几度听鸡歌白日，亦曾骑马咏红裙。吴娘暮雨萧萧曲，自别江南更不闻。

【译文】

"暮雨潇潇郎不归"，应该是古词，未必是白居易所写的。所以白居易的诗中说"吴二娘所唱的夜雨潇潇曲，自从离开苏州后就再也没有听到过了。"

【赏析】

此文主要是在考究“暮雨潇潇郎不归”的词作者。王国维之所以认为未必是白居易所作，其主要证据便是白居易在他的《寄殷协律》中说，自从离开杭州后，再也没有听到过吴二娘所唱的暮雨潇潇曲了。从这首诗来看，“暮雨潇潇郎不归”一词应当是吴二娘所作。而在《乐府纪闻》中的记载也是一样的。

不过，也有史料记载，吴二娘这个人擅长歌舞，作词的本事却有待考量，而且在《本事词》中已经写到此词是白居易所作。如果没有确凿的证据，应该遵循此书的说法，不应该妄加猜测。

六、张玉田之词

【原文】

贺黄公裳《皱水轩词筌》云：“张玉田《乐府指迷》其调叶宫商，铺张藻绘，抑以可矣，至于风流蕴藉之事，真属茫茫。如啖官厨饭者，不知牲牢之外，别有甘鲜也。①”此语解颐。

【注释】

①“张玉田《乐府指迷》”几句：出自贺裳的《皱水轩词荃》。“词诚薄技，然实文事之绪余，往往便于伶伦之口者，不能入文人之目。张玉田乐府

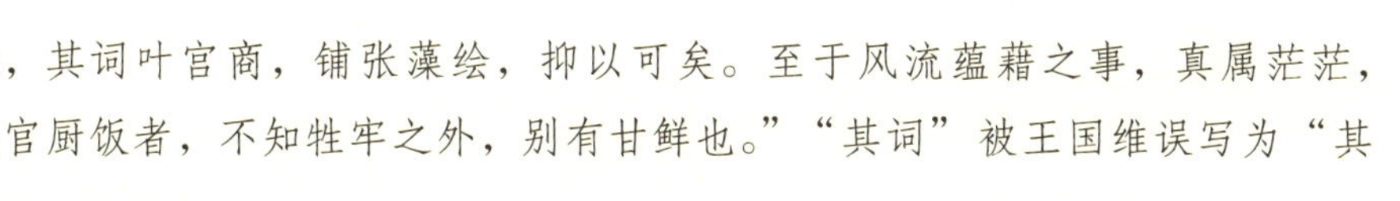

指迷，其词叶宫商，铺张藻绘，抑以可矣。至于风流蕴藉之事，真属茫茫，如啖官厨饭者，不知牲牢之外，别有甘鲜也。”“其词”被王国维误写为“其调”。

【译文】

贺裳所著的《皱水轩词筌》中说：“张炎所著的《乐府指迷》词中的音律协调，修辞词句也还可以，至于风流蕴籍的事情，就显得有些茫然了。就好比吃惯了宫中厨饭的人，不知道牛羊之外还另有一番甘鲜呢。”这一句让人开颜大笑。

【赏析】

贺裳说张炎的词，有修饰有音律，但是却少了风流蕴藉。王国维对贺裳的这一评说深表认同。

七、修饰字句易，换意难

【原文】

周保绪《词辨》云：“玉田，近人所最尊奉，才情诣力亦不后诸人，终觉积谷作米、把缆放船，无开阔手段。”又云：“叔夏所以不及前人处，只在字句上著功夫，不肯换意。”“近人喜学玉田，亦为修饰字句易，换意难。”

【译文】

周济在其《词辨》中说：“张炎，近人最为尊崇的作家，才情造诣并不比其他人差，可却始终感觉他的词作像积谷作米、把缆放船般拘谨，没有开阔的手段。”又说：“叔夏之所以比不上前人的地方，在于他只在句子上下功夫，不愿意在意境上出新意。”“近人喜欢学习张炎，也是因为修饰字句容易，而换个新意比较难”的原因。

【赏析】

张炎是王国维看不上的词人，认为张炎的词作既没有意境，也没有品格，所以对于周济的评说，王国维是比较赞同的。不过，周济对张炎的评价较之王国维来说比较客观一些，既肯定了张炎的优点："其清绝处，自不易到。""若其用意佳者，即字字珠辉玉映，不可指摘。"也指出了张炎的缺点："只在字句上著功夫，不肯换意。"可是到了王国维这里，却只引用了周济对张炎缺点的论述，而忽略了其优点，从这里也能够看出王国维对张炎的态度。

八、杂剧之祖

毛西河[①]《词话》谓：赵德麟[②]令作《商调鼓子词》[③]谱西厢[④]传奇，为杂剧之祖。然《乐府雅词》卷首所载秦少游、晁补之、郑彦能[⑤]（名仅）《调笑转踏》，首有致语，末有放队，每调之前有口号诗，甚似曲本体例。无名氏《九张机》[⑥]亦然。至董颖[⑦]《道宫薄媚》[⑧]大曲咏西子事，凡十支曲，皆平仄通押，则竟是套曲。此可与《弦索西厢》[⑨]同为曲家之荜路。曾氏置诸《雅词》卷首，所以别之于词也。颖字仲达，绍兴初人，从汪彦章[⑩]、徐师川[⑪]游，彦章为作《字说》。见《书录解题》。

【注释】

①毛西河：毛奇龄（1623—1716年），清初经学家、文学家，原名甡（shēn），又名初晴，字大可，又字齐于，号西河，萧山城厢镇人。毛奇龄和他的弟弟毛万龄被并称为"江东二毛"，著有《西河诗话》《西河词话》等，《四库全书》收录了其四十多部著作。

②赵德麟：赵令畤（zhì）（1061—1134年），宋代文学家，初字景贶（kuàng），自号聊复翁。著有《侯鲭（qīng）录》等。

③《商调鼓子词》：为赵令畤所著。

④西厢：《西厢记》，指张生和崔莺莺的故事。

⑤郑彦能：郑仅（1047—1113年），字彦能，今江苏徐州人。

⑥《九张机》：作者不详。

《醉留客》者，乐府之旧名；《九张机》者，才子之新调。凭戛玉之清歌，写掷梭之春怨。章章寄恨，句句言情。恭对华筵，敢陈口号：

一掷梭心一缕丝，连连织就九张机，从来巧思知多少，苦恨春风久不归。

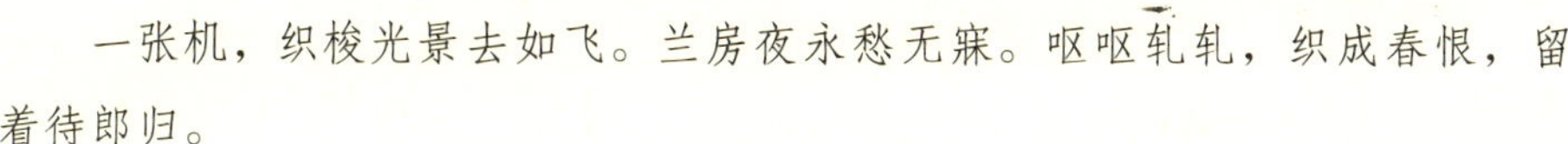
一张机，织梭光景去如飞。兰房夜永愁无寐。呕呕轧轧，织成春恨，留着待郎归。

两张机。月明人静漏声稀。千丝万缕相萦系。织成一段，回纹锦字，将去寄呈伊。

三张机。中心有朵耍花儿。娇红嫩绿春明媚。君须早折，一枝浓艳，莫待过芳菲。

四张机。鸳鸯织就欲双飞。可怜未老头先白。春波碧草，晓寒深处，相对浴红衣。

五张机。芳心密与巧心期。合欢树上枝连理。双头花下，两同心处，一对化生儿。

六张机。雕花铺锦半离披。兰房别有留春计。炉添小篆，日长一线，相对绣工迟。

七张机。春蚕吐尽一生丝。莫教容易裁罗绮。无端翦破，仙鸾彩凤，分作两般衣。

八张机。纤纤玉手住无时。蜀江濯尽春波媚。香遗囊麝，花房绣被，归去意迟迟。

九张机。一心长在百花枝。百花共作红堆被。都将春色，藏头裹面，不怕睡多时。

轻丝。象床玉手出新奇。千花万草光凝碧。裁缝衣着，春天歌舞，飞蝶语黄鹂。

春衣。素丝染就已堪悲。尘世昏污无颜色。应同秋扇，从兹永弃，无复奉君时。

歌声飞落画梁尘。舞罢春风卷绣茵。更欲缕成机上恨，尊前忽有断肠人。剑袂而归，相将好去。

（另释）

一张机，采桑陌上试春衣。风晴日暖慵无力。桃花枝上，啼莺言语，不肯放人归。

两张机，行人立马意迟迟。深心未忍轻分付。回头一笑，花间归去，只

恐被花知。

三张机，吴蚕已老燕雏飞。东风宴罢长洲苑，轻绡催趁，馆娃宫女，要换舞时衣。

四张机，咿哑声里暗颦眉。回梭织朵垂莲子。盘花易绾，愁心难整，脉脉乱如丝。

五张机，横纹织就沈郎诗。中心一句无人会。不言愁恨，不言憔悴，只恁寄相思。

六张机，行行都是耍花儿。花间更有双蝴蝶。停梭一晌，闲窗影里，独自看多时。

七张机，鸳鸯织就又迟疑。只恐被人轻裁剪。分飞两处，一场离恨，何计再相随。

八张机，回纹知是阿谁诗？织成一片凄凉意。行行读遍。厌厌无语，不忍更寻思。

九张机，双花双叶又双枝。薄情自古多离别。从头到底，将心萦系，寄过一条丝。

⑦董颖：字仲达，饶州德兴县人。

⑧《道宫薄媚》:《薄媚·西子词》，为宋代词人董颖所作。

⑨《弦索西厢》:《西厢记》的配曲。

⑩汪彦章：汪藻（1079—1154 年），北宋末、南宋初文学家，字彦章，今江西人。著有《桃源行》等。

⑪徐师川：徐俯（1075—1141 年），宋代官员，江西派著名诗人，字师川，自号东湖居士，徐禧的儿子，黄庭坚的外甥，江西修水县人。著有《东湖集》。

【译文】

毛奇龄在其《词话》中说：赵令畤作了《商调鼓子词》谱写了西厢记中的传奇故事，是杂剧的始祖。然而《乐府雅词》的卷首所记载的秦观、晁补之、郑彦能所写的《调笑转踏》，开篇的时候就有教坊的致语，末尾处还放有小儿队，每一个调子的前面还都有口号诗，和曲本的体例非常相似。无名氏所作的《九张机》也是一样的。到了董颖的《道宫薄媚》这首咏西子故事的大曲，总共有十支曲子，每一首曲子都是平仄通押，已然成为了套曲。这样的作品可以和《弦索西厢》一样列为曲家的开先祖师。曾氏将它们放在《雅词》的卷首位置，之所以这样是为了将它们和词作区别开来。董颖字仲达，绍兴初人，曾经在汪彦章、徐世川处师事，汪彦章为其还作了《字说》。这些在《书录解题》上都有所记载。

【赏析】

在毛奇龄看来，杂剧之祖便是北宋词人赵令畤所作的《商调鼓子词》。赵令畤的《蝶恋花》共有十二首，其中十首写的是张生和崔莺莺的故事，也就是《西厢记》。他的作品韵文、散语相间，说唱结合，有叙事也有抒情，已经具备了杂剧的雏形，所以称其为杂剧之祖。

王国维对赵令畤的评价也非常高，对他的作品很欣赏。另外，除了赵令畤外，无名氏的两首《九张机》和董颖所著的《道宫薄媚》等，也都是杂剧之祖。在王国维看来，鼓子词、大曲以及宫调等都为元杂剧的形成奠定了基础。

九、致语

【原文】

宋人遇令节、朝贺、宴会、落成等事，有“致语”一种。宋子京、欧阳永叔、苏子瞻、陈后山①、文宋瑞集中皆有之。《啸余谱》②列之于词曲之间。其式：先“教坊致语”（四六文），次“口号”（诗），次“勾合曲”（四六文），次“勾小儿队”（四六文），次“队名”（诗二句），次“问小儿”、“小儿致语”，次“勾杂剧”（皆四六文），次“放队”（或诗或四六文）。若有女弟子队，则勾女弟子队如前。其所歌之词曲与所演之剧，则自伶人定之。少游、补之之《调笑》乃并为之作词。元人杂剧乃以曲代之，曲中楔子、科白、上下场诗犹是致语、口号、勾队、放队之遗也。此程明善③《啸余谱》所以列“致语”于词曲之间者也。

【注释】

①陈后山：名师道，是江西诗派的主要人物。

②《啸余谱》：丛书名。明朝程明善所编。有明万历刊本，还有清朝康熙年间张汉所著的校刊本。这本书收录了十二篇著作，其中和格律谱有关系的两篇：《北曲谱》《南曲谱》，和韵书有关系的两篇：卓从之的《中州音韵》，周德清的《中原音韵》。

③程明善：字若水，安徽歙（xī）县人。

【译文】

宋朝人遇到令节、朝贺、宴会、落成等诸多事情时，有一种“致语”的说法。宋祁、欧阳修、苏东坡、陈后山、文天祥集中都出现了致语。《啸余谱》把他列入了词曲的行列。它的样式是：先是“教坊致语”为四六文体，其次再上“口号”诗，再接着为“勾合曲”四六文体，再来便是“勾小儿队”四六文体，再接着就是两句“队名”诗，接着就是“问小儿”“小儿致语”，再接着是“勾杂剧”四六文体，再接着就是“放队”诗或者是“放队”四六文体。如若有女弟子队，那么便把女弟子队按照刚才的顺序再重新搬演一遍。他们所歌唱的词曲和所演绎的杂剧，都是教坊里的伶人自己定的。秦观、晁补之的《调笑转踏》便是为她们配了长短句作词。元人的杂剧便开始用曲来代替词，曲中的楔子、科白、上下场诗犹如致语、口号、勾队、放队的遗作。这是程明善在其《《啸余谱》》将“致语”列入词曲之列的原因所在。

【赏析】

为了应付令节、朝贺、宴会、落成等诸多事情，宋人的词中出现了“致语”的样式。致语一般为四六文的样式，口号诗则和近体诗比较相像。致语和口号诗的主要作用就是讲述当日的快乐，就好比我们现今的报幕等。

这篇所论述的便是宋词—致语—元曲的演变过程。致语只是这一演变过程中的过渡阶段。程明善在其《啸余谱》中说：“今之传奇本戾家把戏，而关汉卿为我辈生活，亦伶人简兮之遗意，不若致语且歌且舞有腔有韵有古遗风，存之以见一斑云。”程明善的这句话，其论述的便是致语的文体特点。而王国维在此基础上，又添加了致语的形式，句式的长短和杂剧元曲等，说出了“似曲非曲，似词非词”的文体特点。

一〇、集作者之谜

【原文】

明顾梧芳刻《尊前集》[①]二卷，自为之引。并云：明嘉禾顾梧芳编次。毛子晋刻《词苑英华》疑为梧芳所辑。朱竹跋称：吴下得吴宽手钞本，取顾本勘之，靡有不同，固定为宋初人编辑。《提要》两存其说。按《古今词话》云：“赵崇祚《花间集》载温飞卿《菩萨蛮》甚多，合之吕鹏《尊前集》不下二十阕。”今考顾刻所载飞卿《菩萨蛮》五首，除《咏泪》[②]一首外，皆《花间》所有，知顾刻虽非自编，亦非复吕鹏所编之旧矣。《提要》又云：“张炎《乐府指迷》虽云唐人有《尊前》、《花间集》，然《乐府指迷》真出张炎与否，盖未可定。陈直斋《书录解题》‘歌词类’以《花间集》为首，注曰：此近世倚声填词之祖，而无《尊前集》之名。不应张炎见之而陈振孙[③]不见。”然《书录解题》“阳春集”条下引高邮崔公度[④]语曰：“《尊前》、《花间》往往谬其姓氏。”公度元祐间人，《宋史》有传。北宋固有，则此书不过直斋未见耳。

又案：黄升《花庵词选》李白《清平乐》下注云：“翰林应制。”又云：“案唐吕鹏《遏云集》载，应制词四首，以后二首无清逸气韵，疑非太白所作”云云。今《尊前集》所载太白《清平乐》[⑤]有五首，岂《尊前集》一名《遏云集》，而四首五首之不同，乃花庵所见之本略异欤？又，欧阳炯[⑥]《花间集序》谓：“明皇朝有李太白应制《清平乐》四首。”则唐末时只有四首，岂末一首为梧芳所羼入[⑦]，非吕鹏之旧欤？

【注释】

①《尊前集》：编者未详，不过宋朝人王灼在其《碧鸡漫志》中以及胡仔在其《苕溪渔隐丛话》中等都论述过这本书，由此可见，这本书在北宋时期就已经存在了。

②《咏泪》：出自晚唐诗人温庭筠的《菩萨蛮·玉纤弹处真珠落》。

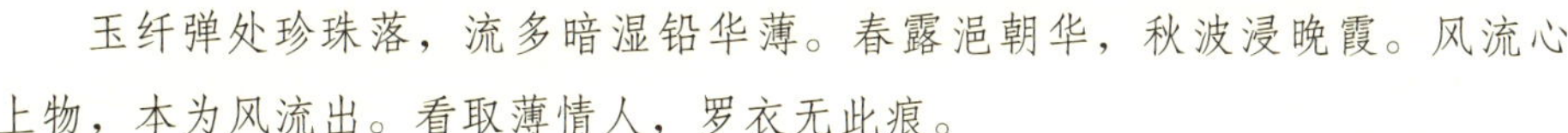

玉纤弹处珍珠落，流多暗湿铅华薄。春露浥朝华，秋波浸晚霞。风流心上物，本为风流出。看取薄情人，罗衣无此痕。

③陈振孙：生卒年不详，南宋藏书家、目录学家，曾名瑗，字伯玉，号直斋，浙江安吉县梅溪镇人。著有《直斋书录解题》等。

④崔公度：生卒年不详，宋朝诗人，字伯易，高邮人，崔希甫的孙子。口吃无法谈剧，不过其聪慧异人，有过目不忘的本事。著有《曲辕集》四十篇等。

⑤太白《清平乐》：为唐代浪漫主义诗人李白所著。

《清平乐》(一名《忆萝月》)

禁庭春昼，莺羽披新绣。百草巧求花下斗，只赌珠玑满斗。日晚却理残妆，御前闲舞霓裳。谁道腰肢窈窕，折旋笑得君王。

禁闱秋夜，月探金窗罅(xià)。玉帐鸳鸯喷兰麝，时落银灯香灺。女伴莫话孤眠，六宫罗绮三千。一笑皆生百媚，宸衷教在谁边。

烟深水阔，音信无由达。惟有碧天云外月，偏照悬悬离别。尽日感事伤怀，愁眉似锁难开。夜夜长留半被，待君魂梦归来。

鸾衾凤褥，夜夜常孤宿。更被银台红蜡烛，学妾泪珠相续。花貌些子时光，抛人远泛潇湘。欹枕悔听寒漏，声声滴断愁肠。

画堂晨起，来报雪花坠。高卷帘栊看佳瑞，皓色远迷庭砌。盛气光引炉烟，素草寒生玉佩。应是天仙狂醉，乱把白云揉碎。

⑥欧阳炯：生卒年896—971，花间派重要人物，今四川成都人。

⑦羼(chàn)入：掺杂。

【译文】

明朝顾梧芳刻有《尊前集》两卷，并自己亲自作序。说：明嘉禾顾梧芳编次。毛子晋所刻的《词苑英华》疑似顾梧芳所编。朱彝尊说：我在江苏的时候幸得吴宽的手抄本，然后拿来顾梧芳的互相对比了一下，没有一处不相同的，所以便断定为宋初人所编辑。《四库全书总目提要》中存在着两种说法。根据《古今词话》中说："赵崇祚所编的《花间集》中记载了温庭筠很多首《菩萨蛮》，和吕鹏所编的《尊前集》加起来不下二十首。"如今冉考察

顾梧芳所记载的五首温庭筠的《菩萨蛮》，除了其中的《咏泪》一首之外，其他的《花间集》中都有，由此可知这虽然不是顾梧芳亲自编辑的，但也不是吕鹏原先所编的那一本。《四库全书总目提要》中又说：“张炎的《乐府指迷》虽然说唐人有《尊前集》《花间集》，然而《乐府指迷》是否真的为张炎所编，还没有一个确切的答案。”陈直斋在其《书录解题》中将《花间集》列为“歌词类”之首，并注解说：这是近世倚声填词的始祖，而没有《尊前集》的名字。不应该是张炎见过《尊前集》而陈直斋没有见过。然而《书录解题》“阳春集”之下引用了高邮人崔公度的话说：“《尊前集》《花间集》常常会搞错作者的姓氏。”崔公度是元祐年间人，《宋史》有传。北宋自然是有《尊前集》的，只是这本书陈直斋不曾见过罢了。

又按：黄昇《花庵词选》中对李白《清平乐》的注解说：“翰林应制。”又说：“根据唐吕鹏所编的《遏云集》记载，李白应该写了四首词，之后的两首词没有清逸的气韵，怀疑并非是李白所作”等等。而今《尊前集》中所记载的李白所著的《清平乐》有五首，难道《尊前集》还有另外一个名字为《遏云集》，而且四首和五首的不同，是不是就因为黄昇看到的版本有所差别呢？另外，欧阳炯所编的《花间集序》中说：“唐明皇时期李白应制了四首《清平乐》。”那么唐末时期李白的《清平乐》只有四首，最后一首难道是顾梧芳所掺杂进去的，并不是说和吕鹏的版本有所不同？

【赏析】

《尊前集》是唐五代时期的词作总集，编者不祥。全集收录了三十六个人的词，共二百六十首。到了宋朝时期，《尊前集》和《花间集》并行，不过因为宋朝时期的版本流失，所以后世人对《尊前集》的成书过程也有着很大的争议。

而在王国维看来，《尊前集》的作者不是顾梧芳，便是吕鹏。其编著时间到底是在唐朝末期、北宋初期还是明代，虽然王国维对此提出了质疑，但是此文并没有给出确切的答案。

一一、其非一书

【原文】

《提要》载："《古今词话》[①]六卷，国朝沈雄[②]纂。雄字偶僧，吴江人。是编所述上起于唐，下迄康熙中年。"然维见明嘉靖前白口本《笺注草堂诗余》[③]林外《洞仙歌》[④]下引《古今词话》云："此词乃近时林外题于吴江垂虹亭。"（明刻《类编草堂诗余》亦同）案：升庵[⑤]《词品》云："林外字岂尘，有《洞仙歌》书于垂虹亭畔。作道装，不告姓名，饮醉而去。人疑为吕洞宾[⑥]。传入宫中。孝宗[⑦]笑曰：'"云崖洞天无锁"，"锁"与"老"叶韵，则"锁"音"扫"，乃闽音也。'侦问之，果闽人林外也。"（《齐东野语》所载亦略同）则《古今词话》宋时固有此书。岂雄窃此书而复益以近代事欤？又，《季沧苇书目》[⑧]载《古今词话》十卷，而沈雄所纂只六卷，益证其非一书矣。

【注释】

①《古今词话》：清朝初期的一部辑录类词话，为沈雄所编。虽然有流通，但是并没有受到太多的重视。

②沈雄：生卒年均不详，字偶僧，江苏吴江人。有《柳塘词》及《古今词话》传世。

③《笺注草堂诗余》：词选集。

④林外《洞仙歌》:“飞梁压水,虹影澄清晓。橘里渔村半烟草。今来古往,物是人非,天地里,唯有江山不老。雨中风帽。四海谁知我。一剑横空几番过。按玉龙、嘶未断,月冷波寒,归去也、林屋洞天无锁。认云屏烟障是吾庐,任满地苍苔,年年不扫。”

林外:生卒年1106—1170,宋朝官员、文学家,字岂尘,号肇殷,福建晋江马坪村人。

⑤升庵:杨慎(1488—1559年),明代文学家,字用修,号升庵,今四川成都人。

⑥吕洞宾:字洞宾,道号纯阳子,自称回道人,今山西芮城永乐镇人。吕洞宾为道教祖师,世间有很多关于他的传说。

⑦孝宗:赵昚(shèn),宋孝宗,名伯琮,后改名瑗,赐名玮,字元永,宋太祖七世孙。他被看作是南宋最为杰出的皇帝,他的统治也被称为“乾淳之治”。

⑧《季沧苇书目》:季振宜所编。

季振宜:生卒年1630—?,清代著名藏书家、版本学家、校勘家,字诜(shēn)兮,号沧苇,今江苏靖江市季市镇人。

【译文】

《四库全书总目提要》中记载:“《古今词话》六卷,清朝沈雄所编撰。沈雄字偶僧,是江苏吴江人。此书编撰记录的诗词上至唐代、下到康熙中年时期。”而我看到明朝嘉靖之前所流传的白口本《笺注草堂诗余》中林外《洞仙歌》中下引《古今词话》说:“这首词是近时林外在吴江垂虹亭上所提的。”(明刻本《类编草堂诗余》也是这样写的)案:杨慎在《词品》中说:“林外字岂尘,有《洞仙歌》题于垂虹亭畔。林外一身道家打扮,不告诉人姓名,喝醉之后离去。人们便怀疑是吕洞宾。这首《洞仙歌》传入皇宫中。宋孝宗笑着说:‘“云崖洞天无锁”,“锁”字和“老”字叶韵,就是“锁”字为“扫”音,这就是闽南那边的读音。’经过细细询问调查,林外果然是闽南那边的人。”(《齐东野语》中所记载的也差不多)由此可以看出,《古今词话》在宋朝的时候就已经出现了。难道是沈雄盗窃了此书的内容而又添加了一些近代的事情吗?又,《季沧苇书目》记载的《古今词话》十卷,而沈雄所编撰的只有六卷，这也可以证明两者并不是一部书。

【赏析】

《四库全书总目提要》中认为《古今词话》六卷为清代沈雄所编撰，但是在王国维看来，这种观点有很大的可疑性，并且将明朝嘉靖之前的《笺注草堂诗余》和杨慎的《词话》拿出来加以论述，并且道出，在宋朝时期《古今词话》就已经出现了，如若和《提要》中所提到的为一本，那么就不可能是清代沈雄所编了。

不过，王国维又说，清代藏书家季振宜所编写的《季沧苇书目》中指出，《古今词话》总共有十卷，而沈雄所编的《古今词话》只有六卷，所以大体判断出沈雄所著的《古今词话》有可能是窃取了宋朝时的版本内容，而又增添了近代的一些事情。王国维的观点不是空穴来风，倒是颇有些道理。

一二、非徒善创，亦且善因

【原文】

楚辞之体，非屈子所创也。《沧浪》、《凤兮》之歌已与三百篇异，然至屈子而最工。五七律始于齐、梁而盛于唐。词源于唐而大成于北宋。故最工之文学，非徒善创，亦且善因。

【译文】

楚辞这一文体形式，并不是屈原所创造的。《沧浪》《凤兮》这样的诗歌已经和三百篇有所不同，到了屈原那里开始变得最为精巧。五律七律则开始于齐、梁而盛行于唐代。词开始于唐代而大成于北宋时期。所以最精妙的文学，并不是只善于创造，也要善于继承才可以。

【赏析】

此篇论述了楚辞、诗词的开始与盛行时期，并于最后提出：最工之文学，非徒善创，亦且善因。不管哪一种文体，都有一个发展继承的过程。既要重视文体繁盛时期的成就，也要重视文体渊源所在。楚辞在屈原时期繁盛，却又并非为屈原首创；诗在唐朝时期繁盛，却开始于齐梁时期；词在北宋时期大成，却始于唐朝。叶燮在《原诗》中曾说："夫惟前者启之，而后者承之而益之；前者创之，而后者因之而广大之。……诗自三百篇以至于今，此中终始相承相成之故，乃豁然明矣。岂可以臆画而妄断者哉。"说的便是作品从发源到继承光大的关系。

文学起源固然重要，但是善于创新更是文体得以发展的基础，只有善于创新，才能够赋予文体以生命。善于创新就需要有才能的个体和符合文体发展的土壤，比如盛唐的诗、宋朝的词、元朝的曲等。

一三、淫词，鄙词，游词

【原文】

金朗甫[①]作《词选后序》，分词为"淫词"、"鄙词"、"游词"三种。词之弊尽是矣。五代、北宋之词，其失也淫。辛、刘之词，其失也鄙。姜、张之词，其失也游。

【注释】

①金朗甫：指金应珪。

【译文】

金应珪所著的《词选后序》中，将词分为"淫词""鄙词""游词"三种。词的弊端都在这里面了。五代、北宋的词，弊端就是过于淫秽。辛弃疾、刘过的词，弊端就是过于粗鄙。姜夔、张炎的词，弊端就是过于虚情假意。

【赏析】

金应珪把词的弊病分为三大类："淫词""鄙词""游词"。认为北宋五代之词的弊端为淫词，辛弃疾、刘过作品的弊端为鄙词，姜夔、张炎词作的弊端为游词。

一四、王国维论其词

【原文】

余之于词，虽所作尚不及百阕，然自南宋以后，除一二人外，尚未有能及余者，则平日之所自信也。虽比之五代、北宋之大词人，余愧有所不知，

然此等词人，亦未始无不及余之处。

【译文】

词对于我来说，虽然所作的还不到百首，然而自南宋之后，除了一两个人之外，还没有能够比得上我的词人，这是我日常最为自信的一点。虽然和五代、北宋的大词人相比，有些地方我自愧不如，但是这样的词人，也未尝不会有他们比不上我的地方。

【赏析】

王国维所写的词并不多，还不到一百首，但是在他看来，南宋除了一两个词人外，没有能够比得上他的，这是他一直坚信的事情。更为紧要的是，王国维认为，即便是把自己的词作放在五代、北宋的大词人面前，虽有不足之处，但一定也有他们没有的长处。由此可见，王国维是一个自视甚高的人。

不过，第一个把西方哲理带入词中的便是王国维，他开始使用象征的方法论词、填词，所以也确实有一些引领性的理论，也确实写出了高人一筹的文章，使他的作品突破了固有的限制。他的词有些虽然也没有离开离别情思

的范畴，但是却在此基础上添加了对自然社会的“忧患意识”，把哲人的思想和诗人的感悟充分结合起来，这是和一般的春怨大有不同的。

所以，王国维的自信也并非没有理由，仅他的这种新创造，便是前无古人的。

一五、曲家不能为词

【原文】

白仁甫《秋夜梧桐雨》剧，奇思壮采，为元曲冠冕。然其词干枯质实，但有稼轩之貌而神理索然。曲家不能为词，犹词家之不能为诗，读永叔、少游诗可悟。

【译文】

白朴所著的《秋夜梧桐雨》这一杂剧，奇思壮采，是元曲之冠。然而他的词则是干枯质实，虽然有辛弃疾词的外表却没有它的神理。作曲的人不能作词，就好比作词的人不能作诗，读欧阳修、秦观的诗就可以体悟到这个道理。

【赏析】

白朴是元曲大家，不过他的词作却是相当呆板无味，没有一点生气，如他所作的《摸鱼儿·七夕》：“问双星、有情几许。消磨不尽今古。年年此夕风流会，香暖月窗云户。听笑语。知几处。彩楼瓜果祈牛女。蛛丝暗度。似抛掷金梭，萦回锦字，织就旧时句。愁云暮。漠漠苍烟挂树。人间心更谁诉。擘钗分钿蓬山远，一样绛河银浦。乌鹊渡。离别苦。啼妆洒尽新秋雨。云屏且驻。算犹胜姮娥，仓皇奔月，只有去时路。”几乎都是文字堆砌游戏，没有意境可言，很难登入词人佳作之列。不过作为一个元曲作者来说，白朴确实是难得的大家。

由此王国维得出，写曲的人并不能写词。因而又引出了写词的人不能写诗，并且以词家欧阳修、秦观为例，认为他们的词作为佳作，而诗却少了那么几分韵味。

附录

人间词话附录

一

【原文】

蕙风[①]词小令似叔原，长调亦在清真、梅溪间，而沈痛过之。彊村虽富丽精工，犹逊其真挚也。天以百凶成就一词人，果何为哉！

【注释】

①蕙风：况周颐（1859—1926年），晚清词人，原名况周仪，后来为了避讳宣统帝的名讳而改为况周颐，字夔笙，一字揆孙，别号玉梅词人、玉梅词隐，晚号蕙风词隐，今广西桂林人。“清末四大家”之一，著有《蕙风词》《蕙风词话》等。

【译文】

况周颐词的小令和晏几道的比较像，长调也在周邦彦、史达祖之间，并且比他们更为沉重凄凉。朱孝臧的词虽然华丽精妙，但在真感情上还是差了一点。上天以百难来成就一位词人，这到底是什么原因啊！

二

【原文】

蕙风《洞仙歌》（秋日游某氏园）[①]及《苏武慢》（寒夜闻角）[②]二阕，境似清真，集中他作，不能过之。

【注释】

①《洞仙歌》（秋日游某氏园）：为晚清词人况周颐所著。

一晌（xiang）闲缘借，便意行散缓，消愁聊且。有花迎径曲，鸟呼林罅（xià）。秋光取次披图画。迩远眺，登临台与榭。勘潇洒。奈脉断征鸿，幽恨翻萦惹。忍把，鬓丝影里，袖泪寒边，露草烟芜，付与杜牧狂吟，误作少年游冶。残蝉肯共伤心语。问几见，斜阳疏柳挂。谁慰藉？到重阳，插菊携萸事真假。酒更贳（shì），更有约东篱下。怕蹉跎霜讯，梦沈人悄西风乍。

②《苏武慢》（寒夜闻角）：为晚清词人况周颐所著。

愁入云遥，寒禁霜重，红烛泪深人倦。情高转抑，思往难回，凄咽不成清变。风际断时，迢递天街，但闻更点。枉教人回首，少年丝竹，玉容歌管。凭作出、百绪凄凉，凄凉惟有，花冷月闲庭院。珠帘绣幕，可有人听？听也可曾肠断？除却塞鸿，遮莫城乌，替人惊惯。料南枝明月，应减红香一半。

【译文】

况周颐所著的《洞仙歌·秋日游某氏园》以及《苏武慢·寒夜闻角》两首词，其意境和周邦彦的极其相似，词集中的其他作品，都无法超过它。

三

【原文】

蕙风听歌诸作，自以《满路花》[1]为最佳。至《题香南雅集图》[2]诸词，殊觉泛泛，无一言道著。

【注释】

①《满路花》：为晚清词人况周颐所著。

虫边安枕簟，雁外梦山河。不成双泪落，为闻歌。浮生何益，尽意付消磨。见说寰中秀，曼睩（lù）修蛾。旧家风度无过。凤城丝管，回首惜铜驼。看花余老眼，重摩挲。香尘人海，唱彻《定风波》。点鬓霜如雨，未必愁多。问天还问嫦娥。

②《题香南雅集图》诸词：无从查考。不过，依据《蕙风词史》，可录如下。

伫（zhù）飞鸾。萼绿仙子彩云端。影月娉婷，浣霞明艳，好谁看？华鬘（mán）。梦寻难。当歌掩泪十年闲。文园鬓雪如许，镜里长葆几朱颜？缟袂重认，红帘初卷，怕春暖也犹寒。乍维摩病榻，花雨催起，著意清欢。丝管。赚出婵娟。珠翠照映，老眼太辛酸。春宵短。系骢难稳，栩蝶须还。近尊前。暂许对影香南。笛语遍写乌阑。番风渐急，省识将离，已忍目断关山。（畹（wǎn）华将别去，道人先期作虎山之游避之）念我沧江晚。消何逊笔，旧恨吟边。未解《清平调》苦，道苔枝、翠羽信缠绵。剧怜画罨（yǎn）瑶台、醉扶纸帐，争遣愁千万。算更无、月地云阶见。谁与诉、鹤守缘悭（qiān）。甚素娥、暂缺能圆。更芳节、后约是今番。耐清寒惯，梅花赋也，好好纫兰。

【译文】

况周颐听歌的各个作品，自以为《满路花》是最好的，到了《题香南雅集图》等各个词作时，才觉得大都泛泛而谈，没有一句话说到点上。

四

【原文】

彊村词，余最赏其《浣溪沙》“独鸟冲波去意闲”二阕[①]，笔力峭拔，非他词可能过之。

【注释】

①《浣溪沙》：为清末词家朱孝臧所著。

其一

独鸟冲波去意闲，环霞如赭（zhě）水如笺。为谁无尽写江天。并舫风弦弹月上，当窗山髻挽云还。独经行地未荒寒。

其二

翠阜红厓（yá）夹岸迎，阻风滋味暂时生。水窗官烛泪纵横。禅悦新耽如有会，酒悲突起总无名。长川孤月向谁明？

【译文】

朱孝臧的词，我最欣赏他的《浣溪沙》“独鸟冲波去意闲”两首，笔力峭拔，不是其他的词能够相比的。

五

【原文】

（皇甫松）[①]词，黄叔旸[②]称其《摘得新》二首[③]，为有达观之见。余谓不若《忆江南》二阕[④]，情味深长，在乐天、梦得[⑤]上也。

【注释】

①皇甫松：皇甫嵩，字子奇，唐代诗人。

②黄叔旸：黄昇。

③《摘得新》二首：皇甫松所作。

其一

酌一卮。须教玉笛吹。锦筵红蜡烛，莫来迟。繁红一夜经风雨，是空枝。

其二

摘得新。枝枝叶叶春。管弦兼美酒，最关人。平生都得几十度，展香茵。

④《忆江南》二阕：皇甫松所作。

其一

兰烬落，屏上暗红蕉。闲梦江南梅熟日，夜船吹笛雨潇潇。人语驿边桥。

其二

楼上寝，残月下帘旌。梦见秣陵惆怅事，桃花柳絮满江城。双髻坐吹笙。

⑤乐天、梦得：白居易、刘禹锡二人。

白居易《忆江南》

江南好，风景旧曾谙。日出江花红胜火，春来江水绿如蓝。能不忆江南？江南忆，最忆是杭州。山寺月中寻桂子，郡亭枕上看潮头。何日更重游？江南忆，其次忆吴宫。吴酒一杯春竹叶，吴娃双舞醉芙蓉。早晚复相逢？

刘禹锡《忆江南》

春去也，多谢洛阳人。弱柳从风疑举袂，丛兰裛（yì）露似霑巾。独坐亦含颦。春去也，共惜艳阳年。犹有桃花流水上，无辞竹叶醉尊前。惟待见青天。

【译文】

皇甫松的词，黄昇称赞其《摘得新》两首，可以说有全面考虑而见解通达。我认为不如皇甫松《忆江南》两首，情味深长，在白居易、刘禹锡二人之上。

六

【原文】

端已词情深语秀，虽规模不及后主、正中，要在飞卿之上。观昔人颜、谢[①]优劣论可知矣。

【注释】

①颜、谢：颜延之、谢灵运。

【译文】

韦庄的词情深语秀，虽然规模比不上李后主、冯延巳，但却要在温庭筠之上。看昔日的颜延之、谢灵运就可以知道优劣了。

七

【原文】

（毛文锡[①]）词比牛、薛[②]诸人，殊为不及。叶梦得[③]谓：“文锡词以质直为情致，殊不知流于率露。诸人评庸陋词者，必曰：此仿毛文锡之《赞成功》[④]而不及者。”其言是也。

【注释】

①毛文锡：唐末五代时人，字平珪，今河北人。著有《前蜀纪事》《茶谱》等。

②薛：薛昭蕴（生卒年不详），字澄州，今山西荣河县人。

③叶梦得：生卒年 1077—1148，宋代词人，字少蕴，苏州吴县人，晚年隐居湖州弁山玲珑山石林，故号石林居士。著有《石林燕语》《石林词》《石林诗话》等。

④毛文锡之《赞成功》：海棠未坼（chè），万点深红，香包缄结一重重。似含羞态，邀勒春风。蜂来蝶去，任绕芳丛。昨夜微雨，飘洒庭中，忽闻声滴井边桐。美人惊起，坐听晨钟。快教折取，戴玉珑璁。

【译文】

毛文锡的词比牛峤、薛昭蕴等人，尤为比不上。叶梦得认为："毛文锡的词以质直为其情致，却不知道流于率露。人们评价庸俗粗陋的词作者时，一定会说：这是仿造毛文锡的《赞成功》而又不比不上的人。"说的就是这个道理。

八

【原文】

（魏承班[①]）词逊于薛昭蕴、牛峤，而高于毛文锡，然皆不如王衍。五代词以帝王为最工，岂不以无意于求工欤。

【注释】

①魏承班：生卒年不详，五代前蜀词人。

【译文】

魏承班的词不及薛昭蕴、牛峤的词，而又比毛文锡的高，然而这些人的词都不如王衍的。五代的词以帝王为最精妙，难道不是因为创作态度纯真而又不刻意用力吗？

九

【原文】

顾夐词在牛给事、毛司徒间。《浣溪沙》[①]"春色迷人"一阕，亦见《阳春录》。与《河传》[②]《诉衷情》[③]数阕，当为夐最佳之作矣。

【注释】

①《浣溪沙》：为五代后蜀词人顾夐所作。

春色迷人恨正赊，可堪荡子不还家。细风轻露著梨花。帘外有情双燕飏，槛前无力绿杨斜。小屏狂梦极天涯。

②《河传》：为顾夐所作。

燕飏。晴景。小窗屏暖，鸳鸯交颈。菱花掩却翠鬟（bìn huán）欹。慵整。海棠帘外影。绣帷香断金。无消息。心事空相忆。倚东风。春正浓。愁红。泪痕衣上重。曲槛。春晚。碧流纹细，绿杨丝软。露华鲜，杏枝繁。莺啭（zhuàn）。野芜平似剪。直是人间到天上。堪游赏。醉眼疑屏障。对池塘。惜韶光。断肠。为花须尽狂。棹举。舟去。波光渺渺，不知何处。岸花汀草共依依。雨微。鹧鸪相逐飞。天涯离恨江声咽。啼猿切。此意向谁

说。倚兰桡（ráo）。独无聊。魂销。小炉香欲焦。

③《诉衷情》：为顾敻所作。

香灭帘垂春漏永，整鸳衾。罗带重，双凤，缕黄金。窗外月光临，沈沈。断肠无处寻。负春心。

【译文】

顾敻的词位于牛峤、毛文锡之间。《浣溪沙》“春色迷人”一首诗，在冯延巳所著的《阳春集》中也可以看到，与《河传》《诉衷情》几首词，当为顾敻最好的作品了。

一〇

【原文】

（毛熙震[①]）周密《齐东野语》称其词“新警而不为儇薄”。余尤爱其《后庭花》[②]，不独意胜，即以调论，亦有隽上清越之致，视文锡蔑如也。

【注释】

①毛熙震：晁说之（1059—1129年），五代后蜀词人，字以道，字伯以，自号景迂生，今山东巨野人。

②《后庭花》：为五代后蜀词人毛熙震所著。

莺啼燕语芳菲节。瑞庭花发。昔时欢宴歌声揭。管弦清越。自从陵谷追游歇。画梁尘黦。伤心一片如珪月。闲锁宫阙。轻盈舞伎含芳艳。竞妆新脸。步摇珠翠修蛾敛。腻鬟云染。歌声慢发开檀点。绣衫斜掩。时将纤手匀红脸。笑拈金靥。越罗小袖新香蒨（qiàn）。薄笼金钏。倚栏无语摇轻扇。半遮匀面。春残日暖莺娇懒。满庭花片。争不教人长相见。画堂深院。

【译文】

周密所编《齐东野语》中称毛熙震的词“精辟而不轻薄”。我最爱他的《后庭花》一词，不只是因为意境取胜，即便以格调来论，也有隽永清越的情致，看来毛文锡是尤为比不上了。

一一

【原文】

（阎选[①]）词惟《临江仙》[②]第二首有轩翥[③]之意，余尚未足与于作者也。

【注释】

①阎选：生卒年不详，五代后蜀词人，工小词。与欧阳炯、鹿虔扆（yǐ）、毛文锡、韩琮并称为“五鬼”。

②《临江仙》：为五代后蜀词人阎选所著。

十二高峰天外寒。竹梢轻拂仙坛。宝衣行雨在云端。画帘深殿，香雾冷风残。欲问楚王何处去？翠屏犹掩金鸾。猿啼明月照空滩。孤舟行客，惊梦亦艰难。

③轩翥（zhù）：出自楚辞《远游》“雌蜺（ní）便娟以增挠兮，鸾鸟轩翥而翔飞”句。

【译文】

阎选的词只有《临江仙》第二首有飞举的意思，我尚且还不足以和作者相比。

一二

【原文】

昔沈文愨[①]深赏（张）泌[②]“绿杨花扑一溪烟”[③]为晚唐名句。然其词如“露浓香泛小庭花”[④]，较前语似更幽艳。

【注释】

①沈文愨（què）：沈德潜。

②张泌：生卒年不详，五代后蜀词人，安徽淮南人。花间派代表人物之一。

③绿杨花扑一溪烟：出自五代后蜀词人张泌的《洞庭阻风》。

空江浩荡景萧然，尽日菰蒲泊钓船。青草浪高三月渡，绿扬花扑一溪烟。情多莫举伤春目，愁极兼无买酒钱。犹有渔人数家住，不成村落夕阳边。

④露浓香泛小庭花：出自五代后蜀词人张泌的《浣溪沙》。

独立寒阶望月华，露浓香泛小庭花。绣屏愁背一灯斜。云雨自从分散后，人间无路到仙家。但凭魂梦访天涯。

【译文】

以前沈德潜非常赞同张泌的“绿杨花扑一溪烟”为晚唐名句。然而他的词如“露浓香泛小庭花”，和前者比起来似乎更加文静秀美。

一三

【原文】

（孙光宪[①]），昔黄玉林赏其“一庭花（当作疏）雨湿春愁”[②]为古今佳句。余以为不若“片帆烟际闪孤光”[③]，尤有境界也。

【注释】

①孙光宪：生卒年901—968，五代荆南词人，字孟文，自号葆光子，今四川省仁寿县人。

②一庭花（当作疏）雨湿春愁：出自五代荆南词人孙光宪的《浣溪沙》。

揽镜无言泪欲流，凝情半日懒梳头。一庭疏雨湿春愁。杨柳只知伤怨别，杏花应信损娇羞。泪沾魂断轸（zhěn）离忧。

③片帆烟际闪孤光：出自五代荆南词人孙光宪的《浣溪沙》。

蓼岸风多桔柚香，江边一望楚天长。片帆烟际闪孤光。目送征鸿飞杳杳，思随流水去茫茫。兰红波碧忆潇湘。

【译文】

昔日黄昇赞赏孙光宪“一庭花（当作疏）雨湿春愁”一句为千古佳句。我以为不如“片帆烟际闪孤光”一句更有境界。

一四

【原文】

（周清真）先生于诗文无所不工，然尚未尽脱古人蹊径。玉生著述，自以乐府为第一。词人甲乙，宋人早有定论。惟张叔夏病其意趣不高远。然北宋人如欧、苏、秦、黄，高则高矣，至精工博大，殊不殆先生。故以宋词比唐诗，则东坡似太白，欧、秦似摩诘，耆卿似乐天，方回、叔原则大历十才子[①]之流。南宋惟一稼轩可比昌黎[②]。而词中老杜，则非先生不可。昔人以耆卿比少陵，犹为未当也。

【注释】

①大历十才子：唐代大历年间的十大诗人，李端、卢纶、吉中孚、韩翃（hóng）、钱起、司空曙、苗发、崔峒、耿湋（wéi）、夏侯审。

②昌黎：韩愈（768—824年），字退之，谥号文，世称韩文公，今河北省昌黎县人。唐宋八大家之一。

【译文】

周邦彦先生在诗文方面无所不工，然而尚且没有完全脱离古人的路子。玉生著述，自认为乐府诗为第一。词人甲乙，宋朝人早就已经有了定论。唯有张炎词的缺点在于意趣不高。而北宋词人如欧阳修、苏轼、秦观、黄庭坚等，高是比较高了，至于精工博大，他们便不如先生了。所以将宋词和唐诗相比，那么苏东坡就好比李白，欧阳修、秦观好比王维，柳永好比白居易，贺铸、晏几道则属于大历十大才子的行列。南宋只有辛弃疾一人可以和韩愈相比。而词中老杜，则是非先生不可。以前人们用柳永比作杜甫，尤为不恰当。

一五

【原文】

（清真）先生之词，陈直斋谓其多用唐人诗句隐栝入律，浑然天成。张玉田谓其善于融化诗句，然此不过一端。不如强焕[①]云：“模写物态，曲尽其妙。”为知言也。

【注释】

①强焕：南宋文学家。

【译文】

周邦彦先生的词，陈振孙认为他大多采用唐人的诗句隐栝入律，浑然天成。张炎认为他擅长融合诗句，然而这些只不过是一个方面罢了。不如强焕所说：“描写事物的神态，出神入化。”这才是有见识的话。

一六

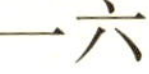
【原文】

山谷[①]云："天下清景，不择贤愚而与之，然吾特疑端为我辈设。"诚哉是言！抑岂独清景而已，一切境界，无不为诗人设。世无诗人，即无此种境界。夫境界之呈于吾心而见于外物者，皆须臾之物。惟诗人能以此须臾之物，镌诸不朽之文字，使读者自得之。遂觉诗人之言，字字为我心中所欲言，而又非我之所能自言，此大诗人之秘妙也。境界有二：有诗人之境界，有常人之境界。诗人之境界，惟诗人能感之而能写之，故读其诗者，亦高举远慕，有遗世之意。而亦有得有不得，且得之者亦各有深浅焉，若夫悲欢离合、羁旅行役之感，常人皆能感之，而惟诗人能写之。故其入于人者至深，而行与世也尤广。（清真）先生之词，属于第二种为多。故宋时别本之多，他无与匹。又和者三家。注者二家。（强焕本亦有注，见毛跋）自士大夫以至妇人女子，莫不知有清真，而种种无稽之言，亦由此以起。

然非入人之深，乌能如此耶？

【注释】

①山谷：黄庭坚。

【译文】

黄庭坚说："天下间清丽的景色，并不会以贤愚来给予，然而我却怀疑这是专门为我们设立的。"这些话很诚恳！何止唯独情景，所有的境界，没有不为诗人所设立的。世界上没有诗人，就没有这种境界。境界在我的心里而又显现在外物之上，都是片刻的事物。只有诗人能够经过这种片刻之物，写成诸多不朽的文字，让读者自己就能得到它。于是便觉得诗人的言语，字字都是我心中所想要说的，而又不是我自己能够说出来的，这是大诗人的奥妙之处。境界有两种：有诗人的境界，有常人的境界。诗人的境界，只有诗人能够感悟从而能够抒写，所以读他们诗的人，也会高举远慕，有超脱尘世的意味。而也有得到的没有得到的，而且得到的人领悟的也有深浅之说，如悲欢离合、羁旅行役的感觉，常人都能够感受得到，而却只有诗人能够把它写出来。所以他入于人者至深，而行与世也尤广。周邦彦先生的词，属于第二种的比较多。所以宋朝时期的别本很多，没有与之匹配的。又因为宋朝时候和者有三家（方千里，杨泽民，陈允平），注者有两家（曹杓和陈元龙。强焕原本也有注，见毛跋）。从士大夫到妇人女子，没有不知道周邦彦的，而各种无稽之言，也是从这里开始的。然而如若不是入人之深，怎么会做到这般呢？

一七

【原文】

楼忠简[①]谓（清真）先生妙解音律，惟王晦叔《碧鸡漫志》谓："江南某氏者，解音律，时时度曲。周美成与有瓜葛。每得一解，即为制词。故周集中多新声。"则集中新曲，非尽自度。然顾曲名堂，不能自已[②]，固非不知音者。故先生之词，文字之外，须兼味其音律。惟词中所注宫调，不出教坊十八调之外。则其音非大晟乐府之新声，而为隋、唐以来之燕乐，固可知也。今其声虽亡，读其词者，犹觉拗怒之中，自饶和婉。曼声促节，繁会相宣；

清浊抑扬，辘轳交往。两宋之间，一人而已。

【注释】

①楼忠简：楼钥（yuè）（1137—1213 年），南宋大臣、文学家，字大防，又字启伯，号攻愧主人，今浙江宁波人。著有《北行日录》。

②顾曲名堂，不能自已：出自楼钥的《攻媿（kuì）集·清真先生文集序》云："（周邦彦）风流自命，又性好音律，如古之妙解，顾曲名堂，不能自已。"

【译文】

楼钥认为周邦彦先生善解音律，唯有王灼在其《碧鸡漫志》中说："江南某氏，好解音律，经常作曲。周邦彦和他有联系。他每作一首曲子，就会为其制词。所以周邦彦的词作大多都是新颖美妙的乐音。"而所集中的新曲，并非都是自己谱曲。然而他的堂名"顾曲"（源自"曲有误，周郎顾"的典故），更是让其激动得控制不了自己，所以他并不是不识音律的人。所以周邦彦先生的词，除了文字以外，还兼有音律。只有词中所注的宫调，没有出教坊十八调的范畴。那么他的音律不是大晟乐府的新声，而是隋唐以来的燕乐，由此可以知道。而今虽然听不到他的声音了，但读了他所作的词的人，依然觉得里面有抑制的怒火，自饶和婉。曼声促节，繁会相宣；清浊抑扬，辘轳交往。两宋之间，就这一个人罢了。

一八

【原文】

伪词最多。强焕本所增，强半皆是。如《片玉词》上《青玉案》（良夜灯光簇如豆）[①]一阕，乃改山谷《忆帝京》[②]词为之者，决非先生作。

【注释】

①《青玉案》（良夜灯光簇如豆）：为周邦彦所著。

良夜灯光簇如豆。占好事、今宵有。酒罢歌阑人散后。琵琶轻放，语声低颤，灭烛来相就。玉体偎人情何厚。轻惜轻怜转唧留。雨散云收眉儿皱。只愁彰露，那人知后。把我来僝僽（chán zhòu）。

②《忆帝京》：为黄庭坚所著。

银烛生花如红豆。占好事、而今有。人醉曲屏深，借宝瑟、轻招手。一阵白风，故灭烛、教相就。花带雨、冰肌香透。恨啼乌、辘轳声晓。岸柳微凉吹残酒。断肠时、至今依旧。镜中消瘦。那人知后。怕夯你来僝僽。

【译文】

虚词最多。强焕又有所增加，大半皆是。比如周邦彦《片玉词》中《青玉案·良夜灯光簇如豆》一首，乃是黄庭坚所著的《忆帝京》一而成的，绝对不是周邦彦先生所作的。

一九

【原文】

（《云谣集杂曲子》[①]）天仙子词[②]特深峭隐秀，堪与飞卿、端己抗行。

【注释】

①《云谣集杂曲子》：敦煌石室藏唐人写本，唐代敦煌曲子词集，共30首。清末时期被英法人盗去，如今存在英国伦敦博物馆和法国巴黎博物馆。

②天仙子词：出自《云谣集杂曲子》。

其一

燕语啼时三月半，烟蘸柳条金线乱。五陵原上有仙娥，携歌扇，香烂漫，留住九华云一片。犀玉满头花满面，负妾一双偷泪眼。泪珠若得似珍珠，拈不散，知何限，串向红丝应百万。

其二

燕语莺啼惊觉梦，羞见鸾台双舞凤。天仙别后信难通，无人问，花满洞，休把同心千遍弄。叵耐不知何处去，正是花开谁是主。满楼明月夜三更，无人语，泪如雨，便是思君肠断处。

【译文】

《云谣集杂曲子》中的两首《天仙子》词尤为深峭隐秀，可以和温庭筠、韦庄的相抗衡。

二〇

【原文】

有明一代，乐府道衰。《写情》[①]、《扣舷》[②]，尚有宋、元遗响。仁、宣以后，兹事几绝。独文愍（夏言）[③]以魁硕之才，起而振之。豪壮典丽，与于湖[④]、剑南为近。

【注释】

①《写情》：为明代文学家刘基所著。

②《扣舷》：为明代文学家高启所著。

③文愍（mǐn）：夏言（1482—1548年），字公谨，号桂洲，谥文愍，江西贵溪人。著有《桂洲集》等。

④于湖：张孝祥（1132—1170年），南宋著名词人、书法家，字安国，别号于湖居士，今安徽和县乌江镇人。著有《于湖居士文集》等。

【译文】

到了明朝一代，乐府这一文体开始衰败。刘基的《写情集》、高启的《扣舷集》，还有宋元时期的遗风。明仁宗、明宣宗之后，几乎就没有了。唯独夏言以魁硕之才，起而振之。豪壮典丽，和张孝祥、陆游的比较接近。

二一

【原文】

欧公《蝶恋花》[①]“面旋落花”云云，字字沈响，殊不可及。

【注释】

①《蝶恋花》：北宋词人欧阳修所作。

面旋落花风荡漾。柳重烟深，雪絮飞来往。雨后轻寒犹未放，春愁病酒成惆怅。枕畔屏山围碧浪。翠被华灯，夜夜空相向。寂寞起来褰绣幌，月明立在梨花上。

【译文】

欧阳修《蝶恋花》中“面旋落花风荡漾”等句，字字沉响，尤不可及。

二二

【原文】

温飞卿《菩萨蛮》[①]：“雨后却斜阳，杏花零落香。”少游之“雨余芳草斜阳，杏花零落（当作‘乱’）燕泥香。”[②]虽自此脱胎，而实有出蓝之妙。

【注释】

①《菩萨蛮》：温庭筠所作。

南园满地堆轻絮，愁闻一霎清明雨。雨后却斜阳，杏花零落香。无言匀睡脸，枕上屏山掩。时节欲黄昏，无聊独倚门。

②雨余芳草斜阳，杏花零落（当作‘乱’）燕泥香：出自秦观的《画堂春》。

东风吹柳日初长，雨余芳草斜阳。杏花零落燕泥香，睡损红妆。宝篆暗消鸾凤，画屏云绕潇湘。暮寒轻透薄罗裳，无限思量。

【译文】

温庭筠的《菩萨蛮》“雨后却斜阳，杏花零落香”，秦观的“雨余芳草斜阳，杏花零落（当作‘乱’）燕泥香”，虽然是从词句变化而来，但确实是有青出于蓝的精妙。

二三

【原文】

白石尚有骨，玉田则一乞人耳[①]。

【注释】

①乞：乞讨。

【译文】

姜夔尚且有骨气，而张炎就是一个乞讨的人罢了。

二四

【原文】

美成词多作态，故不是大家气象。若同叔、永叔虽不作态，而一笑百媚生[①]矣。此天才与人力之别也。

【注释】

①一笑百媚生：出自白居易的《长恨歌》。节选：

汉皇重色思倾国，御宇多年求不得。杨家有女初长成，养在深闺人未识。

天生丽质难自弃，一朝选在君王侧。回眸一笑百媚生，六宫粉黛无颜色。

春寒赐浴华清池，温泉水滑洗凝脂。侍儿扶起娇无力，始是新承恩泽时。

云鬓花颜金步摇，芙蓉帐暖度春宵。春宵苦短日高起，从此君王不早朝。

【译文】

周邦彦的词大多忸怩作态，所以不是大家气象。比如晏殊、欧阳修的词虽然不作态，但却有一笑百媚生的气象。这就是天才和人力的差别所在。

二五

【原文】

周介存谓白石以诗法入词，门径浅狭，如孙过庭[①]书，但便后人模仿。予谓近人所以崇拜玉田，亦由于此。

【注释】

①孙过庭：生卒年646—691，唐代书法家、书法理论家，名虔礼，以字行，今浙江富阳人。著有《书谱序》。

【译文】

周济称姜夔的词从诗的创作方法和规律中写词，门径狭小，就好比唐代书法家孙过庭的书法，便于后人模仿。我认为近人之所以崇拜张炎，也是因为这样的原因。

二六

【原文】

予于词，五代喜李后主、冯正中而不喜《花间》。宋喜同叔、永叔、子瞻、少游而不喜美成。南宋只爱稼轩一人，而最恶梦窗、玉田。介存《词辨》所选词[①]，颇多不当人意。而其论词则多独到之语。始知天下固有具眼人，非予一人之私见也。

【注释】

①《词辨》：1812年，周济在吴淞讲学的时候所自编的一部词学教材，以词选为主，兼有评论。

【译文】

我之于词，五代时期喜欢李后主、冯延巳而不喜欢《花间》词。宋朝时期喜欢晏殊、欧阳修、苏东坡、秦观而不喜欢周邦彦。南宋时期我只爱辛弃疾一个人，而最讨厌吴文英、张炎。周济《词辨》中所选的词，大多都不尽如人意。然而他论词却多有独到之语。由此可知天下原本就有具慧眼的人，并非我一个人的见解呀。

二七

【原文】

（朱希真[①]）《满路花・风情》无限风情，令人玩索。

【注释】

①朱希真：朱敦儒（1081—1159年），字希真，洛阳人。

【译文】

朱敦儒《满路花·风情》有无限风情，让人玩味。

二八

【原文】

朱竹垞《蝶恋花·重游晋祠题壁》[①]。其“天涯芳草”二句南宋后即不多见，无论近人。

【注释】

①《蝶恋花·重游晋祠题壁》：为朱彝尊所作。

十里浮岚山近远。小雨初收，最喜春沙软。又是天涯芳草遍，年年汾水看归雁。系马青松犹在眼。胜地重来，暗记韶华变。依旧纷纷凉月满，照人独上溪桥畔。

【译文】

朱彝尊《蝶恋花·重游晋祠题壁》，其中“又是天涯芳草遍，年年汾水看归雁”两句南宋之后就不多见了，更不用说近人了。

二九

【原文】

郭茂倩[①]《乐府诗集》“近代曲辞”中，有滕潜《凤归云》二首，皆七言绝句，此（按指《云谣集·杂曲子》中的《凤归云》二首）则为长短句。此犹唐人乐府见于各家文集、《乐府诗集》者多近体诗，而同调之见于《花间》、《尊前》者，则多为长短句。盖诗家务尊其体，而乐家只倚其声，故不同也。《天仙子》，唐人皇甫松所作者不叠，此则有二叠；《凤归云》二首，句法与用韵各自不同，然大体相似，可见唐人词律之宽。

【注释】

①郭茂倩：生卒年1041—1099，字德粲，今山东东平人。

【译文】

郭茂倩《乐府诗集》“近代曲辞”中，收录了滕潜的《凤归云》两首，都是七言绝句，两首都是长短句。而在《云谣集·杂曲子》中的《凤归云》在各家文集、《乐府诗集》中所记载的唐人乐府大都是近体诗，而在《花间集》《尊前集》中所记载的音调相同的诗歌，则大多都是长短句。所以诗家致力于文体，而乐家致力于声调，所以不一样。《天仙子》，唐代人皇甫松所作的不叠，而这一则有两叠；《凤归云》两首，句法和用韵各自不同，然而大体相似，由此可见唐人的词律很宽。

三〇

【原文】

“夜阑更秉烛，相对如梦寐”之于“今宵剩把银釭照，犹恐相逢是梦中①”，“愿言思伯，甘心首疾②”之于“衣带渐宽终不悔，为伊消得人憔悴”，其第一形式相同。而前者温厚，后者刻露者，其第二形式异也。一切艺术无不皆然。于是，有所谓雅俗之区别起。

【注释】

①今宵剩把银釭照，犹恐相逢是梦中：出自晏几道的《鹧鸪天》。

彩袖殷勤捧玉钟，当年拚却醉颜红。舞低杨柳楼心月，歌尽桃花扇底风。从别后，忆相逢，几回魂梦与君同。今宵剩把银釭照，犹恐相逢是梦中。

②愿言思伯，甘心首疾：出自春秋《国风·卫风·伯兮》。

伯兮朅（hé）兮，邦之桀兮。伯也执殳（shū），为王前驱。自伯之东，首如飞蓬。岂无膏沐？谁适为容！其雨其雨，杲杲（gǎo）出日。愿言思伯，甘心首疾。焉得谖草？言树之背。愿言思伯，使我心痗（mèi）。

【译文】

“夜阑更秉烛，相对如梦寐”之于“今宵剩把银釭照，犹恐相逢是梦中”，“愿言思伯，甘心首疾”之于“衣带渐宽终不悔，为伊消得人憔悴”，它们的第一形式相同。只是前者温厚，后者显露，它们的第二形式不同。所有的艺术无不都是这样。于是，便有了所谓的雅俗之别了。

三一

【原文】

《南唐二主词》，南宋长沙书肆有刊本，以后五百年未见再刻，国初无锡侯文灿始重刻于《名家词》中。余曾将《南词》本校勘一过，并从总集中搜补十二阙，则近岁番禺沈氏刊于《晨风阁丛书》者是也。余跋其后云：

右《南词》本《南唐二主词》与常熟毛氏所抄、无锡侯氏所刻，同出一源，犹是南宋初辑本，殆即《直斋录解题》所著录，长沙书肆所刊行者也。《直斋》云：“卷首四阙：《应天长》、《望远行》各一，《浣溪沙》二，中主所作，重光尝书之，墨迹在盱[1]江晁氏。”今此本正同。其余诸词，半从真迹入录，且著其所藏之家。如《浪淘沙》下云：“传自池州夏氏。”《采桑子》下云：“二词墨迹，在王季宫判院家。”《玉楼春》下云：“以后二词，传自曹功显节度家，云：‘墨迹旧在京师梁门外，李王寺一老尼处，故敝难读。’”《感新恩》下云：“以下六首真迹，在孟郡王家。”是全书卅[2]七首中，其十五首出自真迹。又，其所举“王季宫判院”、“曹功显节度”，“孟郡王”，皆南宋初叶间人。“王季宫”疑“王季海”之讹，季海，王淮字也；《宋史·宰辅表》：王淮以淳熙三年七月，同知枢密院事；次年五月，除参知政事。此云“王季宫判院”，则编录此书时，季海正知枢密院事也。又，“曹功显”，曹勋字。《宋史》勋本传，则以绍兴二十九年拜昭信军节度使。又，《外戚传》：孟忠厚以绍兴七年封信安郡王。是三人皆高、孝间人。此书为孝宗淳熙中所编辑矣。

后主工书，其墨迹流传者，宋人甚珍也。故殁后百余年，后人犹得辑其词为一集，则词反因书以传矣。

【注释】

①盱：xū。

②卅：sà。

（译文略）

三二

【原文】

王铚《默记》载李后主之死，祸由徐铉[①]。然铉作后主挽词二篇，乃至哀痛。其一云：“倏忽千龄尽，冥茫万事空。轻松洛阳陌，荒草建康宫。道德遗文在，兴衰自古同。受恩无补报，反袂泣途穷”；其二曰：“土德承余烈，江南广旧恩。一朝人事变，千古信书存。哀挽周原道，铭旌郑国门。此身虽未死，寂寞已销魂。”字字血泪，与夫反颜若不相识者异矣。

【注释】

①徐铉：生卒年916—991，南唐文学家、书法家，字鼎臣，今江苏扬州人。

【译文】

王铚在其《默记》中记载了李后主的死，认为是由徐铉惹起的。然而徐铉为后主所写的两篇挽联中，哀痛之情已至极点。第一篇说：“倏忽千龄尽，冥茫万事空。轻松洛阳陌，荒草建康宫。道德遗文在，兴衰自古同。受恩无补报，反袂泣途穷”；第二篇说：“土德承余烈，江南广旧恩。一朝人事变，千古信书存。哀挽周原道，铭旌郑国门。此身虽未死，寂寞已销魂。”字字都

带着血泪，这是和背叛原主而好像不相识的人不同的地方。

三三

【原文】

（《云谣集·杂曲子》[1]中）又有《天仙子》一首云：

燕语莺啼三月半，烟蘸柳条金线乱。五陵原上有仙娥，携歌扇，香烂漫，留住九华云一片。犀玉满头花满面，负妾一双偷泪眼。泪珠若得似真珠，拈不散，知何限，串向红丝应百万。

此一首，情词宛转深刻，不让温飞卿，韦端己，当是文人之笔。

【注释】

①《云谣集·杂曲子》：敦煌曲子总集。

【译文】

《云谣集·杂曲子》中有一首《天仙子》说：

燕语莺啼三月半，烟蘸柳条金线乱。五陵原上有仙娥，携歌扇，香烂漫，留住九华云一片。犀玉满头花满面，负妾一双偷泪眼。泪珠若得似真珠，拈不散，知何限，串向红丝应百万。

这首词，情感婉转词意深刻，不比温庭筠、韦庄差，当属于文人之笔。

三四

【原文】

汪水云[1]《湖山类稿》中，有集句《忆王孙》词九阙，语甚是凄婉，为瀛德祐事作也。

其一曰：

汉家宫阙动高秋。人自伤心水自流。今日清明独上楼。恨悠悠。自尽梨园弟子头。

其二曰：

吴王此地有楼台。风雨谁知长绿苔。半醉闲吟独自来。小徘徊。惟见江流去不回。

其三曰：

长安不见使人愁。物换星移几度秋。一自佳人坠玉楼。莫淹留。远别秦城万里游。

其四曰：

阵前金甲受降时。园客争偷御果枝。白发宫娃不解悲。理征衣。一片春帆带雨飞。

其五曰：

鹧鸪飞上越王台。烧接黄云惨不开。有客新从赵地回。转堪哀。岩畔古碑空绿苔。

其六曰：

离宫别苑草萋萋。对此如何不泪垂。满槛山川漾落晖。昔人非。惟有年年秋雁飞。

其七曰：

上阳宫里断肠时。春半如秋意转迷。独坐纱窗刺绣迟。雨沾衣。不见人归见雁归。

其八曰：

华清宫树不胜秋。云物凄凉拂曙流。七夕何人望斗牛。一登楼。水远山长步步愁。

其九曰：

武陵无树起秋风。千里黄云与断蓬。人物萧条市井空。思无穷。惟有青山似洛中。

九词均天然凑合，无集句之迹，殆可与谢任伯克家原词相颉颃。谢词云：

萋萋芳草忆王孙。柳外楼高空断魂。杜宇声声不忍闻。欲黄昏。雨打梨花深闭门。

实为徽、钦北狩而作，真千古绝调也。

【注释】

①汪水云：汪元量（1241—1317 年），南宋末诗人、词人，字大有，号水云，亦自号水云子、楚狂、江南倦客，今浙江杭州人。著有《水云集》《湖

山类稿》。

（译文略）

三五

【原文】

词调最长着，为《莺啼序》[1]，词人为之者甚少，亦不能工。汪水云《重过金陵》一阕，悲凉委（一作凄）婉，远在梦窗之上。因梦窗但知堆垛，羌无意故也。汪词曰：

金陵古都最好，有朱楼迢递。嗟倦客、又此凭栏高，槛外已少佳致。更落尽梨花，飞尽杨花，春也成憔悴。问青山、三国英雄，六朝奇伟？麦甸葵邱，荒台废（一作败）垒，鹿豕衔枯荠。正潮打孤城。寂寞斜阳影里。听楼头，哀笳怨角，未把酒、愁心先醉。渐夜深，月满秦淮，烟笼寒水。凄凄惨惨，冷冷清清，灯火渡头市。慨商女不知兴废，隔江犹唱《庭花》[2]，余音娓娓。伤心千古，泪痕如洗。乌衣巷口青芜路，认依稀、王谢旧邻里。临春结绮，可怜红粉成灰，萧索白杨风起。因思畴昔，铁索千寻，漫沈江底。挥羽扇，障西尘，便好角巾私第。清谈到底成何事？回首新亭，风景今如此。楚囚对泣何时已。叹人间、今古真儿戏。东风岁岁还来，吹入钟山，几重苍翠。

元王学文作《摸鱼儿》一阕《送汪水云入湘》，其词曰：“记当年舞衫零乱，《淋铃》忍按新阕。杜鹃枝上东风急，点点泪痕凝血。芳信歇。念初试琵琶，曾识《关山月》。怨弦易绝。奈笑罢颦生，曲终愁在，谁解寸肠结。浮云诗，又作南柯梦彻。一簪聊寄华发。乾坤桑海无穷事，不历昆明初劫。谁共说。都付于焦桐，写入梅花叠。黄花送客，休更问湘魂，独醒何在，沈醉浩歌发。”

【注释】

①《莺啼序》：词牌名，传此调为最长词牌，共二百四十字。

青旗报春来了，玉鳞鳞风旎。陈瑶席、新奏琳琅，窈窕来荐嘉社。桂酒洗琼芳，丽景晖晖，日夜催红紫。湛青阳新沐，人声澹荡花里。光泛崇兰，坼遍桃李，把深心料理。共携手、蘅（héng）室兰房，奈何新恨如此。对佳时、芳情脉脉，眉黛蹙、羞搴琼珥。折微馨、聊寄相思，莫愁如水。青苹再转，淑思菲菲，春又过半矣。细雨湿香尘，未晓又止。莫教一鴂无聊，群芳亹亹（wěi wěi）。伤情漠漠，泪痕轻洗。曲琼桂帐流苏暖，望美人、又是论千里。佳期杳渺，香风不肯为媒，可堪玩此芳芷。春今渐歇，不忍零花，犹恋余绮。度美曲、造新声，乐莫乐此新知。思美人兮，有花同倚。年华倣了，功成如委。天时相代何日已。怅春功、非与他时比。殷勤举酒酬春，春若能留，□还亦喜。

②慨商女不知兴废，隔江犹唱《庭花》：出自唐朝著名诗人杜牧的《泊秦淮》。

烟笼寒水月笼沙，夜泊秦淮近酒家。商女不知亡国恨，隔江犹唱《后庭花》。

杜牧：生卒年803—852，晚唐著名诗人、古文家，字牧之，号樊川，今陕西西安人。人称“小李杜”。

（译文略）

三六

【原文】

先生（按指朱祖谋）既以词雄海内，复汇刊宋、元人词集成数百种。铅

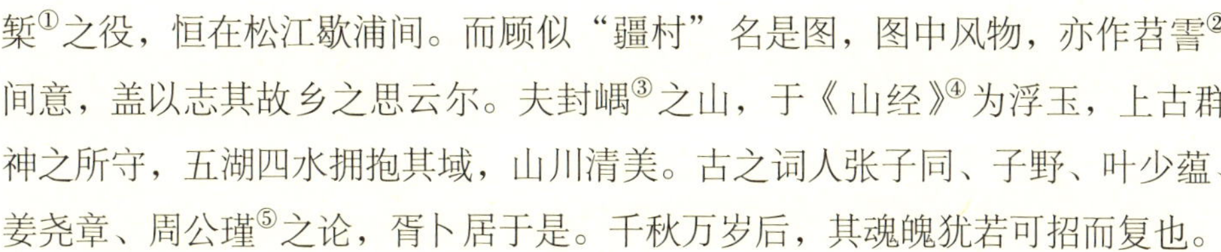

椠[①]之役，恒在松江歇浦间。而顾似“疆村”名是图，图中风物，亦作苕霅[②]间意，盖以志其故乡之思云尔。夫封嵎[③]之山，于《山经》[④]为浮玉，上古群神之所守，五湖四水拥抱其域，山川清美。古之词人张子同、子野、叶少蕴、姜尧章、周公瑾[⑤]之论，胥卜居于是。千秋万岁后，其魂魄犹若可招而复也。

【注释】

①铅椠（qiàn）：写作，校勘。

②苕霅（zhá）：苕溪和霅溪。

③封嵎：封山和嵎山。

④《山经》：《山海经》的一部分，共《南山经》《西山经》《北山经》《东山经》《中山经》五卷。

⑤周公瑾：周瑜（175—210年），东汉末年东吴名将，字公瑾，今安徽省庐江县西南人。公瑾相貌英俊，素有“周郎”之称。公元210年，周瑜因病去世，年仅36岁。

（译文略）

三七

【原文】

落落盘根真得地。涧畔双松，相背呈奇态。势欲拼飞终复坠，苍龙下饮东溪水。溪上平岡千叠翠。万树亭亭，争作拏云势。总为自家生意遂，人间爱道为渠媚。[①]

【注释】

①由周由周锡山录自《苕华词·蝶恋花》。

（译文略）

三八

【原文】

夜永衾寒梦不成，当轩减尽半天星，带霜宫阙日初昇。客里欢愉和睡减，年来哀乐与词增，更缘何物遣孤灯？[1]

【注释】

①由周锡山录自《苕华词·浣溪沙》。

（译文略）

三九

【原文】

窈窕燕姬年十五，惯曳长裙，不作纤纤步。众里嫣然通一顾，人间颜色如尘土。一树亭亭花乍吐。除却天然，欲赠浑无语。当面吴娘夸善舞，可怜总被腰肢误。[1]

【注释】

①由周锡山录自《苕华词·蝶恋花》。

（译文略）

四〇

【原文】

余之于词，虽所作尚不及百阕，然自南宋以后，除一二人外，尚未有能及余者，则平日之所自信也。虽比之五代、北宋之大词人，余愧有所不如，然此等词人亦未始无不及余之处。[1]

【注释】

①由周锡山辑自《自序二》。

（译文略）

四一

【原文】

光、宣之间为小词，得六七十阕，戊午夏日小疾无聊，录存二十四阕，

题曰《履霜词》[①]。呜呼！所以有今日之坚冰者，非一朝一夕之故矣。四月晦日，国维书于海上寓庐之永观堂。

【注释】

①《履霜词》：王国维所编。

（译文略）

四二

【原文】

病中录得旧词二十四阙，末章甚有“苕华[①]”“何草”之意。呈请教正，并加斧削之幸。

【注释】

①华：美玉。

（译文略）

四三

【原文】

《人间词话》乃弟十四五年前之作，当时曾登《国粹学报》[①]，与邓君（按指《国粹学报》主编邓实）如何约束，弟已忘却，现在翻印，邓君想未必有他言。但此书弟亦无底稿，不知其中所言如何，请将原本寄来一阅，或者所删定，再行付印，如何？

【注释】

①《国粹学报》：清末资产阶级国粹派的权威性学术刊物。1905 年初，由邓实、黄节等人在上海发起，并成立“国学保存会”。

【译文】

《人间词话》是我十四五年前的作品，当时曾经在《国粹学报》上登录，和邓实怎样约束的，我早就已经忘了，如今要翻印，邓实未必会有其他言语。但这本书我也没有底稿，不知道其中所说的怎么样，请将原本寄来看看，或者是删定本，然后再付印，怎么样呢？

四四

【原文】

长夏苦热，不耐深沉之思，偶得仁和吴昌绶[①]伯宛所作《宋金元现存词目》，叹其蒐罗之勤，因思仿朱竹垞《经义考》之例，存佚并录，勒为一书。蒐录考订，月余而成，聊用消夏，不足云著述也。

（一）明人及国朝人词多散在别集，既鲜总汇之编，亦罕单行之本，一人见闻既惭狭隘，诸家著录亦一毫芒，故以元人为断。

（二）诸家词集有刻本者著刻本，无刻本者著钞本。刻本有以词单行者著单行本，无者著全集本。亦有刻本罕见而著某氏钞本者，单行本不足而著全集本者，求其当也。

（三）海内藏书家收藏词曲者昔不多觏，近惟钱唐丁氏[②]、归安陆氏[③]藏词最富。乃一岁之中，陆氏之书归日本岩崎氏，丁氏书亦为金陵图书馆所购。然近于厂肆又屡见丁氏之书，知金陵典守并未严密，此后又不知流落何所。所幸丁氏藏词除元三数家外，仁和吴氏皆有副本。陆氏藏词与丁氏别出者亦不多，吴氏亦间录之。欲迻录者，尚可问津耳。

（四）竹垞《词综·序列》所举前人集中附词，如《林处士集》附词、刘子翚《屏山集》附词，皆仅三首。罗愿《鄂州小集》、顾瑛《玉山璞稿》附词仅一首。以不能成书，故不录。余鄙人所未见，不能定其多少者，仍著于篇，亦遇而废之，不若遇而存之之意也。

（五）词人字里、官阀，其词无通行本者略注于下：有刻本者阙之，间有考证亦辄附入。

（六）诸家词集或注“佚”，或注“未见”。然注“未见”者非无已佚，注“佚”者，亦或能发见，固不能定精密之界线也。

（七）长夏畏热，终日简出，参考之书无多，商榷之益尤鲜，尚冀大雅君子匡其不逮，幸甚。

光绪戊申秋七月海宁王国维识。

【注释】

①吴昌绶：生卒年约1867—？近代藏书家、金石学家、刻书家，字伯宛，一字印臣，号甘遯（dùn），晚号松邻，今浙江杭州人。藏有宋本《东京梦华录》、抄本陈梦雷《松鹤堂诗集》、手定稿《龚自珍文集》等。

②钱唐丁氏：丁申、丁丙兄弟家族，晚清时期浙江杭州最为著名的藏书家族，有大量的珍贵书籍，“八千卷楼”是他们的藏书楼名。

③归安陆氏：陆心源（1834—1894年），字刚甫，号存斋，晚号为潜园老人，浙江人。有十五万多卷藏书。

（译文略）

四五

【原文】

唐人诗词尚未分界，故《调笑》①、《三台》②、《忆江南》诸词皆入诗集，不独《竹枝》③、《柳枝》④、《浪淘沙》诸词本系七言绝句也。致光⑤词之见于《尊前集》者仅《浣溪沙》二阙，然《香奁集》⑥中之近似长短句者尚若干阕，余故写为一卷。《忆眠时》本沈约创调，隋炀帝继之，升庵视为词之滥觞，惟致光词少一韵耳。“春楼处子”三首，比《三台》多二韵，比冯延巳《寿山曲》⑦少一韵。……《玉合》、《金陵》尤纯乎词格。兹于原题之下各加“子”字，以别于诗。《木兰花》本系七古，然飞卿诗之《春晓曲》⑧、《草堂诗余》已改为《木兰花》，固非自我作古也。

【注释】

①《调笑》：为唐代诗人韦应物所作。

胡马，胡马，远放燕支山下。跑沙跑雪独嘶，东望西望路迷。迷路，迷路，边草无穷日暮。

②《三台》：为唐代诗人韦应物所作。

冰泮寒塘水渌，雨余百草皆生。朝来门巷无事，晚下高斋有情。

③《竹枝》：为唐代诗人孙光宪所作。

门前春水白蘋（píng）花，岸上无人小艇斜，商女经过江欲暮，散抛残食饲神鸦。乱绳千结绊人深，越罗万丈表长寻。杨柳在身垂意绪，藕花落尽见莲心。

孙光宪：生卒年901—968，唐代诗人，字孟文，自号葆光子，今四川省仁寿县人。著有《北梦琐言》《荆台集》《橘斋集》等。

④《柳枝》：为宋朝诗人文同所作。

墙宇周回院落深，日光风色净阴阴。柔条一似孙荆玉，贴地反腰衔宝簪。

⑤致光：韩偓（约842—923年），晚唐五代诗人，字致光，号致尧，晚年又号玉山樵人，今樊川人。

⑥《香奁集》：为韩偓所作。

⑦《寿山曲》：为五代词人冯延巳所作。

铜壶滴漏初尽，高阁鸡鸣半空。催启五门金锁，犹垂三殿帘栊。阶前御柳摇绿，仗下宫花散红。鸳瓦数行晓日，鸾旗百尺春风。侍臣舞蹈重拜，圣寿南山永同。

⑧《春晓曲》：为温庭筠所作。

家临长信往来道，乳燕双双拂烟草。油壁车轻金犊肥，流苏帐晓春鸡早。笼中娇鸟暖犹睡，帘外落花闲不扫。衰桃一树近前池，似惜红颜镜中老。

（译文略）

四六

【原文】

其《金浮图》[①]一调长至九十四字，五代词除唐庄宗[②]《歌头》[③]外，以此为最长，然颇似康伯可、柳耆卿手笔也。

【注释】

①《金浮图》：为唐代诗人尹鹗所作。

繁华地，王孙富贵。玳瑁（dài mào）筵开，下朝无事。压红茵、凤舞黄金翅。玉立纤腰，一片揭天歌吹。满目绮罗珠翠。和风淡荡，偷散沉檀气。堪判醉，韶光正媚。折尽牡丹，艳迷人意，金张许史应难比。贪恋欢娱，不觉金乌坠。还惜会难别易，金船更劝，勒住花骢辔。

尹鹗：生卒年不详，成都人。

②唐庄宗：李存勖（xù）（885—926 年），山西应县人，后唐王朝的建立者。

③《歌头》：为李存勖所作。

赏芳春，暖风飘箔。莺啼绿树，轻烟笼晚阁。杏桃红，开繁萼。灵和殿，禁柳千行斜，金丝络。夏云多，奇峰如削。纨扇动微凉，轻绡薄。梅雨霁，火云烁。临水槛，永日逃烦暑，泛觥酌。露华浓，冷高梧，凋万叶。一霎晚风，蝉声新雨歇。惜惜此光阴，如流水，东篱菊残时，叹萧索。繁阴积，岁时暮，景难留，不觉朱颜失却。好容光，旦旦须呼宾友，西园长宵，宴云谣，歌皓齿，且行乐。

（译文略）

四七

【原文】

《乐府纪闻》[①]谓其国亡不仕，词多感慨之音，盖指《临江仙》[②]一调言之。然此词载《花间集》，《花间集》选于后蜀广政三年，此时去后蜀之亡尚二十年。若云伤前蜀，则虔扆[③]固仕于昶[④]。《纪闻》之言实无所据。

【注释】

①《乐府纪闻》：为清人所编。主要记录了唐宋金明元时期的轶事、词作。

②《临江仙》：为五代词人鹿虔扆（yǐ）所作。

金锁重门荒苑静，绮窗愁对秋空。翠华一去寂无踪。玉楼歌吹，声断已随风。烟月不知人事改，夜阑还照深宫。藕花相向野塘中，暗伤亡国，清露泣香红。

③虔扆：鹿虔扆（生卒年不详），五代词人。

④昶：孟昶（chǎng）（919—965 年），初名孟仁赞，字保元，今河北邢台人，后蜀末代皇帝。

（译文略）

四八

【原文】

陈直斋谓："世传伯可词鄙亵之甚，此集颇多佳语。[①]"黄叔暘亦云："书市刊本皆假托其名，今得官本……篇篇精妙。[②]"是宋时康伯可词已有数本。余从古人选本中辑为一卷。其词实学耆卿而失者也。

【注释】

①世传伯可词鄙亵之甚，此集颇多佳语：出自南宋陈振孙所作的《直斋书录解题》卷二十一："世所传康伯可词鄙亵之甚，此集颇多佳语。"

②书市刊本皆假托其名，今得官本……篇篇精妙：出自南宋黄昇所编《花庵词选》："书市刊本皆假托其名，今得官本，乃其婿赵善贡及其友陶安世所校订，篇篇精妙。"

（译文略）

四九

【原文】

黄昇《书阮阅〈眼儿媚〉[①]词后》："闳休[②]小词唯有此篇见于世，英妙杰特，所谓百不为多，一不为少。”以今观之，殊不然也。

【注释】

①《眼儿媚》：为北宋词人阮阅所作。

楼上黄昏杏花寒，斜月小栏干。一双燕子，两行征雁，画角声残。绮窗人东风里，无语对春闲。也应似旧，盈盈秋水，淡淡春山。

②闳休：阮阅（生卒年不详），字闳休，自号散翁，亦称松菊道人，今安徽人。

（译文略）

五〇

【原文】

《端正好》[①]第一首，亦檃括同叔《凤栖梧》。寿域殆长于音律，故改谱他人词。即其自制，亦与他人音节不同，或以此也。

【注释】

①《端正好》：为北宋词人杜寿域所作。

槛菊愁烟沾秋露。天微冷，双燕辞去。月明空照别离苦。透素光，穿朱户。夜来西风凋寒树。凭栏望，迢迢长路。花笺写就此情绪。特寄传，知何处。

杜寿域：杜安世（生卒年不详），字寿域，今陕西西安人。

（译文略）

王国维《文学小言》

一

昔司马迁[①]推本汉武时学术之盛，以为利禄之途使然。余谓一切学问皆能以利禄劝，独哲学与文学不然。何则？科学之事业，皆直接间接以厚生利用为旨，古未有与政治及社会上之兴味相刺谬者也。至一新世界观与新人生观出，则往往与政治及社会上之兴味不能相容。若哲学家而以政治及社会之兴味为兴味，而不顾真理之如何，则又决非真正之哲学。以欧洲中世哲学之以辩护宗教为务者，所以蒙极大之污辱，而叔本华所以痛斥德意志大学之哲学者也。文学亦然；铺啜[②]的文学，决非真正之文学也。

【注释】

①司马迁：生卒年前145—前90，西汉伟大的史学家、文学家、思想家，字子长，今陕西韩城南人，也有人说是山西河津人。司马谈之子。后世人尊称他为太史公。他所创作的《史记》是我国第一部纪传体通史。鲁迅誉其为“史家之绝唱，无韵之《离骚》”。

②铺（bù）啜（zhuì）：吃喝。

（译文略）

二

文学者，游戏的事业也。人之势力用于生存竞争而有余，于是发而为游戏。婉娈之儿，有父母以衣食之，以卵翼之，无所谓争存之事也。其势力无所发泄，于是作种种之游戏。逮争存之事亟，而游戏之道息矣。唯精神上之势力独优，而又不必以生事为急者，然后终身得保其游戏之性质。而成人以后，又不能以小儿之游戏为满足，于是对其自己之感情及所观察之事物而摹写之，咏叹之，以发泄所储蓄之势力。故民族文化之发达，非达一定之程度，则不能有文学；而个人之汲汲于争存者，决无文学家之资格也。

（注释、译文略）

三

人亦有言，名者利之宾也。故文绣的文学之不足为真文学也，与馆馁的文学同。古代文学之所以有不朽之价值者，岂不以无名之见者存乎？至文学之名起，于是有因之以为名者，而真正文学乃复托放不重于世之文体以自见。逮此体流行之后，则又为虚玄矣。故模仿之文学，是文绣的文学与馆馁的文学之记号也。

（注释、译文略）

四

文学中有二原质焉：曰景，曰情。前者以描写自然及人生之事实为主，后者则吾人对此种事实之精神的态度也。故前者客观的，后者主观的也；前者知识的，后者感情的也。自一方面言之，则必吾人之胸中洞然无物，而后其观物也深，而其体物也切；即客观的知识，实与主观的感情为反比例。自他方面言之，则激烈之感情，亦得为直观之对象、文学之材料；而观物与其描写之也，亦有无限之快乐伴之。要之，文学者，不外知识与感情交代之结果而已。苟无锐敏之知识与深邃之感情者，不足与于文学之事。此其所以但为天才游戏之事业，而不能以他道劝者也。

（注释、译文略）

五

古今之成大事业大学问者，不可不历三种之阶级："昨夜西风凋碧树，独上高楼，望尽天涯路。"（晏同叔《蝶恋花》）此第一阶级也。"衣带渐宽终不悔，为伊消得人憔悴。”（欧阳永叔《蝶恋花》）此第二阶级也。“众里寻他千百度，回头蓦见，那人正在灯火阑珊处。”（辛幼安《青玉案》）此第三阶级也。未有不阅第一第二阶级，而能遽跻第三阶级者。文学亦然。此有文学上之天才者，所以又需莫大之修养也。

（注释、译文略）

六

三代以下之诗人，无过于屈子、渊明、子美①、子瞻者。此四子者苟无文学之天才，其人格亦自足千古。故无高尚伟大之人格，而有高尚伟大之文学者，殆未之有也。

【注释】

①子美：杜甫（712—770 年），字子美，唐代伟大的现实主义诗人，汉族，自号少陵野老，祖籍襄阳，生于河南巩县。后世人将其誉为“诗圣”，而他最为主要的作品便是“三吏三别”。三吏：《石壕吏》《新安吏》《潼关吏》；三别：《新婚别》《无家别》《垂老别》。

《石壕吏》

暮投石壕村，有吏夜捉人。老翁逾墙走，老妇出门看。吏呼一何怒！妇啼一何苦！听妇前致词：三男邺城戍。一男附书至，二男新战死。存者且偷生，死者长已矣！室中更无人，惟有乳下孙。有孙母未去，出入无完裙。老妪力虽衰，请从吏夜归。急应河阳役，犹得备晨炊。夜久语声绝，如闻泣幽咽。天明登前途，独与老翁别。

《新安吏》

客行新安道，喧呼闻点兵。借问新安吏：“县小更无丁？”“府帖昨夜下，次选中男行。”“中男绝短小，何以守王城？”肥男有母送，瘦男独伶俜（pīng）。白水暮东流，青山犹哭声。“莫自使眼枯，收汝泪纵横。眼枯即见骨，天地终无情！我军取相州，日夕望其平。岂意贼难料，归军星散营。就粮近故垒，练卒依旧京。掘壕不到水，牧马役亦轻。况乃王师顺，抚养甚分明。送行勿泣血，仆射如父兄。”

《潼关吏》

士卒何草草，筑城潼关道。大城铁不如，小城万丈余。借问潼关吏：“修关还备胡?”要我下马行，为我指山隅：“连云列战格，飞鸟不能逾。胡来但自守，岂复忧西都。丈人视要处，窄狭容单车。艰难奋长戟，万古用一夫。”“哀哉桃林战，百万化为鱼。请嘱防关将，慎勿学哥舒!”

《新婚别》

兔丝附蓬麻，引蔓故不长。嫁女与征夫，不如弃路旁。结发为君妻，席不暖君床。暮婚晨告别，无乃太匆忙。君行虽不远，守边赴河阳。妾身未分明，何以拜姑嫜（zhāng）? 父母养我时，日夜令我藏。生女有所归，鸡狗亦得将。君今往死地，沉痛迫中肠。誓欲随君去，形势反苍黄。勿为新婚念，努力事戎行。妇人在军中，兵气恐不扬。自嗟贫家女，久致罗襦裳。罗襦不复施，对君洗红妆。仰视百鸟飞，大小必双翔。人事多错迕，与君永相望。

《无家别》

寂寞天宝后，园庐但蒿藜（lí）。我里百余家，世乱各东西。存者无消息，死者为尘泥。贱子因阵败，归来寻旧蹊。久行见空巷，日瘦气惨凄，但对狐与狸，竖毛怒我啼。四邻何所有，一二老寡妻。宿鸟恋本枝，安辞且穷栖。方春独荷锄，日暮还灌畦。县吏知我至，召令习鼓鞞（bǐng）。虽从本州役，内顾无所携。近行止一身，远去终转迷。家乡既荡尽，远近理亦齐。永痛长病母，五年委沟溪。生我不得力，终身两酸嘶。人生无家别，何以为蒸黎。

《垂老别》

四郊未宁静，垂老不得安。子孙阵亡尽，焉用身独完！投杖出门去，同行为辛酸。幸有牙齿存，所悲骨髓干。男儿既介胄，长揖别上官。老妻卧路啼，岁暮衣裳单。孰知是死别，且复伤其寒。此去必不归，还闻劝加餐。土门壁甚坚，杏园度亦难。势异邺城下，纵死时犹宽。人生有离合，岂择衰盛端！忆昔少壮日，迟回竟长叹。万国尽征戍，烽火被冈峦。积尸草木腥，流血川原丹。何乡为乐土? 安敢尚盘桓！弃绝蓬室居，塌然摧肺肝。

（译文略）

七

天才者，或数十年而一出，或数百年而一出，而又须济之以学问，帅之以德性，始能产真正之大文学。此屈子、渊明、子美、子瞻等所以旷世而不一遇也。

（注释、译文略）

八

“燕燕于飞，差池其羽”。“燕燕于飞，颉之颃之[①]”。“睍睆黄鸟，载好其音[②]”。“昔我往矣，杨柳依依”[③]。诗人体物之妙，侔于造化，然皆出于离人孽子征夫之口，故知感情真者，其观物亦真。

【注释】

①燕燕于飞，差池其羽；燕燕于飞，颉之颃之：出自先秦时期的《燕燕》。

燕燕于飞，差池其羽。之子于归，远送于野。瞻望弗及，泣涕如雨。燕燕于飞，颉之颃之。之子于归，远于将之。瞻望弗及，伫立以泣。燕燕于飞，下上其音。之子于归，远送于南。瞻望弗及，实劳我心。仲氏任只，其心塞渊。终温且惠，淑慎其身。先君之思，以勖寡人。

②睍睆（xiàn）黄鸟，载好其音：出自《诗经·邶风·凯风》。

凯风自南，吹彼棘心。棘心夭夭，母氏劬（qú）劳。凯风自南，吹彼棘薪。母氏圣善，我无令人。爰有寒泉？在浚之下。有子七人，母氏劳苦。睍睆黄鸟，载好其音。有子七人，莫慰母心。

③昔我往矣，杨柳依依：出自《诗经·小雅·采薇》。

采薇采薇，薇亦作止。曰归曰归，岁亦莫止。靡室靡家，猃狁（xiǎn yǔn）之故。不遑启居，猃狁之故。采薇采薇，薇亦柔止。曰归曰归，心亦忧止。忧心烈烈，载饥载渴。我戍未定，靡使归聘。采薇采薇，薇亦刚止。曰归曰归，岁亦阳止。王事靡盬（gǔ），不遑启处。忧心孔疚，我行不来！彼尔

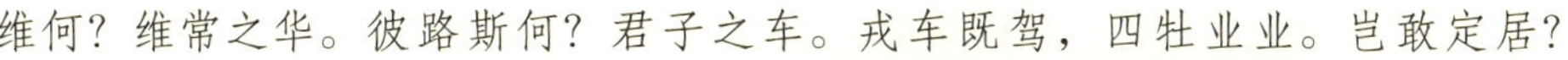

维何？维常之华。彼路斯何？君子之车。戎车既驾，四牡业业。岂敢定居？一月三捷。驾彼四牡，四牡骙骙（kuí）。君子所依，小人所腓。四牡翼翼，象弭鱼服。岂不日戒？猃狁孔棘！昔我往矣，杨柳依依。今我来思，雨雪霏霏。

（译文略）

九

“驾波四牡，四牡项领。我瞻四方，蹙蹙靡所骋[①]”。以《离骚》、《远游》[②]数千言言之而不足者，独以十七字尽之，岂不诡哉！然以讥屈子之文胜，则亦非知言者也。

【注释】

①驾波四牡，四牡项领。我瞻四方，蹙蹙靡所骋：出自先秦诗歌《节南山》。

节彼南山，维石岩岩。赫赫师尹，民具尔瞻。忧心如惔（tán），不敢戏谈。国既卒斩，何用不监！

节彼南山，有实其猗（yī）。赫赫师尹，不平谓何。天方荐瘥（cuó），丧乱弘多。民言无嘉，憯莫惩嗟。

尹氏大师，维周之氐。秉国之钧，四方是维。天子是毗，俾民不迷。不吊昊天，不宜空我师。

弗躬弗亲，庶民弗信。弗问弗仕，勿罔君子。式夷式已，无小人殆。琐琐姻亚，则无膴（wǔ）仕。

昊天不佣，降此鞠訩（xiōng）。昊天不惠，降此大戾。君子如届，俾民心阕。君子如夷，恶怒是违。

不吊昊天，乱靡有定。式月斯生，俾民不宁。忧心如酲（chéng），谁秉国成？不自为政，卒劳百姓。

驾彼四牡，四牡项领。我瞻四方，蹙蹙靡所骋。

方茂尔恶，相尔矛矣。既夷既怿，如相酬矣。

昊天不平，我王不宁。不惩其心，覆怨其正。

家父作诵，以究王讻。式讹尔心，以畜万邦。

②《远游》：为战国诗人屈原所作。

悲时俗之迫阨（è）兮，愿轻举而远游。质菲薄而无因兮，焉托乘而上浮？遭沉浊而污秽兮，独郁结其谁语！夜耿耿而不寐兮，魂茕茕（qióng qióng）而至曙。惟天地之无穷兮，哀人生之长勤，

往者余弗及兮，来者吾不闻，步徙倚而遥思兮，怊（chāo）惝怳（chǎng huǎng）而乖怀。意荒忽而流荡兮，心愁凄而增悲。神倏忽而不反兮，形枯槁而独留。内惟省以端操兮，求正气之所由。漠虚静以恬愉兮，澹无为而自得。

闻赤松之清尘兮，愿承风乎遗则。贵真人之休德兮，美往世之登仙，与化去而不见兮，名声著而日延。奇傅说之托星辰兮，羡韩众之得一。形穆穆而浸远兮，离人群而遁逸。因气变而遂曾举兮，忽神奔而鬼怪。时仿佛以遥见兮，精晈晈以往来。绝氛埃而淑尤兮，终不反其故都。

免众患而不惧兮，世莫知其所如。恐天时之代序兮，耀灵晔而西征。微霜降而下沦兮，悼芳草之先零。聊仿佯而逍遥兮，永历年而无成。谁可与玩斯遗芳兮？晨向风而舒情。高阳邈以远兮，余将焉所程？

重曰：春秋忽其不淹兮，奚久留此故居。轩辕不可攀援兮，吾将从王乔而娱戏。餐六气而饮沆瀣（hàng xiè）兮，漱正阳而含朝霞。保神明之清澄兮，精气入而粗秽除。顺凯风以从游兮，至南巢而壹息。见王子而宿之兮，审壹气之和德。

曰："道可受兮，不可传。其小无内兮，其大无垠。无滑而魂兮，彼将自

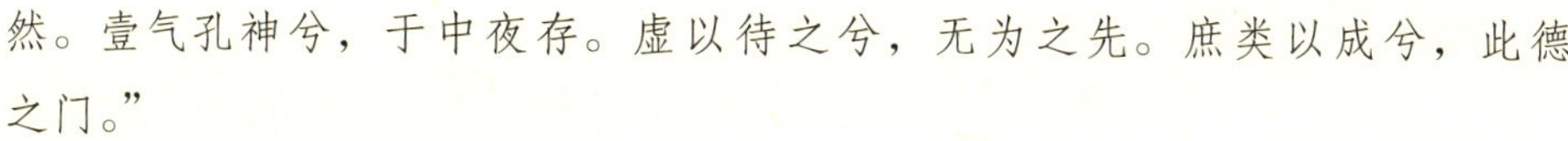

然。壹气孔神兮，于中夜存。虚以待之兮，无为之先。庶类以成兮，此德之门。”

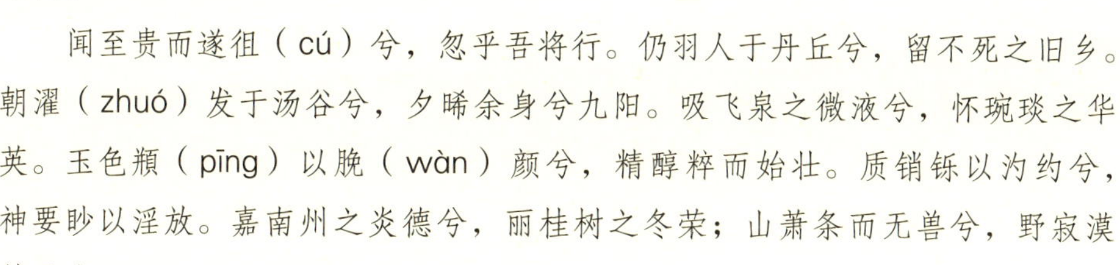

闻至贵而遂徂（cú）兮，忽乎吾将行。仍羽人于丹丘兮，留不死之旧乡。朝濯（zhuó）发于汤谷兮，夕晞余身兮九阳。吸飞泉之微液兮，怀琬琰之华英。玉色頩（pīng）以脕（wàn）颜兮，精醇粹而始壮。质销铄以汋约兮，神要眇以淫放。嘉南州之炎德兮，丽桂树之冬荣；山萧条而无兽兮，野寂漠其无人。

载营魄而登霞兮，掩浮云而上征。命天阍（hūn）其开关兮，排阊阖（chāng hé）而望予。召丰隆使先导兮，问大微之所居。集重阳入帝宫兮，造旬始而观清都。

朝发轫于太仪兮，夕始临乎微闾。屯余车之万乘兮，纷溶与而并驰。驾八龙之婉婉兮，载云旗之逶蛇。建雄虹之采旄（máo）兮，五色杂而炫耀。服偃蹇以低昂兮，骖连蜷以骄骜（áo）。

骑胶葛以杂乱兮，斑漫衍而方行。撰余辔而正策兮，吾将过乎句芒。历太皓以右转兮，前飞廉以启路。阳杲杲其未光兮，凌天地以径度。风伯为作先驱兮，氛埃辟而清凉。凤凰翼其承旗兮，遇蓐收乎西皇。

揽慧星以为旍（jīng）兮，举斗柄以为麾。叛陆离其上下兮，游惊雾之流波。时暧（dài）其曭（tǎng）莽兮，召玄武而奔属。后文昌使掌行兮，选署众神以并毂。路漫漫其修远兮，徐弭节而高厉。

左雨师使径侍兮，右雷公以为卫。欲度世以忘归兮，意恣睢以担挢。内欣欣而自美兮，聊媮（tōu）娱以自乐。涉青云以泛滥游兮，忽临睨夫旧乡。仆夫怀余心悲兮，边马顾而不行。思旧故以想象兮，长太息而掩涕。

泛容与而遐举兮，聊抑志而自弭。指炎神而直驰兮，吾将往乎南疑。览方外之荒忽兮，沛罔象而自浮。祝融戒而还衡兮，腾告鸾鸟迎宓妃。张咸池奏承云兮，二女御九韶歌。使湘灵鼓瑟兮，令海若舞冯夷。

玄螭（chī）虫象并出进兮，形蟉虬（liào qiú）而逶蛇。雌蜺便娟以增挠兮，鸾鸟轩翥（zhù）而翔飞。音乐博衍无终极兮，焉乃逝以徘徊。舒并节以驰骛兮，逴（chuō）绝垠乎寒门。轶迅风于清源兮，从颛（zhuān）顼乎增冰。

历玄冥以邪径兮，乘间维以反顾。召黔赢而见之兮，为余先乎平路。经营四荒兮，周流八漠。上至列缺兮，降望大壑。下峥嵘而无地兮，上寥廓而无天。视倏忽而无见兮，听惝恍而无闻。超无为以至清兮，与泰初而为邻。

（译文略）

一〇

屈子感自己之感，言自己之言者也。宋玉景差感屈子之所感，而言其所言；然亲见屈子之境遇，与屈子之人格，故其所言，亦殆与言自己之言无异。贾谊[①]、刘向其遇略与屈子同，而才则逊矣。王叔师[②]以下，但袭其貌而无真情以济之。此后人之所以不复为楚人之词者也。

【注释】

①贾谊：生卒年前200—前168，汉朝著名的思想家、文学家，今河南省洛阳人。著有《过秦论》《论积贮疏》《陈政事疏》等。

②王叔师：王逸（生卒年不详），东汉文学家，今湖北宜城人。著有《王叔师集》。

（译文略）

一一

屈子之后，文学上之雄者，渊明其尤也。韦、柳之视渊明，其如贾、刘之视屈子乎！彼感他人之所感，而言他人之所言，宜其不如李、杜也。

（注释、译文略）

一二

宋以后之能感自己之感，言自己之言者，其惟东坡乎！山谷可谓能言其言矣，未可谓能感所感也。遗山以下亦然。若国朝之新城，岂徒言一人之言已哉？所谓“莺偷百鸟声[①]”者也。

【注释】

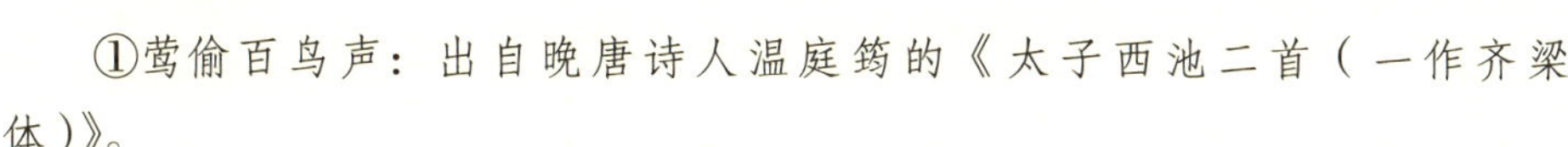

①莺偷百鸟声：出自晚唐诗人温庭筠的《太子西池二首（一作齐梁体）》。

梨花雪压枝，莺啭（zhuàn）柳如丝。懒逐妆成晓，春融梦觉迟。鬓轻全作影，嚬（pín）浅未成眉。莫信张公子，窗间断暗期。花红兰紫茎，愁草雨新晴。柳占三春色，莺偷百鸟声。日长嫌辇重，风暖觉衣轻。薄暮香尘起，长杨落照明。

（译文略）

一三

诗至唐中叶以后，殆为羔雁之具矣。故五季、北宋之诗，（除一二大家外。）无可观者，而词则独为其全盛时代。其诗词兼擅如永叔、少游者，皆诗不如词远甚。以其写之于诗者，不若写之于词者之真也。至南宋以后，词亦为羔雁之具，而词亦替矣。（除稼轩一人外。）观此足以知文学盛衰之故矣。

（注释、译文略）

一四

上之所论，皆就抒情的文学言之。（《离骚》、诗词皆是）。至叙事的文学（谓叙事诗、诗史、戏曲等，非谓散文也），则我国尚在幼稚之时代。元人杂剧，辞则美矣，然不知描写人格为何事。至国朝之《桃花扇》，则有人格矣，然他戏曲则殊不称是。要之，不过稍有系统之词，而并失词之性质者也，以东方古文学之国，而最高之文学无一足以与西欧匹者，此则后此文学家之责矣。

（注释、译文略）

一五

抒情之诗，不待专门之诗人而后能之也。若大叙事，则其所需之时日长，而其所取之材料富。非天才而又有暇日者不能。此诗家之数之所以不可更僕数，而叙事文学家殆不能及百分之一也。

（注释、译文略）

一六

《三国演义》[①]无纯文学之资格，然其叙关壮缪之释曹操[②]，则非大文学家不办。《水浒传》之写鲁智深[③]，《桃花扇》之写柳敬亭[④]、苏昆生[⑤]，彼其所为，固毫无意义。然以其不顾一己之利害，故犹使吾人生无限之兴味，发无限之尊敬，况于观壮缪之矫矫者乎？若此者，岂真如汗德所云，实践理性为宇宙人生之根本欤？抑与现在利己之世界相比较，而益使吾人兴无涯之感也？则选择戏曲小说之题目者，亦可以知所去取矣。

【注释】

①《三国演义》：全名为《三国志通俗演义》，中国古代长篇历史章回小说。罗贯中所著，为我国古典文学四大名著之一，也是其中唯一一本根据历史改编的小说。

罗贯中：生卒年约1330—1400，元末明初著名小说家、戏曲家，名本，字贯中，号湖海散人，山西并州太原人。

②曹操：生卒年155—220，东汉末年杰出的军事家、政治家、文学家、书法家，字孟德，一名吉利，小字阿

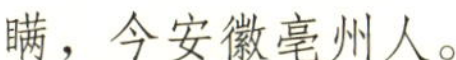
瞒，今安徽亳州人。

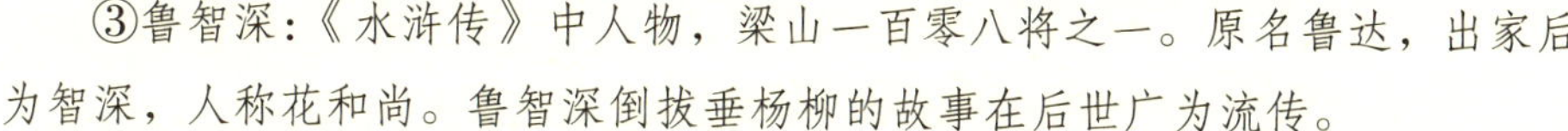
③鲁智深:《水浒传》中人物，梁山一百零八将之一。原名鲁达，出家后为智深，人称花和尚。鲁智深倒拔垂杨柳的故事在后世广为流传。

④柳敬亭：生卒年1587—1670，明末清初著名评话艺术家，原姓曹，名永昌，后名敬亭，字葵宇，号逢春，今江苏南通余西古镇人。

⑤苏昆生：生卒年1600—1679，明末著名歌唱家，世称“南曲天下第一”，河南固始人。

（译文略）

一七

吾人谓戏曲小说家为专门之诗人，非谓其以文学为职业也。以文学为职业，馆餟的文学也。职业的文学家，以文学为生活；专门之文学家，为文学而生活。今馆餟的文学之途，盖已开矣。吾宁闻征夫思妇之声，而不屑使此等文学嚣然污吾耳也。

（注释、译文略）

人间词话·苕华词

《如梦令》

点滴空阶疏雨，迢递严城更鼓。睡浅梦初成，又被东风吹去。无据，无据，斜汉垂垂欲曙。

《浣溪沙》

路转峰回出画塘，一山枫叶背残阳。看来浑不似秋光。隔座听歌人似玉，六街归骑月如霜。客中行乐只寻常。

《临江仙》

过眼韶华何处也？萧萧又是秋声。极天衰草暮云平。斜阳漏处，一塔枕孤城。独立荒寒谁语？蓦回头宫阙峥嵘。红墙隔雾未分明。依依残照，独拥最高层。

《浣溪沙》

草偃云低渐合围，琱弓声急马如飞。笑呼从骑载禽归。万事不如身手好，一生须惜少年时。那能白首下书帷？

《浣溪沙》

霜落千林木叶丹，远山如在有无间。经秋何事亦孱颜。且向田家拚泥饮，聊从卜肆憩征鞍。只应游戏在尘寰。

《好事近》

夜起倚危楼，楼角玉绳低亚。惟有月明霜冷，浸万家鸳瓦。人间何苦又悲秋，正是伤春罢。却向春风亭畔，数梧桐叶下。

《好事近》

愁展翠罗衾，半是余温半泪。不辨坠欢新恨，是人间滋味。几年相守郁金堂，草草浑闲事。独向西风林下，望红尘一骑。

《采桑子》

高城鼓动兰釭灺，睡也还醒。醉也还醒。忽听孤鸿三两声。人生只似风前絮，欢也零星。悲也零星。都作连江点点萍。

《西河》

垂杨里。兰舟当日曾系。千帆过尽，只伊人，不随书至。怪渠道着我依心，一般思妇游子。昨宵梦，分明记、几回飞渡烟水。西风吹断，伴灯花、摇摇欲坠。宵深待到凤凰山，声声啼催起。锦书宛在怀袖底。人迢迢、紫塞千里。算是不曾相忆。倘有情早合归来，休寄一纸，无聊相思字。

《摸鱼儿·秋柳》

问断肠、江南江北，年时如许春色。碧栏干外无边柳，舞落迟迟红日。长堤直，又道是、连朝寒雨送行客。烟笼数驿，剩今日天涯，衰条折尽，月落晓风急。金城路，多少人间行役。当年风度曾识。北征司马今头白，唯有攀条沾臆，都狼藉。君不见、舞衣寸寸填沟恤。细腰谁惜？算只有多情，昏鸦点点，攒向断枝立。

《蝶恋花》

谁道人间秋已尽，衰柳毵毵（sān），尚弄鹅黄影。落日疏林光炯炯，不辞立尽西楼暝。万点栖鸦浑未定，潋滟金波，又幂（mì）青松顶。何处江南无此景，只愁没个闲人领。

《鹧鸪天》

列炬归来酒未醒，六街人静马蹄轻。月中薄雾漫漫白，桥外渔灯点点青。从醉里，忆平生。可怜心事太峥嵘。更堪此夜西楼梦，摘得星辰满袖行。

《点绛唇》

万顷蓬壶，梦中昨夜扁舟去。萦回岛屿，中有舟行路。波上楼台，波底层层俯。何人住？断崖如锯，不见停桡处。

《点绛唇》

高峡流云，人随飞鸟穿云去。数峰著雨。相对青无语。岭上金光，岭下苍烟冱（hù）。人间曙。疏林平楚。历历来时路。

《踏莎行》

绝顶无云，昨宵有雨，我来此地闻大语。疏钟暝直乱峰回，孤僧晓度寒溪去。是处青山，前生俦（chóu）侣，招邀尽入闲庭户。朝朝含笑复含颦，人间相媚争如许。

《清平乐》

樱桃花底，相见颓云髻。的的银釭无限意，消得和衣浓睡。当时草草西窗，都成别后思量。遮莫天涯异日，转思今夜凄凉。

《浣溪沙》

月底栖鸦当叶看，推窗跕跕坠枝间。霜高风定独凭栏。觅句心肝终复在，掩书涕泪苦无端。可怜衣带为谁宽。

《青玉案》

姑苏台上乌啼曙，剩霸业，今如许。醉后不堪仍吊古。月中杨柳，水边楼阁，犹自教歌舞。野花开遍真娘墓，绝代红颜委朝露。算是人生赢得处。千秋诗料，一抔黄土，十里寒螿（jiāng）语。

《满庭芳》

水抱孤城，云开远戍，垂柳点点栖鸦。晚潮初落，残日漾平沙。白鸟悠悠自去，汀州外，无限蒹葭。西风起，飞花如雪，冉冉去帆斜。天涯，还忆旧，香尘随马，明月窥车。渐秋风镜里，暗换年华。纵使长条无恙，冲来处、攀折堪嗟。人何许，朱楼一角，寂寞倚残霞。

《蝶恋花》

阅尽天涯离别苦，不道归来，零落花如许。花底相看无一语，绿窗春与天俱莫。待把相思灯下诉，一缕新欢，旧恨千千缕。最是人间留不住，朱颜辞镜花辞树。

《玉楼春》

今年花事垂垂过，明岁花开应更亸（duǒ）。看花终古少年多，只恐少年非属我。劝君莫厌尊罍（léi）大，醉倒且拚花底卧。君看今日树头花，不是去年枝上朵。

《阮郎归》

女贞花白糙米力，江南梅雨时。阴阴帘幙（mù）万家垂。穿帘双燕飞。朱阁外，碧窗西。行人一舸归。清溪转处柳阴低。当窗人画眉。

《浣溪沙》

天末同云黯四垂，失行孤雁逆风飞。江湖寥落尔安归？陌上金丸看落羽，闺中素手试调醯（xī）。今朝欢宴胜平时。

《浣溪沙》

山寺微茫背夕曛，鸟飞不到半山昏。上方孤磬定行云。试上高峰窥皓月，偶开天眼觑红尘。可怜身是眼中人。

《青玉案》

江南秋色垂垂暮，算幽事，浑无数。日日沧浪亭畔路。西风林下，夕阳水际，独自寻诗去。可怜愁与闲俱赴。待把尘劳截愁住。灯影幢幢天欲曙。闲中心事，忙中情味，并入西楼雨。

《浣溪沙》

昨夜新看北固山，今朝又上广陵船。金焦在眼苦难攀。猛雨自随汀雁落，湿云常与暮鸦寒。人天相对作愁颜。

《鹊桥仙》

沉沉戍鼓，萧萧厩马，起视霜华满地。猛然记得别伊时，正今夕、邮亭天气。北征车辙，南征归梦，知是调停无计。人间事事不堪凭，但除却、无凭两字。

《鹊桥仙》

绣衾初展，银釭旋剔，不尽灯前欢语。人间几岁似今笑，便胜却、貂蝉无数。霎时送远，经年怨别，镜里朱颜难驻。封侯觅得也寻常，何况是、封侯无据。

《减字木兰花》

皋兰被经，月底栏干闲独凭。修竹娟娟，风里时闻响佩环。蓦然深省，起踏中庭千个影。依尽人间，一梦钧天只惘然。

《鹧鸪天》

阁道风飘五丈旗，层楼突兀与云齐。空余明月连钱列，不照红葩倒井披。频摸索，且攀跻。千门万户是耶非。人间总是堪疑处，惟有兹疑不可疑。

《浣溪沙》

夜永衾寒梦不成，当轩减尽半天星。带霜宫阙日初升。客里欢娱和睡减，年来哀乐与词增。更缘何物遣孤灯。

《浣溪沙》

画舫进筵乐未停，潇潇暮雨阖闾城。那堪还向曲中厅。只恨当时形影密，不关今日别离轻。梦回酒醒忆平生。

《浣溪沙》

才过苕溪又霅（zhá）溪，短松疎（shū）竹媚朝辉。去年此际远人归。

烧后更无千里草，雾中不隔万家鸡。风光浑异去年时。

《贺新郎》

月落飞乌鹊。更声声、暗催残岁，城头寒柝。曾记年时游冶处，偏反一栏红药。和士女、盈盈欢谑。眼底春光何处也？只极天野，烧明山郭，侧身望，天地窄。遣愁何计频商略。恨今宵、书成空拥，愁城难落。陋室风多青灯灺（xiè），中有千秋魂魄。似诉尽、人间纷浊。七尺微躯百年丽，那能消、今古闲哀乐。与蝴蝶，蘧（qú）然觉。

《人月圆·梅》

天公应自嫌寥落，随意着幽花。月中霜丽，数枝临水，水底横斜。萧然四顾，疏林远渚，寂寞天涯。一声鹤唳，殷勤唤起，大地清华。

《卜算子·水仙》

罗韈（wā）悄无尘，金屋浑难贮。月底谿边一晌看，便恐凌波去。独自惜幽芳，不敢矜迟暮。却笑孤山万树梅，狼藉花如许。

《八声甘州》

直青山缺处倚东南，万堞浸明湖。看片帆指处，参差宫阙，风展旌旟（yú）。向晚橹声渐数，萧瑟杂菰蒲。一骑严城去，灯火千衢（qú）。不道繁华如许，游万家爆竹，隔院笙竽。叹沉沉人海，不与慰羁孤。剩终朝襟裾相对，纵委蛇，人已厌狂疏。呼灯且觅朱家去，痛饮屠苏。

《浣溪沙》

曾识卢家玳瑁梁，觅巢新燕屡回翔。不堪重问郁（yù）金堂。今雨相看非旧雨，故乡罕乐况他乡。人间何地着疏狂。

《踏莎行·元夕》

绰约衣裳，凄迷香麝，华灯素面光交射。天公倍放月婵娟，人间解与春游冶。乌鹊无声，鱼龙不夜，九衢忙杀闲车马。归来落月挂西窗，隣鸡四起兰釭炧。

《蝶恋花》

急景流年真一箭，残雪声中，省识东风面。风里垂杨千万线，昨宵染就鹅黄浅。又是廉纤春雨暗，倚遍危楼，高处人难见。已恨平芜随雁远，暝烟更界平芜断。

《蝶恋花》

窣地重帘围画省，帘外红墙，高与青天并。开尽隔墙桃与杏，人间望眼何由骋。举首忽惊明月冷，月里依稀，认得山河影。问取嫦娥浑未肯，相携素手阆风顶。

《蝶恋花》

独向沧浪亭外路，六曲栏干，曲曲垂杨树。展尽鹅黄千万缕，月中并作蒙蒙雾。一片流云无觅处。云里疎星，不共云流去。闭置小窗真自误，人间夜色还如许。

《浣溪沙》

舟逐清溪弯复弯。垂杨开处见青山。毵毵（sān）绿发覆烟鬟。夹岸莺花迟日里，归船萧鼓夕阳间。一生难得是春闲。

《临江仙》

闻说金微郎戍处，昨宵梦向金微。不知今又过辽西。千屯沙上暗，万骑月中嘶。郎似梅花侬似叶，朅（hé）来手抚空枝。可怜开谢不同时。漫言花落早，只是叶生迟。

《南歌子》

又是乌西匿，初看雁北翔。好与报檀郎：“春来宵渐短，莫思量。”

《荷叶杯·戏效花间体》

手把金尊酒满，相劝。情极不能羞。乍调筝处又回眸。留摩留。留摩留。
矮纸数行草草，书到。总道苦相思。朱颜今日未应非。归摩归。归摩归。
无赖灯花又结，照别。休作一生拚。明朝此际客舟寒。欢摩欢。欢摩欢。
谁道闲愁如海，零碎。雨过一池沤。时时飞絮上帘钩。愁摩愁。愁摩愁。
昨夜绣衾孤拥，幽梦。一霎钿车尘。道旁依约见天人。真摩真。真摩真。
隐隐轻雷何处，将曙。隔牖见疏星。一庭芳树乱啼莺。醒摩醒。醒摩醒。

《蝶恋花》

窈窕燕姬年十五，惯曳长裙，不作纤纤步。众里嫣然通一顾，人间颜色如尘土。一树亭亭花乍吐。除却天然，欲赠浑无语。当面吴娘夸善舞，可怜总被腰肢误。

《玉楼春》

西园花落深堪扫，过眼韶华真草草。开时寂寂尚无人，今日偏嗔摇落早。昨朝却走西山道，花事山中浑未了。数峰和雨对斜阳，十里杜鹃红似烧。

《蝶恋花》

辛苦钱塘江上水，日日西流，日日东趋海。终古越山澒洞里，可能消得英雄气。说与江潮应不至，潮落潮生，几换人间世。千载荒台麋鹿死，灵胥抱愤终何是。

《蝶恋花》

谁道江南春事了，废苑朱藤，开尽无人到。高柳数行临古道，一藤红遍千枝杪。冉冉赤云将绿绕，回首林间，无限斜阳好。若是春归归合早，余春只搅人怀抱。

《水龙吟·杨花用章质夫苏子瞻唱和韵》

开时不与人看，如何一霎蒙蒙坠。日长无绪，回廊小立，迷离情思。细雨池塘，斜阳院落，重门深闭。正参差欲住，轻衫掠处，又特地、因风起。花事阑珊到汝，更休寻、满枝琼缀。算来只合，人间哀乐，这般零碎。一样飘零，宁为尘土，勿随流水。怕盈盈一片春江，都贮得，离人泪。

《点绛唇》

暗里追凉，扁舟径掠垂杨过。湿萤火大。一一风前堕。坐觉西南，紫电排云破。严城锁。高歌无和。万舫沉沉卧。

《蝶恋花》

莫斗婵娟弓样月，只坐蛾眉，消得千谣诼。臂上宫砂那不灭，古来积毁能销骨。手把齐纨相诀绝，懒祝西风，再使人间热。镜里朱颜犹未歇，不辞自媚朝和夕。

《浣溪沙》

七月西风动地吹，黄埃和叶满城飞。征人一日换缁衣。金马岂真堪避世?海鸥应是未忘机。故人今有问归期。

《浣溪沙》

城郭秋生一夜凉，独骑瘦马傍宫墙。参差霜阙带朝阳。旋解冻痕生绿雾，倒涵高树作金光。人间夜色尚苍苍。

《扫花游》

疏林挂日，正雾淡烟收，苍然平楚。绕林细路，听沉沉落叶，玉骢踏去。背日丹枫，到眼秋光如许。正延伫。便一片飞来，说与迟暮。欢事难再溯。是载酒携柑，旧曾游处。清歌未住。又黄鹂趁拍，飞花入俎。今日重来，除是斜晖如故。隐高树。有寒鸦、相呼俦侣。

《祝英台近》

月初残，门小掩，看上大堤去。徒御喧阗（tián），行子黯无语。为谁收拾离颜，一腔红泪，待留向、孤衾偷注。马蹄驻。但觉怨慕悲凉，条风过平楚。树上啼鹃，又诉岁华暮。思量只有，人间年年征路。纵有恨，都无啼处。

《浣溪沙》

乍向西郊斗草过，药栏红日尚婆娑。一春只遣睡消磨。发为沉酣从委枕，脸缘微笑暂生涡。这回好梦莫惊他。

《虞美人》

犀比六博消长昼，五白惊呼骤。不须辛苦问亏成。一霎尊前了了见浮生。笙歌散后人微倦，归路风吹面。西窗落月荡花枝，又是人间酒醒梦回时。

《减字木兰花》

乱山四倚，人马崎岖行井底。路逐峰旋，斜日杏花明一山。销沉就里，终古兴亡离别意。依旧年年，迤逦骡网度上关。

《蝶恋花》

连岭去天知几尺，岭上秦关，关上元时阕。谁信京华尘里容，独来绝塞看明月。如此高寒真欲绝，眼底千山，一半溶溶白。小立西风吹素帻，人间几度生华发。

《蝶恋花》

帘幕深深香雾重，四照朱颜，银烛光浮动。一霎新欢千万种，人间今夜浑如梦。小语灯前和目送，蜜意芳心，不放罗帷空。看取博山闲袅凤，蒙蒙一气双烟共。

《蝶恋花》

手剔银灯惊炷短，拥髻无言，脉脉生清怨。此恨今宵争得浅，思量旧日深恩遍。月影移帘风过院，待到归来，传尽中宫箭。故拥秀衾遮素面，赚他醉里频频唤。

《浣溪沙》

似水清纱不隔香，金波初转小回廊。离离从菊已深黄。尽撤华灯招素月，更缘人面发花光。人间何处有严霜。

《蝶恋花》

落日千山啼杜宇，送得归人，不遣居人住。自是精魂先魄去，凄凉病榻无多语。往事悠悠容细数。见说他生，又恐他生误。纵使兹盟终不负，那时能记今生否。

《菩萨蛮》

高楼直挽银河住，当时曾笑牵牛处。今夕渡河津，牵牛应笑人。桐梢垂露脚，梢上惊乌掠。灯焰不成青，绿窗纱半明。

《应天长》

紫骝却照春波绿，波上荡舟人似玉。似相知，羞相逐。一晌低头犹送目。鬓云欹（qī），眉黛蹙。应恨这番匆促。恼一时心曲，手中双桨速。

《菩萨蛮》

红楼遥隔廉纤雨，沉沉暝色笼高树。树影到依窗，君家灯火光。风枝和影弄，似妾西窗梦。梦醒即天涯，打窗闻落花。

《菩萨蛮》

玉盘寸断葱芽嫩，鸾刀细割羊肩进。不敢厌腥臊，缘君亲手调。红炉赪（chēng）素面，醉把貂裘缓。归路有余狂，天街宵踏霜。

《鹧鸪天》

楼外秋千索尚悬，霜高素月慢流天。倾残玉椀难成醉，滴尽铜壶不解眠。人寂寂，夜厌厌。北窗情味似枯禅。不缘此夜金闺梦，那信人间尚少年。

《浣溪沙》

花影闲窗压几重，连环新解玉玲珑。日长无事等匆匆。静听斑骓深巷里，坐看飞鸟镜屏中。乍梳云髻那时松。

《浣溪沙》

爱棹扁舟傍岸行，红妆素萏（dàn）斗轻盈。脸边舷外晚霞明。为惜花香停短棹，戏窥鬓影拨流萍。玉钗斜立小蜻蜓。

《蝶恋花》

忆挂孤帆东海畔，咫尺神山，海上年年见。几度天风吹棹转，望中楼阁阴晴变。金阙荒凉瑶草短，到得蓬莱，又值蓬莱浅。只恐飞尘沧海满，人间精卫知何限。

《喜迁莺》

秋雨霁，晚烟拖，宫阙与云摩。片云流月入明河。鳷鹊散金波。宜春院，披香殿，雾里梧桐一片。华灯簇处动笙歌，复道属车过。

《蝶恋花》

翠幕轻寒无著处，好梦初回，枕上惺忪语。残夜小楼天欲曙，四山积雪明如许。莫遣良辰闲过去，起瀹（yuè）龙图，对雪烹肥羜（zhù）。此景人间殊不负，檐前冻雀还知否。

《虞美人》

金鞭朱弹嬉春日，门户初相识。未能羞涩但娇痴，却立风前散发衬凝脂。近来瞥见都无语，但觉双眉聚。不知何日始工愁，记取那回花下一低头。

《齐天乐·蟋蟀用姜白石原韵》

天涯已自悲秋极，何须更闻虫语。乍响瑶阶，旋穿绣闼，更入画屏深处。喁喁似诉。有几许哀丝，佐伊机杼。一夜东堂，暗抽离恨万千绪。空庭相和秋雨。又南城罢柝（tuò），西院停杵。试问王孙，苍茫岁晚，那有闲愁无数。宵深谩与。怕梦隐春酣，万家儿女。不识孤吟，劳人床下苦。

《点绛唇》

波逐流云，棹歌袅袅凌波去。数声和橹，远入蒹葭浦。落日中流，几点闲鸥鹭。低飞处，菰蒲无数，瑟瑟风前语。

《蝶恋花》

春到临春花正妩，迟日阑干，蜂蝶飞无数。谁遣一春抛却去，马蹄日日章台路。几度寻春春不遇，不见春来，那识春归处。斜日晚风杨柳渚，马头何处无飞絮。

《菩萨蛮》

西风水上摇征梦，舟轻不碍孤帆重。江阔树冥冥，荒鸡叫雾醒。舟穿妆阁底，楼上佳人起。蓦入欲通辞，数声柔橹枝。

《蝶恋花》

落落盘根真得地，涧畔双松，相背呈奇态。势欲拚飞终复坠，苍龙下饮东溪水。西上平岗千叠翠，万树亭亭，争作拏云势。总为自家生意遂，人间爱道为渠媚。

《醉落魄》

柳烟淡薄，月中闲杀秋千索。踏青挑菜都过却，陡忆今朝，又失湔裙约。落红一阵飘帘幕，隔帘错怨东风恶，披衣小立阑干角，摇荡花枝，哑哑南飞鹊。

《虞美人》

杜鹃千里啼春晚，故国春心断。海门空阔月皑皑，依旧素车白马夜潮来。山川城郭都非故，恩怨须臾误。人间孤愤最难平，消得几回潮落又潮生。

《鹧鸪天·庚申除夕和吴伯宛舍人》

绛蜡红梅竞作花，客中惊又度年华。离离长柄垂天斗，隐隐轻雷隔巷车。

斟醁（lù）醑（xǔ），和尖叉。新词飞寄舍人家。可将平日丝纶手，系取今宵赴壑蛇。

《百字令·题孙隘庵（南窗寄傲图）》

楚灵均俊，数柴桑，第一伤心人物。招屈亭前千古水，流向浔阳百折。夷叔西陵，山阳下国，此恨那堪说。寂寥千载，有人同此伊欝（yù）。堪叹招隐图成，赤明龙汉，小劫须臾阅。试与披图寻甲子，尚记义熙年月。归鸟心期，孤云身世，容易成华发。乔松无恙，素心还问霜杰。

《霜花腴·用梦窗韵补寿彊邨（cūn）侍郎》

海漘（chún）倦客，是赤明延康，旧日衣冠。坡老黎邨，冬郎闽峤，中年陶写应难。醉乡尽宽。更紫茱萸、黄菊尊前。剩沧江、梦绕觚棱，斗边槎（chá）外恨高寒。回首凤城花事，便玉河烟柳，总带栖蝉。写艳霜边，疏芳篱下，消磨十样蛮笺。载将画船。荡素波、凉月娟娟。倩郦泉、与驻秋容，重来扶醉看。

《清平乐·况夔笙太守索题（香南雅集图）》

蕙兰同畹，着意风光转。劫后芳华仍畹转，得似凤城初见。旧人惟有何戡，玉宸宫调曾谙。断肠杜陵诗句，落花时节江南。

《少年游》

垂杨门外，疎灯影里，上马帽檐斜。紫陌霜浓，青松月冷，炬火散林鸦。酒醒起看西窗上，翠竹影交加。跌宕歌词，纵横书卷，不与遣年华。

《阮郎归》

美人消息隔重关，川途弯复弯。沉沉空翠厌征鞍，马前山复山。浓泼黛，缓拖鬟，当年看复看。只余眉样在人间，相逢艰复艰。

《虞美人》

碧苔深锁长门路，总为蛾眉误。自来积毁骨能销，何况真红一点臂砂娇。

妾身但使分明在，肯把朱颜悔。从今不复梦承恩，且自簪花坐赏镜中人。

《浣溪沙》

六郡良家最少年，戎装骏马照山川。闲抛金弹落飞鸢。何处高楼无可醉，谁家红袖不相怜？人间那信有华颠。

《点绛唇》

厚地高天，侧身颇觉平生左。小斋如舸，自搊（yǔ）回旋可。聊复浮生，得此须臾我。干坤大，霜林独坐，红叶纷纷堕。

《蝶恋花》

满地霜华浓似雪，人语西风，瘦马嘶残月。一曲阳关浑未彻，车声渐共歌声咽。换尽天涯芳草色，陌上深深，依旧年时辙。自是浮生无可说，人间第一耽离别。

《蝶恋花》

斗觉宵来情绪恶，新月生时，黯黯伤离索。此夜清光浑似昨，不辞自下深深幕。何物尊前哀与乐，已坠前欢，无据他年约。几度烛花开又落，人间须信思量错。

《蝶恋花》

百尺朱楼临大道，楼外轻雷，不间昏和晓。独倚阑干人窈窕，闲中数尽行人小。一霎车尘生树杪，陌上楼头，都向尘中老。薄晚西风吹雨到，明朝又是伤流潦。

《蝶恋花》

黯淡灯花开又落，此夜云踪，知向谁边着。频弄玉钗思旧约，知君未忍浑抛却。妾意苦专君苦博，君似朝阳，妾似倾阳藿。但与百花相斗作，君恩妾命原非薄。

《浣溪沙》

掩卷平生有百端，饱更忧患转冥顽。偶听啼鴂怨春残。坐觉无何消白日，更缘随例弄丹铅。闲愁无分况清欢。

《清平乐》

垂杨深院，院落双飞燕。翠幕银灯春不浅，记得那时初见。眼波靥晕微流，尊前却按凉州。拚取一生肠断，消他几度回眸。

《浣溪沙》

漫作年时别泪看，西窗蜡炬尚丸澜。不堪重梦十年间。斗柄又垂天直北，官书坐会岁将阑。更无人解忆长安。

《谒金门》

孤檠（qíng）侧，诉尽十年踪迹。残夜银釭无气力，绿窗寒恻恻。落叶瑶阶狼藉，高树露华凝碧。露点声疎人语密，旧欢远处觅。

《苏幕遮》

倦凭阑，低拥髻，丰颊秀眉，犹是年时意。昨夜西窗残梦里，一霎幽欢，不似人间世。恨来迟，防醒易。梦里惊疑，何况醒时际。凉月满窗人不寐，香印成灰，总作回肠字。

《浣溪沙》

本事新词定有无，斜行小草字模糊。灯前肠断为谁书？隐几窥君新制作，

背灯数妾旧欢娱。区区情事总难符。

《蝶恋花》

袅袅鞭丝冲落絮，归去临春，试问春何许。小阁重帘天易暮，隔帘阵阵飞红雨。刻意伤春谁与诉，闷拥罗衾，动作经旬度。已恨年华留不住，争知恨里年华去。

《蝶恋花》

窗外绿阴添几许，剩有朱樱，尚系残红住。老尽莺雏无一语，飞来衔得樱桃去。坐看画梁双燕乳，燕语呢喃，似惜人迟暮。自是思量渠不与，人间总被思量误。

《点绛唇》

屏却相思，近来知道都无益。不成抛掷，梦里终相觅。醒后楼台与梦俱明灭。西窗白。纷纷凉月，一院丁香雪。

《清平乐》

斜行淡墨，袖得伊书迹。满纸相思容易说，只爱年年离别。罗衾独拥黄昏，春来几点啼痕。厚薄不关妾命，浅深只问君恩。

《浣溪沙》

已落芙蓉并叶凋，半枯萧艾过墙高。日斜孤馆易魂销。坐觉清秋归荡荡，眼看白日去昭昭。人间争度渐长宵！

《蝶恋花》

月到东南秋正半，双阙中间，浩荡流银汉。谁起水精帘下看？风前隐隐闻箫管。凉露湿衣风拂面，坐爱清光，分照恩和怨。苑柳宫槐浑一片，长门西去昭阳殿。

《菩萨蛮》

回廊小立秋将半，婆娑树影当阶乱。高树是东家，月华笼露华。碧二，都作回肠字。独有倚人，断肠君不闻。

王国维诗学理论摘选

通俗篇

1. 摘选自《国学丛刊序》

学有三大类，曰：科学也，史学也，文学也。凡记述事物而求其原因、定其理法者，谓之科学。求事物变迁之迹而明其因果者，谓之史学。至出入二者间，而兼有玩物适情之效者，调之文学。然各科学有各科学之沿革，而史学又有史学之科学（加刘知几《史通》之类）。若夫文学，则有文学之学（加《文心雕龙》之类）焉，有文学之史（如各史文苑传）焉，而科学、史学之杰作亦即文学之杰作。故三者非斠（jiào）然有疆界，而学术之蕃变，书籍之浩瀚，得以此三者括之焉。

2. 摘选自《红楼梦评论》

吾人之知识与实践之二方面，无往而不与生活之欲相关系，即与苦痛相关系。兹有一物焉，使吾人超然于利害之外，而忘物与我之关系。此时也，吾人之心无希望，无恐怖，非复欲之我，而但知之我也。此犹积阴弥月而旭日杲杲也；犹覆舟大海之中，浮沉上下，而飘著于故乡之海岸也；犹阵云惨淡，而插翅之天使赍（jī）平和之福音而来者也；犹鱼之脱于罾（zēng）网，鸟之自樊笼出，而游于山林江海也。然物之能使吾人超然于利害之外者，必其物之于吾人无利害之关系而后可，易言以明之，必其物非实物而后可。然则非美术何足以当之乎？夫自然界之物，无不与吾人有利害之关系，纵非直接亦必间接相关系者也。苟吾人而能忘物与我之关系而观物，则夫自然界之山明水媚，鸟飞花落，固无往而非华胥之国，极乐之土也。岂独自然界而已，人类之言语动作，悲欢啼笑，孰非美之对象乎？然此物既与吾人有利害之关系，而吾人欲强离其关系而观之，自非天才，岂易及此？于是天才者出，以其所观于自然人生中者，复现之于美术中，而使中智以下之人，亦因其物之与己无关系，而超然于利害之外。是故观物无方，因人而变。濠上之鱼，庄、惠之所乐也，而渔父袭之以网罟（gǔ）；舞雩之木，孔曾之所憩也，而樵者继之以斤斧。若物非有形，心无所住，则虽殉财之夫，贵私之子，宁有对曹霸、韩干之马，而计驰骋之乐，见毕宏、韦偃之松，而思栋梁之用，求好逑于雅典之偶，思税驾于金字之塔者哉？故美术之为物，欲者不观，观者不欲。而艺术之美所以优于自然之美者，全存于使人易忘物我之关系也。

3. 摘选自《古雅之在美学上之位置》

美之性质、一言以蔽之，曰：可爱玩而不可利用者是已。虽物之美者有时亦足供吾人之利用，但人之视为美时，决不计及其可利用之点。其性质如是，故其价值亦存于美之自身，而不存乎其外。

4. 摘选自《〈中国名画集〉序》

且夫张而必弛者，文武之道；劳而求息者，含生之情。然走狗斗鸡，颇乖大雅；弹棋博簺（sài），易入机心。若夫象在而遗其形，心生而无所住，则岂有对曹霸、韩干之马，而计驰骋之乐；见毕宏、韦偃之松，而思栋梁之用？会心之处不远，鄙吝之情聿（yù）销，诚遣日之良方，亦息肩之胜地。

5. 摘选自《孔子之美育主义》

美之为物，不关于吾人之利害者也。吾人观美时亦不知有一己之利害。德意志之大哲人汗德（按，康德）以美之快乐为不关利害之快乐。至叔本华而分析观美之状态为二原质：

（1）被观之对象，非特别之物，而此物之种类之形式；（2）观看之意识，非特别之我，而纯粹无欲之我也。（《意志及观念之世界》第一册二百五十三页）何则？由叔氏之说，人之根本在生活之欲，而欲常起于空乏；既偿此欲，则此欲以终：然欲之被偿者一，而不偿者十百；一欲既终，他欲随之，故究竟之慰藉终不可得。苟吾人之意识而充以嗜欲乎？吾人而为“嗜欲之我”

乎？则亦长此辗转于空乏、希望与恐怖之中而已，欲求福祉与宁静，岂可得哉！然吾人一旦因他故，而脱此嗜欲之网，则吾人之知识已不为嗜欲之奴隶，于是得所谓“无欲之我”。无欲故无空乏，无希望，无恐怖，其视外物也，不以为与我有利害之关系，而但视为纯粹之外物。此境界惟观美时有之。苏子瞻所谓“寓意于物”（《宝绘堂记》）；邵子曰：“圣人所以能一万物之情者，谓其能反观也。所以谓之反观者，不以我观物也；不以我观物者，以物观物之谓也。既能以物观物，又安有我于其间哉？”（《皇极经世·观物内篇》七）此之谓也。

其咏之于诗者，则如陶渊明云：“采菊东篱下，悠然见南山。山气日夕佳，飞鸟相与还。此中有真意，欲辨已忘言”；谢灵运云：“昏旦变气候，山水含清晖，清晖能娱人，游子憺忘归”；或如白伊龙（按，拜伦）云：

“I live not in myself，But I become

Portion of that around me；And to me

High mountains are a feeing。”

皆善咏此者也。

6. 摘选自 《孔子之美育主义》

夫岂独天然之美而已，人工之美亦有之。宫观之瑰杰，雕刻之优美雄丽，图画之简淡冲远，诗歌、音乐之直诉人之肺腑，皆使人达于无欲之境界。故泰西自雅里大德勒（按，亚里士多德）以后，皆以美育为德育之助。（中略）及德意志之大诗人希尔列尔（按，席勒）出，而大成其说，谓人日与美相接，则其感情日益高，而暴慢鄙倍之心自益远。故美术者科学与道德之生产地也。又谓审美之境界乃不关利害之境界，故气质之欲灭，而道德之欲得由之以生。故审美之境界乃物质之境界与道德之境界之津梁也。于物质之境界中，人受制于天然之势力；于审美之境界则远离之；于道德之境界则统御之。（希氏论人类美育之书简）

7. 摘选自 《屈子文学之精神》

诗歌者，描写人生者也（用德国大诗人希尔列尔之定义）。此定义未免太狭，今更广之曰：描写自然及人生，可乎？然人类之兴味，实先人生而后自然。故纯粹之模山范水，流连光景之作，自建安以前，殆未之见。而诗歌之题目皆以描写自己之感情为主，其写景物也，亦必以自己深邃之感情为之素地，而始得于特别之境遇中，用特别之眼观之。故古代之诗所描写者，特人生之主观的方面，而对人生之客观的方面及纯处于客观界之自然，断不能以全力注之也。故对古代之诗，前之定义宁苦其广，而不苦其隘也。

8. 摘选自 《屈子文学之精神》

诗歌者，感情的产物也。虽其中之想象的原质（即知力的原质），亦须有肫（zhūn）挚之感情为之素地，而后此原质乃显。故诗歌者实北方文学之产物，而非儇（xuān）薄冷淡之夫所能讬（tuō）也。观后世之诗人，若渊明，若子美，无非受北方学派之影响者，岂独一屈子然哉！岂独一屈子然哉！

9. 摘选自 《屈子文学之精神》

然南方文学中，又非无诗歌的原质也。南人想象力之伟大丰富，胜于北人远甚。彼等巧于比类而善于滑稽。故言大，则有若北溟之鱼；语小，则有若蜗角之国；语久，则大椿冥灵；语短，则蟪蛄（huì gū）朝菌。至于襄城之野，宅圣皆迷；汾水之阳，四子独往：此种想象决不能于北方文学中发见之。故《庄》《列》书中之某部分，即谓之“散文诗”，无不可也。夫儿童想象力之活泼。此人人公认之事实也。国民文化发达之初期亦然。古代印度及希腊之壮丽之神话，皆此等想象之产物。以我中国论，则南方之文化发达较后于北方，则南人之富于想象，亦自然之势也。此南方文学中之诗歌的特质之优于北方文学者也。

10. 摘选自 《论哲学家与美术家之天职》

今夫人积年月之研究，而一旦豁然悟宇宙人生之真理，或以胸中惝恍不可捉摸之意境，一旦表诸文字、绘画、雕刻之上，此固彼天赋之能力之发展，而此时之快乐，决非南面王之所能易者也。

11. 摘选自 《宋元戏曲史》

然元剧最佳之处，不在其思想结构，而在其文章。其文章之妙，亦一言以蔽之，曰，有意境而已矣，何以谓之有意境？曰：写情则沁人心脾，写景则在人耳目，述事则如其口出是也。古诗词之佳者，无不如是，元曲亦然。明以后，其思想结构，尽有胜于前人者，惟意境则为元人所独擅。

12. 摘选自 《奏定经学科大学文学科大学章程书后》

特如文学中之诗歌一门，尤与哲学有同一之性质。其所欲解释者，皆宇宙人生上根本之问题，不过其解释之方法：一直观的，一思考的；一顿悟的，一合理的耳。读者观格代（歌德）、希尔列尔（席勒）之戏曲，所负于斯披诺若（斯宾诺莎）、汗德（康德）者如何，则思过半矣。

13. 摘选自 《论哲学家与美术家之天职》

夫哲学与美术之所志者，真理也。真理者，天下万世之真理，而非一时之真理也。其有发明此真理（哲学家），或以记号表之（美术）者，天下万世之功绩，而非一时之功绩也。惟其为天下万世之真理，故不能尽与一时一国之利益合，且有时不能相容，此即其神圣之所存也。

14. 摘选自 《哲学辨惑》

教育学者，实不过心理学、伦理学、美学之应用，心理学之为自然科学，而与哲学分离，仅曩（nǎng）日之事耳。若伦理学与美学，则尚俨然为哲学中之二大部。今夫人之心意，有智力，有意志、有感情。此三者之理想，曰真、曰善、曰美。哲学实综合此三者而论其原理者也。教育之宗旨亦不外造就真、善、美之人物。故谓教育学上之理想，即哲学上之理想，无不可也。

15. 摘选自 《奏定经学科大学文学科大学章程书后》

人于生活之欲外，有知识焉，有感情焉。感情之最高之满足，必求之文

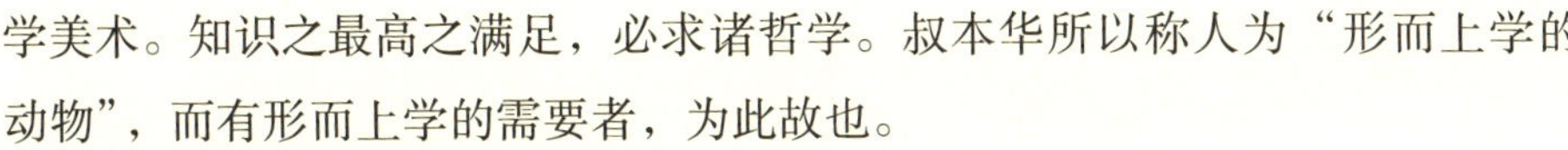
学美术。知识之最高之满足，必求诸哲学。叔本华所以称人为“形而上学的动物”，而有形而上学的需要者，为此故也。

16. 摘选自 《论性》

夫岂独宗教而已，历史之所纪述，诗人之所悲歌，又孰非此善恶二性之争斗乎？但前者主纪外界之争，后者主述内界之争，过此以往，则吾不知其区别也。

17. 摘选自 《去毒篇》

若夫上流社会，则其知识既广，其希望亦较多，故宗教之对彼，其势力不能如对下流社会之大，而彼等之慰藉不得不求诸美术。美术者，上流社会之宗教也。

18. 摘选自 《古雅之在美学上之位置》

一切之美，皆形式之美也。就美之自身言之，则一切优美皆存于形式之对称、变化及调和；至宏壮之对象，汗德（康德）虽谓之无形式，然以此种无形式之形式能唤起宏壮之情故，谓之形式之一种，无不可也。就美术之种类言之，则建筑、雕刻、音乐之美之存于形式，固不俟论，即图画、诗歌之美之兼存于材质之意义者，亦以此等材质适于唤起美情故，故亦得视为一种之形式焉。释迦与马利亚庄严圆满之相，吾人亦得离其材质之意义，而感无限之快乐，生无限之钦仰。戏曲、小说之主人翁及其境遇，对文章之方面言之，则为材质；然对吾人之感情言之，则此等材质又为唤起美情之最适之形式。故除吾人之感情外，凡属于美之对象者，皆形式而非材质也。

19. 摘选自 《古雅之在美学上之位置》

美学上之区别美也，大率分为二种：曰优美，曰宏壮。自巴克及汗德（康德）之书出，学者殆视此为精密之分类矣。至古今学者对优美及宏壮之解释，各由其哲学系统之差别而各不同。要而言之，则前者由一对象之形式不关于吾人之利害，遂使吾人忘利害之念，而以精神之全力沉浸于此对象之形式中。自然及艺术中普通之美，皆此类也。后者则由一对象之形式越乎吾人知力所能驭之范围，或其形式太不利于吾人，而又觉其非人力所能抗，于是吾人保存自己之本能，遂超越乎利害之观念外，而达观其对象之形式。如自然中之高山大川、烈风雷雨，艺术中伟大之宫室、悲惨之雕刻象、历史画、戏曲、小说等，皆是也。此二者，其可爱玩而不可利用也同。

20. 摘选自 《红楼梦评论》

至美术中之与二者（按，优美、壮美）相反者，名之曰眩惑。夫优美与壮美皆使吾人离生活之欲，而入于纯粹之知识者；若美术中而有眩惑之原质乎，则又使吾人自纯粹之知识出，而复归于生活之欲。如“粔籹（jù nǚ）蜜饵”，《招魂》《启》《发》之所陈；“玉体横陈”，周昉仇英之所绘；《西厢记》之《酬柬》，《牡丹亭》之《惊梦》，伶元之传《飞燕》，杨慎之赝《秘辛》：徒讽一而劝百，欲止沸而益薪，所以子云有靡靡之诮（qiào），法秀有绮语之诃。虽则梦幻泡影，可作如是观，而拔舌地狱专为斯人设者矣。故眩惑之于美，如甘之于辛，火之于水，不相并立者也。吾人欲以眩惑之快乐，医人世之苦痛，是犹欲航断港而至海，入幽谷而求明，岂徒无益，而又增之。则岂不以其不能使人忘生活之欲，及此欲与物之关系，而反鼓舞之也哉？眩惑之与优美及壮美相反对，其故实存于此。

21. 摘选自 《苕华词·蝶恋花》

落落盘根真得地。涧畔双松，相背呈奇态。势欲拼飞终复坠，苍龙下饮东溪水。溪上平冈千叠翠。万树亭亭，争作拏云势。总为自家生意遂，人间爱道为渠媚。

22. 摘选自 《汗德像赞》

笃生哲人，凯尼之堡。息波众喙，示我大道。观外于空，观内于时。诸果粲（càn）然，厥因之随。凡此数者。知物之式，存于能知，不存于物。匪言之艰，证之维艰。云霾解驳，秋山巉巉（chán）。赤日中天，烛彼穷阴。丹凤在霄，百鸟皆喑。谷可如陵，山可为薮（sǒu）。万岁千秋，公名不朽！

23. 摘选自 《叔本华像赞》

觥觥先生，集其大成。载厚其址，以筑百城。刻桷（jué）飞甍（méng），俯视星斗。懦夫骇焉，流汗却走。天眼所观，万物一身。搜源去欲，倾海量仁（原注：但指其学说言）。嗟予冥行，百无一可。欲生之戚，公既诏我。公虽云亡，公书则存。愿言千复，奉以终身。

24. 摘选自 《叔本华之哲学及其教育学说》

叔本华于知识论上奉汗德（康德）之说，曰：世界者，吾人之观念也。一切万物，皆由充足理由之原理决定之，而此原理，吾人知力之形式也。物之为吾人所知者，不得不入此形式。故吾入所知之物，决非物之自身，而但现象而已。易言以明之，吾人之观念而已，然则物之自身，吾人终不得而知之乎？叔氏曰：否！他物则吾不可知，若我之为我，则为物之自身之一部，昭昭然矣。而我之为我，其现于直观中时，则块然空间及时间中之一物，与万物无异；然其现于反观时，则吾人谓之意志而不疑也。而吾人反观时，无知力之形式行乎其间，故反观时之我，我之自身也。然则我之自身，意志也。而意志与身体，吾人实视为一物。故身体者，可谓之意志之客观化，即意志之入于知力之形式中者也。吾人观我时，得由此二方面；而观物时，只由一方面，即惟由知力之形式中观之，故物之自身，遂不得而知。然由观我之例推之，则一切物之自身，皆意志也。叔本华由此以救汗德（康德）批评论之失，而再建形而上学。

25. 摘选自 《叔本华之哲学及其教育学说》

于是叔氏更由形而上学，进而说美学。夫吾人之本质，既为意志矣，而意志之所以为意志，有一大特质焉，曰：生活之欲。何则？生活者，非他，不过自吾人之知识中，所观之意志也。吾人之本质，既为生活之欲矣，故保存生活之事，为人生之惟一大事业。且百年者，寿之大齐，过此以往，吾人所不能暨也，于是向之图个人之生活者，更进而图种姓之生活。一切事业皆超于此。吾人之意志，志此而已；吾人之知识，知此而已。既志此奖，既知此矣。于是满足与空乏，希望与恐怖，数者如环无端，而不知其所终。目之所观，耳之所闻，手足所触，心之所思，无往而不与吾人之利害相关，终身仆仆而不知所税驾者，天下旨是也。然则此利害之念，竟无时或息欤？吾人于此桎梏之世界中，竟不获一时救济欤？曰：有。惟美之为物，不与吾人之利害相关系，而吾人观美时，亦不知有一己之利害。何则？美之对象，非特别之物，而此物之种类之形式；又观之之我，非特别之我，而纯粹无欲之我也。夫空间、时间，既为吾人直观之形式，物之现于空间皆并立，现于时间者皆相续，故现于空间、时间者，皆特别之物也。既视为特别之物矣，则此物与我利害之关系，欲其不生于心，不可得也。若不视此物为与我有利害之关系，而但观其物，则此物已非特别之物，而代表其物之全种，叔氏谓之日“实念”。故美之知识，“实念”之知识也。而美之中，又有优美与壮美之别。今有一物，令人忘利害之关系，而玩之而不厌者，谓之曰优美之感情。若其物直接不利于吾人之意志，而意志为之破裂，惟由知识冥想其理念者，谓之曰壮美之感情。然此二者之感吾人也，因人而不同。其知力弥高，其感之也弥深。独天才者，由其知力之伟大，

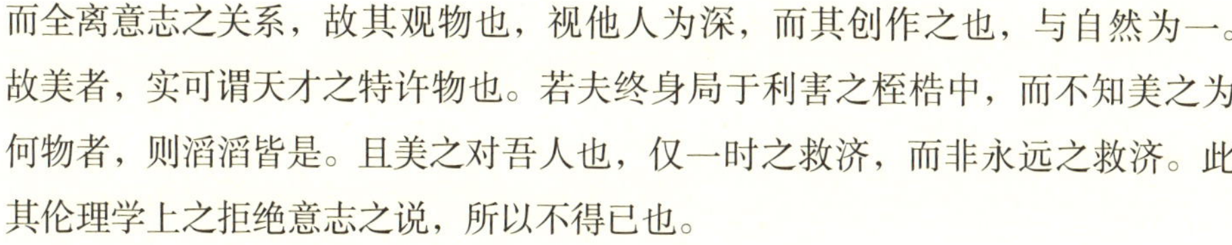
而全离意志之关系，故其观物也，视他人为深，而其创作之也，与自然为一。故美者，实可谓天才之特许物也。若夫终身局于利害之桎梏中，而不知美之为何物者，则滔滔皆是。且美之对吾人也，仅一时之救济，而非永远之救济。此其伦理学上之拒绝意志之说，所以不得已也。

创作篇

1. 摘选自《红楼梦评论》

美术之务，在描写人生之苦痛与其解脱之道，而使吾侪（chái）冯生之徒，于此桎梏之世界中，离此生活之欲之争斗，而得暂时之平和。此一切美术之目的也。

2. 摘选自《人间嗜好之研究》

若夫最高尚之嗜好，如文学美术，亦不外势力之欲之发表。希尔列尔（席勒）既谓儿童之游戏，存于用剩余之势力矣，文学美术，亦不过成人之精神的游戏，故其渊源之存于剩余之势力，无可疑也。且吾人内界之思想感情，平时不能语诸人，或不能以庄语表之者，于文学中，以无人与我一定之关系故，故得倾倒而出之。易言以明之，吾人之势力，所不能于实际表出者，得以游戏表出之是也。若夫真正之大诗人，则又以人类之感情，为其一己之感情。彼其势力充实，不可以已，遂不以发表自己之感情为满足，更进而欲发表人类全体之感情。彼之著作，实为人类全体之喉舌。而读者于此，得闻其悲欢啼笑之声，遂觉自己之势力亦为之发扬而不能自已。故自文学言之，创作与赏鉴之二方面，亦皆以此势力之欲，为之根柢（dǐ）也。文学既然，他美术何独不然。

3. 摘选自《国学丛刊序》

一切艺术悉由一切学问出，古人所谓“不学无术”非虚语也。夫天下之事物，非由全，不足以知曲，非致曲，不足以知全。虽一物之解释，一事之决断，非深知宇宙人生之真相者不能为也；而欲知宇宙人生者，虽宇宙中之一现象，历史上之一事实，亦未始无所贡献。故深湛幽渺之思，学者有所不避焉；迂远繁琐之讥，学者有所不辞焉。事物无大小，无远近，苟思之得其真，纪之得其实，极其会归，皆有裨（bì）于人类之生存福祉。己不竟其绪，他人当能竟之；今不获其用，后世当能用之。此非苟且玩愒（kài）之徒，所与知也。

4. 摘选自《五月二十三夜出阊门驱车至觅渡桥》见《静安诗稿》

小斋竟日兀营营，忽试霜蹄四马轻。萤火时从风里堕，雉垣偏向电边明。静中观我原无碍，忙里哦诗却易成。归路不妨冒雷雨，兹游快绝冠平生。

5. 摘选自《古雅之在美学上之位置》

“美术（指艺术）者，天才之制作也。”此自汗德（康德）以来百余年间学者之定论也。

6. 摘选自《〈中国名画集〉序》

夫学须才也，才须学。是以右相丹青，坐卧僧繇之侧；率更翰墨，徘徊索靖之旁。近世画师，罕窥其迹，见华亭而求北苑，执娄水以觅大痴，既模仿之不知，于创作乎何有！

7. 摘选自《古雅之在美学上之位置》

若夫优美及宏壮，则非天才，殆不能捕攫（jué）之而表出之。今古第三流以下之艺术家，大抵能雅而不能美且壮者，职是故也。以绘画论，则有若国朝之王翚（huī），彼固无艺术上之天才，但以用力甚深之故，故摹古则优，而自运则劣，则岂不以其舍其所长之古雅，而欲以优美、宏壮与人争胜也哉？以文学论，则除前所述匡、刘诸人外，若宋之山谷，明之青邱、历下，国朝之新城等，其去文学上之天才盖远，徒以有文学上之修养故，其所作遂带一种典雅之性质。而后之无艺术上之天才者，亦以其典雅故，遂与第一流之文学家等类而观之。然其制作之负于天分者十之二三，而负于人力者十之七八，则固不难分析而得之也。

8. 摘选自 《古雅之在美学上之位置》

“夜阑更秉烛，相对如梦寐”（杜甫《羌村》诗）之于“今宵剩把银釭照，犹恐相逢是梦中”（晏几道《鹧鸪天》词），“愿言思伯，甘心首疾”《（诗·卫风·伯兮》）之于“衣带渐宽终不悔，为伊消得人憔悴”（欧阳修《蝶恋花》词），其第一形式同。而前者温厚，后者刻露者，其第二形式异也。一切艺术无不皆然。于是，有所谓雅俗之区别起。

9. 摘选自 《古雅之在美学上之位置》

虽第一形式之本不美者，得由其第二形式之美（雅），而得一种独立之价值。茅茨土阶，与夫自然中寻常琐屑之景物，以吾人之肉眼观之，举无足与于优美若宏壮之数。然一经艺术家（绘画若诗歌）之手，而遂觉有不可言之趣味。此等趣味，不自第一形式得之，而自第二形式得之，无疑也。绘画中之布置，属于第一形式，而使笔使墨，则属于第二形式。凡以笔墨见赏于吾人者，实赏其第二形式也。此以低度之美术（如法书等）为尤甚。三代之钟鼎，秦汉之摹印，汉魏六朝唐宋之碑帖，宋元之书籍等，其美之大部，实存于第二形式。吾人爱石刻，不如爱真跡，又其于石刻中，爱翻刻不如爱原刻，亦以此也。

10. 摘选自 《屈子文学之精神》

若北方之人，则往往以坚忍之志，强毅之气，持其改作之理想，以与当日之社会争，而社会之仇视之也，亦与其仇视南方学者无异，或有甚焉。故彼之视社会也，一时以为寇，一时以为亲，如此循环，而遂生欧穆亚之人主观。《小雅》中之杰作，皆此种竞争之产物也。且北方之人，不为离世绝俗之举，而日周旋于君臣父子夫妇之间。此等在在界以诗歌之题目，与以作诗之动机。此诗歌的文学，所以独产于北方学派中，而无与于南方学派者也。

11. 摘选自 《二田画庼 （qǐng） 记》

夫绘画之可贵者，非以其所绘之物也。必有我焉以寄于物之中。故自其外而观之，则山水、云树、竹石、花草，无往而非物也；自其内而观之，则子久也，仲圭也，元镇也，叔明也，吾见之于墙而闻其謦咳矣。且子久不能为仲圭，仲圭不能为元镇，元镇、叔明不能为子久、仲圭，则以子久之我，非仲圭之我，而仲圭、元镇、叔明三人者，亦各自有其我故也。画之高下，视其我之高下。一人之画之高下，又视其一时之我之高下。

所谓真我者，得之于天，不以境遇易。

12. 摘选自《此君轩记》

善画竹者亦然。彼独有见于其原，而直以其胸中潇洒之致，劲直之气，一寄之于画。其所写者，即其所观，其所观者，即其所畜者也。物我无间，而道艺为一，与天冥合，而不知其所以然。故古之工画竹者，亦高致直节之士为多，如宋之文与可、苏子瞻，元之吴仲圭是已。

13. 摘选自《二田画庼记》

石田之画，荟蔚沈厚，得气之夏，其所写者，虽小草拳石，而有土厚水深之势。南田之画，融和骀（tái）荡，得气之春，其所写者，虽枯木断流，而皆有苏生旁出之意，此其不能相为者也。其于书也亦然。石田之书，瘦硬如黄山谷，南田之书，秀媚如褚登善。而二田之书，又非登善、山谷之书也。彼各有所谓我者在也。

14. 摘选自《待时轩仿古鉩（xǐ）印谱序》

（罗）子期笃嗜篆刻。其家所蓄，有秦汉古鉩印千百钮，及近世所出古鉩印谱録数十种。子朗年幼而志锐，浑浑焉，浩浩焉，日摩挲耽玩于其中。其于世之所谓高名厚利，未尝知也；世人虚憍（jiāo）鄙倍之作，未尝见也；其泽于古也至深，而于今也若遗。故其所作，于古人准绳规矩，无毫发遗憾，乃至并其精神意味之不可传者而传之。其伎如庖丁之解牛，痀（gōu）偻丈人之承蜩（tiáo），纵指之所至，无不中者。其全于天者欤？其诸不为风俗所转，而能转移风俗者欤？风俗之转移，艺术之幸，抑非徒艺术之幸也。

15. 摘选自《偶成》，见《静安诗稿》

文章千古事，亦与时荣枯。并世盛作者，人握灵蛇珠。朝菌媚初日，容色非不腴。飘风夕以至，零落委泥涂。且复舍之去，周流观石渠。蔽亏东观籍，繁会南郭竽。譬如贰负尸，桎梏南山隅。恒千块犹存，精气荡无余。小子瞢（měng）无状，亦复事操觚。自忘宿瘤质，揽镜学施朱。东家与西舍，假得紫罗襦。主者虽不索，跬步终趑（zī）趄。且当养毛羽，勿作南溟图。

16. 摘选自《拼飞》，见《静安诗稿》

拼飞懒逐九秋雕，孤耿真成八月蜩。偶作山游难尽兴，独寻僧话亦无聊。欢场只自增萧瑟，人海何由慰寂寥。不有言愁诗句在，闲愁那得暂时消。

17. 摘选自《古剧脚色考》

自气质言之，则亿兆人，非有亿兆种之气质，而可以数种该之。此数种者，虽视为亿兆人气质之标本，可也。吾中国之言气质者，始于《洪范》三德，宋儒亦多言“气质之性”，然未有加以分类者。独近世戏剧中之脚色，隐有分类之意，虽非其本旨，然其后起之意义如是，不可诬也。脚色最终之意义，实在于此。以品性必观其人之言行而后见，而气质则可于容貌、声音、举止间一览而得故也。

18. 摘选自《录曲余谈》

罗马医学大家额伦，谓人之气质有四种：一，热性，二，冷性，三，郁性，四，浮性也。我国剧中脚色之分，隐与此四种合。大抵“净”为热性，“生”为郁性；“副净”与“丑”，或浮性而兼冷性，或浮性而兼热性。虽我国作戏曲者，尚不知描写性格，然脚色之分，则有深意义存焉。

19. 摘选自《宋元戏曲史》

宋杂剧、金院本二目所观之人物，若“姐”，若“旦”，若“徕’，则示其男女及年龄；若“孤”，若“酸”、若“爷老”、若“邦老”，则示其职业及位置；若“厥”、若“偌”，则示其性情举止（其解均见拙著《古剧脚色考》)：若“哮”、若“郑”，若“和”，虽不解其义，亦当有所指示。然此等皆有某脚色以扮之，而其自身非脚色之名，则可信也。

20. 摘选自《书叔本华遗传说后》

至其（按，叔本华）谓父之知力，不能遗传于子者，此尤与事实大反对者也。兹就文学家言之：以司马迁、班固之史才，而有司马谈、班彪为之父。以枚乘之能文，而有枚皋为之子。且班氏一家，男则有班伯、班叔等，女则前有婕妤，后有曹大家，此决非偶然之事也。以王逸之辞赋，而有子延寿，其《鲁灵光殿赋》且驾班、张而上之。以蔡邕之逸才，而有女文姬。而曹大家及文姬之子，反不闻于后世，则又何也？魏武雄才大略，诗文雄杰，亦称其人。文帝、陈思，固不愧乃父矣；而幼子邓哀王仓舒，以八龄之弱，而发明物理学上比重之理（《魏志·邓哀王传》注）；至高贵乡公髦（máo），犹有先之余烈，其幸太学之问，使博士不能置对以（《魏志》），又善绘事，所绘《卞庄刺虎图》，为宋代宣和内府书画之冠（《铁围山丛谈》）。又孰谓知力之不能自祖父遗传乎？至帝王家文学之足与曹氏媲美者，厥惟萧氏。梁武帝特妙于文学，虽不如魏武，固亦

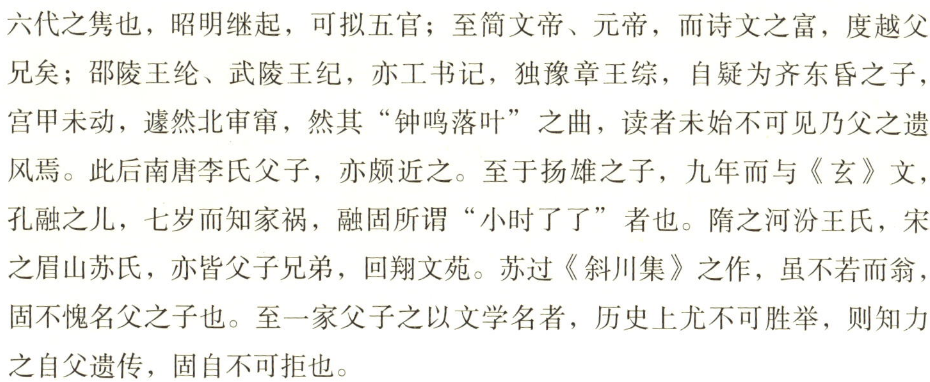

六代之隽也，昭明继起，可拟五官；至简文帝、元帝，而诗文之富，度越父兄矣；邵陵王纶、武陵王纪，亦工书记，独豫章王综，自疑为齐东昏之子，宫甲未动，遽然北审窜，然其“钟鸣落叶”之曲，读者未始不可见乃父之遗风焉。此后南唐李氏父子，亦颇近之。至于扬雄之子，九年而与《玄》文，孔融之儿，七岁而知家祸，融固所谓“小时了了”者也。隋之河汾王氏，宋之眉山苏氏，亦皆父子兄弟，回翔文苑。苏过《斜川集》之作，虽不若而翁，固不愧名父之子也。至一家父子之以文学名者，历史上尤不可胜举，则知力之自父遗传，固自不可拒也。

21. 摘选自 《宋元戏曲史》

后代之戏剧必合言语、动作、歌唱，以演一故事，而后戏剧之意义始全。故真戏剧必与戏曲相表里。

22. 摘选自 《宋元戏曲史》

元剧之词，大抵曲白相生；苟不兼作白，则曲亦无从作，此最易明之理也。今就其存者言之，则《元曲选》中百种，无不有白，此犹可诿为明人之作也。然白中所用之语，如马致远《荐福碑》剧中之“曳刺”，郑光祖《王粲登楼》剧中之“点汤”；一为辽金人语，一为宋人语，明人已无此语，必为当时之作无疑。至《元刊杂剧三十种》，则有曲无白者诚多；然其与《元曲选》复出者，字句亦略相同，而有曲白相生之妙，恐坊间刊刻时，删去其白，如今日坊刊脚本然。盖白则人人皆知，而曲则听者不能尽解。此种刊本，当为供观剧者之便故也。且元剧中宾白，鄙俚蹈袭者固多；然其杰作如《老生儿》等，其妙处全在于白。苟去其白，则其曲全无意味，欲强分为二人之作，安可得也？且周宪王时代，去元未远，观其所自刊杂剧，曲白俱全；则元剧亦当如此，愈以知臧说之不足信矣。

23. 摘选自 《论新学语之输入》

近年文学上有一最著之现象，则新语之输入是已。夫言语者，代表国民之思想者也。思想之精粗广狭，视言语之精粗广狭以为准，观其言语，而其国民之思想可知矣。周、秦之言语，至翻译佛典之时代，而苦其不足。近世之言语，至翻译西籍时，而又苦其不足。是非独两国民之言语间，有广狭精粗之异焉而已。国民之性质，各有所特长，其思想所造之处各异，故其言语，或繁于此而简于彼，或精于甲而疏于乙。此在文化相若之国犹然，况其稍有轩轾者乎？

24. 摘选自《论新学语之输入》

言语者，思想之代表也。故新思想之输入，即新言语输入之意味也。十年以前，西洋学术之输入，限于形而下学之方面，故虽有新字、新语，于文学上尚未有显著之影响也。数年以来，形上之学渐入于中国，而又有一日本焉，为之中间之驿骑。于是日本所造译西语之汉文，以混混之势，而侵入我国之文学界。好奇者滥用之，泥古者唾弃之，二者皆非也。日人所定之语，虽有未精确者，而创造之新语，卒无以加于彼，则其不用之也谓何！日本人多用双字，其不能通者，则更用四字以表之，中国则习用单字：精密不精密之分，全在于此。

25. 摘选自《论新学语之输入》

我国人之特质，实际的也，通俗的也。西洋人之特质，思辨的也，科学的也，长于抽象而精于分类，对世界一切有形无形之事物，无往而不用综括及分析之二法，故言语之多，自然之理也。吾国人之所长，宁在于实践之方面，而于理论之方面，则以具体的知识为满足，至分类之事，则除迫于实际之需要外，殆不欲穷究之也。……故我中国有辩论，而无名学，有文学，而无文法。足以见抽象与分类二者，皆我国人之所不长，而我国学术尚未达自觉之地位也。况于我国夙无之学。言语之不足用，岂待论哉！

26. 摘选自《优语录》序

优人俳语，大都出于演剧之际，故戏剧之源与其迁变之迹，可以考焉。非徒其辞之足以裨阙失，供谐笑而已。吕本中《童蒙训》云：“作杂剧，打猛诨入，却打猛浑出。”吴自牧《梦粱录》谓：“杂剧全托故事，务在滑稽。”洪迈

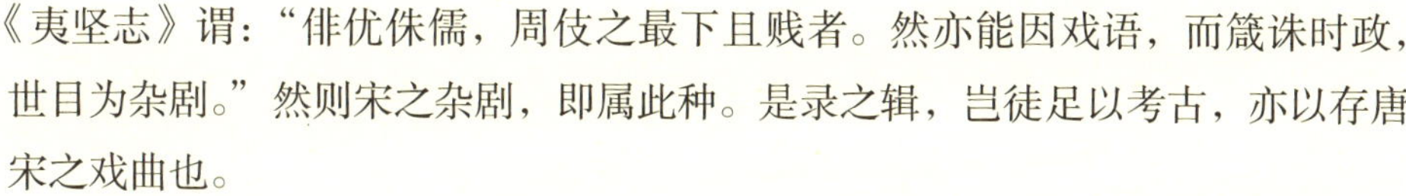

《夷坚志》谓:“俳优侏儒，周伎之最下且贱者。然亦能因戏语，而箴诛时政，世目为杂剧。”然则宋之杂剧，即属此种。是录之辑，岂徒足以考古，亦以存唐宋之戏曲也。

27. 摘选自 《论哲学家与美术家之天职》

披我中国之哲学史，凡哲学家无不欲兼为政治家者。……诗人亦然。“自谓颇腾达，立登要路津，致君尧舜上，再使风俗淳”，非杜子美之抱负乎?“胡不上书自荐达，坐令四海如虞唐”，非韩退之之忠告乎?“寂寞已甘千载笑，驰驱犹望两河平”，非陆务观之悲愤乎！如此者，世谓之大诗人矣。至诗人之无此抱负者，与夫小说、戏曲、图画、音乐诸家，皆以侏儒倡优自处。世亦以侏儒倡优畜之。所谓“诗外尚有事在”。“一命为文人便无足观”，我国人之金科玉律也。呜呼！美术之无独立之价值也，久矣！此无怪历代诗人，多托于忠君爱国劝善惩恶之意，以自解免，而纯粹美术上之著述，往往受世之迫害，而无人为之昭雪者也。此亦我国哲学美术不发达之一原因也。

28. 摘选自 《论哲学家与美术家之天职》

更转而观诗歌之方面，则咏史、怀古、感事、赠人之题目，弥满充塞于诗界。而抒情叙事之作，十百不能得一。其有美术上之价值者，仅其写自然之美之一方面耳。甚至戏曲、小说之纯文学亦往往以惩劝为旨。其有纯粹美术上之目的者，世非惟不知贵，且加贬焉。

29. 摘选自 《静安文集自序》

自癸卯之夏以至甲辰之冬，皆与叔本华之书为伴侣之时代也。其所尤惬心者，则在叔本毕之知识论，汗德（康德）之说，得因之以上窥。然于其人生哲学，观其观察之精锐，与议论之犀利，亦未尝不心怡神释也。后渐觉其有矛盾之处。去夏所作《红楼梦评论》，其立论虽全在叔氏之立脚地，然于第四章内已提出绝大之疑问。旋悟叔氏之说，半出于其主观的气质，而无关于客观的知识，此意于《叔本华及尼采》一文中始畅发之。

30. 摘选自《红楼梦评论》

夫美术之源，出于先天抑由于经验，此西洋美学上至大之问题也。叔本华之论此问题也，最为透辟。……其言（此论本为绘画及雕刻发，然可通之于诗歌小说）曰：

人类之美之产于自然中者，必由下文解释之：即意志于其客观化之最高级（人类）中，由自己之力与种种之情况，而打胜下级（自然力）之抵抗，以占领其物质。且意志之发现于高等之阶级也，其形式必复杂。即以一树言之，乃无数之细胞（雏按，当作"纤维"）合而成一系统者也。其阶级愈高，其结合愈复，人类之身体乃最复杂之系统也。各部分各有一特别之生活：其对全体也，则为隶属；其互相对也，则为同僚。互相调和，以为其全体之说明，不能增也，不能减也。能如此者，则谓之美。此自然中不得多见者也。顾美之于自然中如此，于美术中则何如？或有以美术家为模仿自然者，然彼苟无美之预想存于经验之前，则安从取自然中完全之物而模仿之？又以之与不完全者相区别哉？且自然亦安得时时生一人焉，于其各部分皆完全无缺哉？或又谓美术家必先于人之肢体中，观美丽之各部分，而由之以构成美丽之全体，此又大愚不灵之说也。即令如此，彼又何自知美丽之在此部分，而非彼部分哉？故美之知识，断非自经验的得之，即非后天的，而常为先天的，即不然，亦必其一部分常为先天的也。

吾人于观人类之美，后始认其美。但在真正之美术家，其认识之也，极其明速之度，而其表出乏也，胜乎自然之为。此由吾人之自身，即意志，而于此所判断及发见者，乃意志于最高级之完全之客观化也。惟如是，吾人斯得有美之预想，而在真正之天才，于美之预想外，更伴以非常之巧力。彼于特别之物中认全体之理念，遂解自然之嗫嚅之言语，而代言之，即以自然所百计而不能产出之美，现之于绘画及雕刻中，而若语自然曰："此即汝之所欲言，而不得者也。"苟有判断之能力者，必将应之曰："是。"惟如是，故希腊之天才，能发见人类之美之形式，而永为万世雕刻家之模范。惟如是，故吾人对自然于特别之境遇中，所偶然成功者，而得认其美。此美之预想，乃自先天中所知者，即理想的也；比其现于美术也，则为实际的。何则？此与后

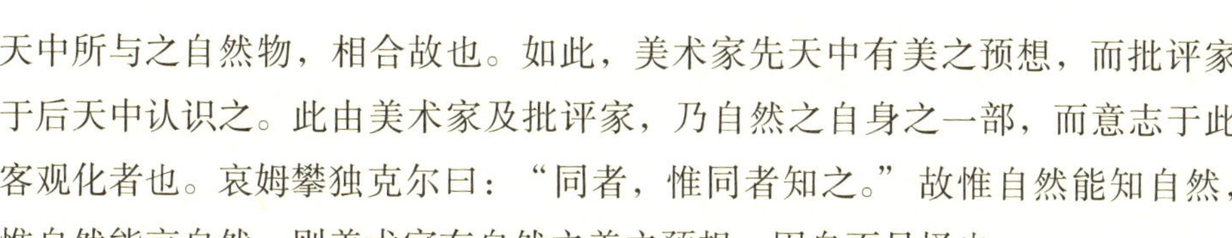

天中所与之自然物，相合故也。如此，美术家先天中有美之预想，而批评家于后天中认识之。此由美术家及批评家，乃自然之自身之一部，而意志于此客观化者也。哀姆攀独克尔曰：“同者，惟同者知之。”故惟自然能知自然，惟自然能言自然。则美术家有自然之美之预想，固自不足怪也。

芝诺芬述苏格拉底之言曰，希腊人之发见人类之美之理想也，由于经验。即集合种种美丽之部分，而于此发见一膝，于彼发见一臂。此大谬之说也。不幸而此说又蔓延于诗歌中。即以狭斯丕尔（莎士比亚）言之，谓其戏曲中所描写之种种之人物，乃其一生之经验中所观察者，而极其全力以模写之者也。然诗人由人性之预想，而作戏曲、小说，与美术家之由美之预想，而作绘画及雕刻，无以异。惟两者于其创造之途中，必须有经验以为之补助。夫然，故其先天中所已知者，得唤起而入于明晰之意识。而后表出之事乃可得而能也。（英译《意志及观念之世界》）

31. 摘选自 《叔本华与尼采》

叔氏谓吾人之知识，无不从充足理由之原则者，独美术之知识不然。其言曰：

一切科学，无不从充足理由原则之某形式者。科学之题目，但现象耳，现象之变化及关系耳。今有一物焉，超乎一切变化关系之外，而为现象之内容，无以名之，名之曰实念。问此实念之知识为何？口：美术是已。夫美术者，实以静观中所得之实念，寓诸一物焉，而再观之。由其所寓之物之区别，而或谓之雕刻，或谓之绘画，或谓之诗歌、音乐。然其惟一之渊源，则存于实念之知识，而又以传播此知识，为其惟一之目的也。一切科学皆从充足理由之形式，当其得一结论之理由也，此理由又不可无他物以为之理由，他理由亦然。譬诸混混长流，永无停潴（zhū）之日。譬诸旅行者，数周地球，而曾不得见天之有涯、地之有角。美术则不然，固无往而不得其息肩之所也。彼由理由结论之长流中，拾其静观之对象，而使之孤立于吾前。而此特别之对象，其在科学中也，则藐然全体之一部分耳；而在美术中，则遽而代表其物之种族之全体。空间时间之形式，对此而失其效，关系之法则，至此而穷于用。故此时之对象非个物，而但其实念也。吾人于是得下美术之定义曰：美术者，离充足理由之原则，而观物之道也。此正与由此原则观物者相反对。后者如地平线，前者如垂直线；后者之延长虽无限，而前者得于某点割之。后者，合理之方法也，惟应用于生活及科学；前者，天才之方法也，惟应用于美术；后者雅里大德勒之方法，前者柏拉图之方法也；后者如终风暴雨，震憾万物而无始终、无目的；前者如朝日漏于阴云之罅（xià），金光直射，而不为风雨所摇。后者如瀑布之水，瞬息变易，而不舍昼夜；前者如涧畔之虹，立于鞳鞺（tà tāng）澎湃之中，而不改其色彩。（英译《意志及观念之世界》）

夫充足理由之原则，吾人知力最普遍之形式也。而天才之观美也，乃不沾沾于此。此说虽本于希尔列尔（schiller，席勒）之“游戏冲动”说，然其为叔氏美学上重要之思想，无可疑也。

32. 摘选自 《叔本华与尼采》

叔本华之天才论曰：

天才者，不失其赤子之心者也。盖人生至七年后，知识之机关即脑之质与量已达完全之域；而生殖之机关，尚未发达。故赤子，能感也，能思也，能教也。其爱知识也，较成人为深，而其受知识也，亦视成人为易。一言以蔽之，曰：彼之知力，盛于意志而已，即彼之知力之作用，远过于意志之所需要而已。故自某方面观之，凡赤子，皆天才也；又，凡天才，自某点观之，皆赤子也。昔海尔台尔（Herder）谓格代（Goethe，歌德）曰“巨孩”。音乐大家穆差德（mozart，莫扎特）亦终生不脱孩气。休利希台额路尔谓彼曰：彼于音乐，幼而惊其长老；然于一切他事，则壮而常有童心者也。（英译《意志及观念之世界》）

……叔氏于其伦理学及形而上学，所视为同一意志之发见者，于知识论及美学上，则分之为种种之阶级，故古今之崇拜天才者，殆未有如叔氏之甚者也。

33. 摘选自 《叔本华与尼采》

叔氏以持知力的贵族主义故，于其伦理学上虽奖卑屈之行，而于其美学上大非谦逊之德，曰：

人之观物之浅深明暗之度不一，故诗人之阶级，亦不一。当其描写所观也，人人殆自以为握灵蛇之珠、抱荆山之玉矣。何则？彼于大诗人之诗中，不见其所描写者或逾于自己。非大诗人之诗之果然也，彼之肉眼之所及，实止于此。故其观美术也，亦如其观自然，不能越此一步也。惟大诗人，见他人之见解之肤浅，而此外尚多描写之余地，始知己能见人之所不能见，而言人之所不能言。故彼之著作不足以悦时人，只以自赏而已。若以谦逊为教，则将并其自赏者，而亦夺之乎？（英译《意志及观念之世界》）

34. 摘选自 《叔本华与尼采》

一切俗子，因其知力为意志所束缚故，但适于一身之目的，由此目的出，于是有俗滥之画，冷淡之诗，阿世媚俗之哲学。何则？彼等自己之价值，但存于其一身一家之福祉，而不存于真理故也。惟知力之最高者，其真正之价值不存于实际，而存于理论，不存于主观，而存于客观，耑耑（duān）焉力索宇宙之真理，而再现之。于是彼之价值，超乎个人之外，与人类自然之性质异。如彼者，果非自然的欤？宁超自然的也。……故图画也，诗歌也，思索也，在彼则为目的，而在他人则为手段也。彼牺牲其一生之福祉，以殉其客观上之目的，虽欲少改焉而不能。（英译《意志及观念之世界》）

叔氏之崇拜天才也如是。

35. 摘选自 《叔本华之哲学及其教育学说》

美术之知识，全为直观之知识。而无概念杂乎其间，故叔氏之视美术也，尤重于科学。……科学上之所表者，概念而已矣。美术上之所表者，则非概念，又非个象，而以个象代表其物之一种之全体，即上所谓“实念”者是也。

故在在得直观之，如建筑、雕刻、图画、音乐等，皆呈于吾人之耳目者。惟诗歌（并戏剧、小说言之）一道，虽借概念之助，以唤起吾人之直观，然其价值，全存于其能直观与否，诗之所以多用比兴者，其源全由于此也。……诗歌之所写者，人生之实念，故吾人于诗歌中，可得人生完全之知识。故诗歌之所写者，人及其动作而已。而历史之所述，非此人即彼人，非此动作即彼动作，其数虽巧历不能计也，然此等事实，不过同一生活之欲之发见。故吾人欲知人生之为何物，则读诗歌，贤于历史远矣。

诗词鉴赏

1. 摘选自《奏定经学科大学文学科大学章程书后》

且定美之标准与文学上之原理者，亦唯可于哲学之一分科之美学中求之。虽有文学上之天才者，无俟此学之教训，而无才者，亦不能以此等抽象之学问养成之，然以有此等学故，得使旷世之才，稍省其劳力，而中智之人，不惑于歧途，其功固不可没也。

2. 摘选自《奏定经学科大学文学科大学章程书后》

至文学与哲学之关系，其密切亦不下于经学。今夫吾国文学上之最可宝贵者，孰过于周、秦以前之古典乎？《系辞》上下传实与《孟子》、戴记等为儒家最粹之文学。若自其思想言之，则又纯粹之哲学也。今不解其思想，而但玩其文辞，则其文学上之价值，已失其大半。此外，周、秦诸子亦何莫不然。自宋以后，哲学渐与文学离。然如《太极图说》、《通书》、《正蒙》、《皇极经世》等，自文辞上观之，虽欲不谓之工，岂可得哉！此外，如朱子之于南宋，阳明之于明，非独以哲学鸣，言其文学，亦断非同时龙川、水心及前后七子等之所能及也。凡此诸子之书，亦哲学，亦文学。今舍其哲学，而徒研究其文学，欲其完全解释，安可得也！西洋之文学，亦然。柏拉图之《问答篇》，鲁克来谑斯之《物性赋》，皆具哲学、文学二者之资格。

3. 摘选自《人间嗜好之研究》

常人对戏剧之嗜好，亦由势力之欲出。先以喜剧（即滑稽剧）言之。夫能笑人者，必其势力强于被笑者也。故笑者，实吾人一种势力之发表。然人于实际之生活中，虽遇可笑之事，然非其人为我所素狎者，或其位置远在吾人之下者，则不敢笑。独于滑稽剧中，以其非事实故，不独使人能笑，而且使人敢笑。此即对喜剧之快乐之所存也。悲剧亦然。霍雷士曰："人生者：自观之者言之，则为一喜剧；自感之者言之，则又为一悲剧也。"自吾人思之，则人生之运命，固无以异于悲剧。然人当演此悲剧时，亦俯首杜口，或故示整暇，汶汶而过耳。欲如悲剧中之主人公，且演且歌，以诉其胸中之苦痛者，又谁听之，而谁怜之乎？夫悲剧中之人物之无势力之可言，固不待论，然敢鸣其苦痛者，与不敢鸣其痛苦者之间，其势力之大小，必有辨矣。夫人生中固无独语之事，而戏曲则以许独语故，故人生中久压抑之势力，独于其中筐倾而箧（qiè）倒之。故虽不解美术上之趣味者，亦于此中，得一种势力之快乐。普通之人之对戏曲之嗜好，亦非此不足以解释之矣。

4. 摘选自《红楼梦评论》

昔雅里大德勒（亚里士多德）于《诗论》中谓：悲剧者，所以感发人之情绪而高上之，殊如恐惧与悲悯，之二者为悲剧中固有之物，由此感发而人之精神于焉洗涤。故其目的，伦理学上之目的也。叔本华置诗歌于美术之顶点，又置悲剧于诗歌之顶点，而于悲剧之中又特重第三种，以其示人生之真相，又示解脱之不可已故。故美学上最终之目的，与伦理学上最终之目的合。

5. 摘选自《红楼梦评论》

且法斯德（按，浮士德）之苦痛，天才之苦痛。宝玉之苦痛，人人所有之苦痛也，其存于人之根柢者为独深，而其希救济也为尤切。作者一一掇拾而发挥之，我辈之读此书者，宜如何表满足感谢之意哉！而吾人于作者之姓名，尚未有确实之知识，岂徒吾侪寡学之羞，亦足以见二百余年来，吾人之祖先，对此宇宙之大著述，如何冷淡遇之也！谁使此大著述之作者，不敢自署其名？此可知此书之精神，大背于吾国人之性质，及吾人之沉溺于生活之欲，而乏美术之知识有如此也！然则，予之为此论，亦自知有罪也矣！

6. 摘选自《红楼梦评论》

美术之价值，对现在之世界人生而起者，非有绝对的价值也。其材料取诸人生，其理想亦视人生之缺陷逼仄，而趋于其反对之方面。如此之美术，惟于如此之世界，如此之人生中，始有价值耳。

7. 摘选自《去毒篇》

吾人对宗教之兴味，存于未来，而对美术之兴味，存于现在。故宗教之慰藉，理想的；而美术之慰藉，现实的也。而美术之慰藉中，尤以文学为大。何则？雕刻图画等，其物既不易得，而好之之误，则留意于物之弊，固所不能免也。若文学者则求之书籍，而已无不足，其普遍便利，决非他美术所能及也。故此后，中学校以上，宜大用力于古典一科。虽美术上之天才，不能由此养成之，然使有解文学之能力，爱文学之嗜好，则其所以慰空虚之苦痛，而防卑劣之嗜好者，其益固已多矣。

8. 摘选自《红楼梦评论》

自我朝考证之学盛行，而读小说者，亦以考证之眼读之。于是评《红楼梦》者，纷然索此书之主人公之为谁。此又甚不可解者也。夫美术之所写者，非个人之性质，而人类全体之性质也。惟美术之特质，贵具体而不贵抽象，于是举人类全体之性质，置诸个人之名字之下，譬诸

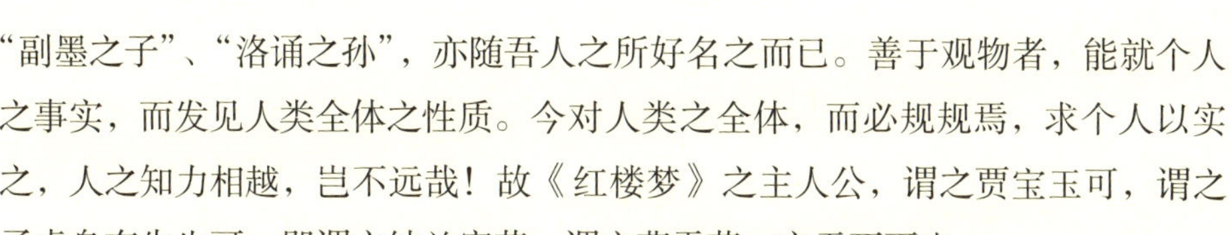

“副墨之子”、“洛诵之孙”，亦随吾人之所好名之而已。善于观物者，能就个人之事实，而发见人类全体之性质。今对人类之全体，而必规规焉，求个人以实之，人之知力相越，岂不远哉！故《红楼梦》之主人公，谓之贾宝玉可，谓之子虚乌有先生可，即谓之纳兰容若，谓之曹雪芹，亦无不可也。

9. 摘选自 《宋元戏曲史》

元曲之佳处何在？一言以蔽之，曰：自然而已矣。古今之大文学，无不以自然胜，而莫著于元曲。盖元剧之作者，其人均非有名位学问也，其作剧也，非有藏之名山，传之其人之意也。彼以意兴之所至为之，以自娱娱人。关目之拙劣，所不问也；思想之卑陋，所不讳也；人物之矛盾，所不顾也。彼但摹写其胸中之感想，与时代之情状，而真挚之理，与秀杰之气，时流露于其间。故谓元曲，为中国最自然之文学，无不可也。若其文字之自然，则又为其必然之结果，抑其次也。

10. 摘选自 《苕华词·蝶恋花》

窈窕燕姬年十五。惯曳长裾，不作纤纤步。众里嫣然通一顾，人间颜色如尘土。一树亭亭花乍吐。除却天然，欲赠浑无语。当面吴娘夸善舞，可怜总被腰肢误。

11. 摘选自 《古雅之在美学上之位置》

优美及宏壮之判断之为先天的判断，自汗德（康德）之《判断力批评》（《判断力批判》）后，殆无反对之者。此等判断，既为先天的，故亦普遍的，必然的也。易言以明之，即一艺术家所视为美者，一切艺术家亦必视为美，此汗德（康德）之所以于其美学中，预想一公共之感官者也。

12. 摘选自 《古雅之在美学上之位置》

古雅之能力，能由修养得之，故可为美育普及之津梁。虽中智以下之人，不能创造优美及宏壮之物者，亦得由修养，而有古雅之创造力。又，虽不能喻优美及宏壮之价值者，亦得于优美宏壮中之古雅之原质，或于古雅之制作物中，得其直接之慰藉。故古雅之价值，自美学上观之，诚不能及优美及宏壮，然自其教育众庶之效言之，则虽谓其范围较大、成效较著可也。

13. 摘选自 《古雅之在美学上之位置》

凡吾人所加于雕刻书画之品评，曰“神”，曰“韵”，曰“气”，曰“味”，皆就第二形式言之者多，而就第一形式言之者少。文学亦然。古雅之价值，大抵存于第二形式。西汉之匡、刘，东京之崔、蔡，其文之优美宏壮，远在贾、马、班、张之下，而吾人之嗜之也，亦无逊于彼者，以雅故也。南丰之于文不必工于苏、王，姜夔之于词且远逊于欧、秦，而后人亦嗜之者，以雅故也。由是观之，则古雅之原质，为优美及宏壮中不可缺之原质，且得离优美宏壮而有独立之价值，则固一不可诬之事实也。

14. 摘选自 《古雅之在美学上之位置》

吾人所断为古雅者，实由吾人今日之位置断之。古代之遗物，无不雅于近世之制作。古代之文学，虽至拙劣，自吾人读之，无不古雅者。若自古人之眼观之，殆不然矣。故古雅之判断，后天的也，经验的也，故亦特别的也，偶然的也。此由古代表出第一形式之道，与近世大异，故吾人睹其遗迹，不觉有遗世之感随之，然在当日则不能。若优美及宏壮，则固无此时间上之限制也。

15. 摘选自 《游通州湖心亭》

人生苦局促，俯仰多悲悸。山川非吾故，纷然独相媚。嗟尔不能言，安得同把臂。

16. 摘选自 《过石门》

片月挂东村，垂垂两岸白。小松如人长，离立四五尺。老桑最丑怪，亦复可怡悦。疏竹带轻飔，摇摇正秀绝。生平几见汝，对面若不识。今夕独何夕，着意媚孤客。非徒豁双眸，直欲奋六翮（hé）。此顷能百年，岂惜长行役。

17. 摘选自 《教育偶感四则》

夫物质的文明，取诸他国，不数十年而具矣。独至精神上之趣味，非千百年之培养，与一二天才之出不及此。

18. 摘选自 《红楼梦评论》

吾国人之精神，世间的也，乐天的也。故代表其精神之戏曲、小说，无往而不著此乐天之色彩：始于悲者终于欢，始于离者终于合，始于困者终于亨；非是而欲餍（yàn）阅者之心，难矣。若《牡丹亭》之《返魂》、《长生殿》之《重圆》，其最著之一例也。《西厢记》之以《惊梦》终也，未成之作也；此书若成，吾乌知其不为《续西厢》之浅陋也！

19. 摘选自 《论教育之宗旨》

完全之人物，精神与身体，必不可不为调和之发达。而精神之中，又分为三部：知力、感情及意志是也。对此三者，而有真美善之理想：真者，知力之理想；美者，感情之理想；善者，意志之理想也。完全之人物，不可不备真美善之三德，欲达此理想，于是教育之事起。教育之事，亦分为三部：智育、德育（即意育）、美育（即情育）是也。

20. 摘选自 《论教育之宗旨》

德育与智育之必要，人人知之，至于美育，有不得不一言者。盖人心之动，无不束缚于一己之利害；独美之为物，使人忘一己之利害，而入于高尚纯洁之域，此最纯粹之快乐也。孔子言志，独与曾点；又谓“兴于诗”，“成于乐”。希腊古代之以音乐为普通学之一科，及近世希痕林（按，谢林）、希尔列尔（按，席勒）之重美育学，实非偶然也。要之，美育者，一面使人之感情发达，以达完美之域；一面又为德育与智育之手段，此又教育者所不可不留意也。

21. 摘选自 《孔子之美育主义》

今转而观我孔子之学说，其审美学上之理论，虽不可得而知，然其教人也，则始于美育，终于美育。《论语》曰：“小子何莫学夫诗。诗可以兴，可以观，可以群，可以怨，迩之事父，远之事君，多识于鸟兽草木之名。”又曰：“兴于诗，立于礼，成于乐。”其在古昔，则胄子之教，典于后夔；大学之事，董于乐正。然则，以音乐为教育之一科，不自孔子始矣。荀子说其效曰：“乐者，圣人之所乐也，而可以善民心，其感人深，其移风易俗。……故乐行而志清，礼修而行成，耳目聪明，血气和平，移风易俗，天下皆宁。”（《乐论》）此之谓也。故子在齐闻《韶》，则“三月不知肉味”。而《韶》乐之作，虽挈壶之童子，其视精，其行端。音乐之感人，其效有如此者。

且孔子之教人，于诗乐外，尤使人玩天然之美。故习礼于树下，言志于农山，游于舞雩，叹于川上；使门弟子言志，独与曾点。点之言曰：“莫春者，春服既成，冠者五六人，童子六七人，浴乎沂，风乎舞雩，咏而归。”由此观之，则平日所以涵养其审美之情者，可知矣。

之人也，之境也，固将磅礴万物以为一，我即宇宙，宇宙即我也。光风霁月不足以喻其明，泰山华岳不足以语其高，南溟渤澥不足以比其大。邵子所谓“反观”者，非欤？叔本华所谓“无欲之我”，希尔列尔（席勒）所谓“美丽之心”者，非欤？此时之境界，无希望，无恐怖，无内界之争斗，无利无害，无人无我，不随绳墨，而自合于道德之法则。一人如此，则优入圣域；社会如此，则成华胥之国。孔子所谓“安而行之”，与希尔列尔（席勒）所谓“乐于守道德之法则”者，舍美育无由矣。

22. 摘选自《孔子之美育主义》

希氏（按，希尔列尔即席勒）后日，更进而说美之无上之价值，曰：如人必以道德之欲克制气质之欲，则人性之两部，犹未能调和也：于物质之境界，及道德之境界中，人性之部必克制之，以扩充其他部。然人之所以为人，在息此内界之争斗，而使卑劣之感，跻于高尚之感觉。如汗德（康德）之严肃论中，气质与义务对立，犹非道德上最高之理想也。最高之理想存于美丽之心。其为性质也，高尚纯洁，不知有内界之争斗，而惟乐于守道德之法则。此性质，惟可由美育得之。（芬特尔朋《哲学史》第六百页）此希氏最后之说也。顾无论美之与善，其位置孰为高下，而美育与德育之不可离，昭昭然矣。

23. 摘选自《叔本华之哲学及其教育学说》

教育者，非徒以书籍教之之谓，即非徒以抽象的知识之谓。苟时时与以直观之机会，使之于美术人生上，得完全之知识，此亦属于教育之范围者也。自然科学之教授观察与实验，往往与科学之理论相并而行，人未有但以科学之理论为教授，而以观察实验为非教授者，何独于美育及德育而疑之？

24. 摘选自《论小学校唱歌科之材料》

夫音乐之形而上学的意义（如古代希腊毕达哥拉斯及近世叔本华之音乐说），姑不具论。但就小学校所以设此科之本意言之，则（一）调和其感情，（二）陶冶其意志，（三）练习其聪明官及发声器是也。一与三为唱歌科自己之事业，而二则为修身科与唱歌科公共之事业。故唱歌科之目的，自以前者为重。即就后者言之，则唱歌科之补助修身科，亦在形式，而不在内容（歌词），虽有声无词之音乐，自有陶冶品性、使之高尚和平之力，固不必用修身科之材料为唱歌科之材料也。故选择歌词之标准，宁从前者，而不从后者。若徒以干燥拙劣之辞，述道德上之教训，恐第二目的未达，而已失其第一之目的矣。

25. 摘选自《论小学校唱歌科之材料》

就歌词之美言之，则今日作者之自制曲，其不如古人之名作，审矣。或谓：古人之名作，不必合于小学教育之目的与程度。然古诗中之咏自然之美及古迹者，亦正不乏。此等材料以有具体的性质，而可以呈于儿童之直观故，故较之道德上抽象之教训，反为易解，且可与历史地理，及理科中之材料相联络。而其对修身科之联络，则宁与体操科等。盖一在养其感情，二在强其意志，其关系乃普遍关系，而不关于材质之意义也。循此标准，则唱歌科，庶不致为修身科之奴隶，而得保其独立之位置欤？

26. 摘选自《此君轩记》

古之君子，其为道也盖不同，而其所以同者，则在超世之致，与不可屈之节而已。其观物也，见夫类是者而乐焉；其创物也，达夫如是者而后慊（qiè）焉。如屈子之于香草，渊明之于菊，王子猷（yóu）之于竹，玩赏之不足而咏叹之，咏叹之不足，而斯物遂若为斯人之所专有。是岂徒有讬而然哉，其于此数者，必有以相契于意言之表也。

27. 摘选自《〈玉溪生诗年谱会笺〉序》

由其世以知其人，由其人以逆其志，则古诗虽有不能解者，寡矣。汉人传诗，皆用此法，故四家诗皆有序，序者序所以为作者之意也。《毛序》今存。鲁诗说之见于刘向所述者，于诗事尤为详尽。及北海郑君出，乃专用孟子之法以治诗。其于诗也，有谱有笺。谱也者，所以论古人之世也；笺也者，所以逆古人之志也。故其书虽宗毛公，而亦兼采三家，则以论世所得者然也。……故郑君序《诗谱》曰：“欲知源流清浊之所处，则循其上下而省之；欲知风化芳臭气泽之所及，则旁行而观之。”治古诗如是，治后世诗亦何独不然。

28. 摘选自《毛公鼎考释序》

文无古今，未有不文从字顺者。今日通行文字人人能读之、能解之。《诗》、《书》、彝器亦古之通行文字，今日所以难读者，由今人之知古代不如知现代之深故也。苟考之史事与制度文物，以知其时代之情状；本之《诗》、《书》，明求其文之义例；考之古音，以通其义之假借；参之彝器，以验其文字之变化。由此而之彼，即甲以推乙，则于字之不可释、义之不可通者，必间有获焉。然后阙其不可知者，以俟后之君子，则庶乎其近之矣。

29. 摘选自 《教育偶感四则》

生百政治家，不如生一大文学家。何则？政治家与国民以物质上之利益，而文学家则与以精神上之利益。夫精神之于物质，二者孰重？且物质上之利益，一时的也；精神上之利益，永久的也。前人政治上所经营者，后人得一旦而毁之。至古今之大著述，苟其著述一日存，则其遗泽且及于千百世而未沫。故希腊之有鄂谟尔（荷马）也，意大利之有唐旦（但丁）也，英吉利之有狭斯丕尔（莎士比亚）也，德意志之有格代（歌德）也，皆其国人人之所尸祝之社而稷之者也，而政治家无与焉。何则？彼等诚与国民以精神上之慰藉，而国民之所恃以为生命者。若政治家之遗泽决不能如此广且远也。

30. 摘选自 《坐致》

坐致虞唐亦太痴，许身稷契更奚为！谁能妄把平成业，换却平生万首诗。

31. 摘选自 《教育偶感四则》

试问我国之大文学家，有足以代表全国民之精神，如希腊之鄂谟尔（荷马）、英之狭斯丕尔（莎士比亚）、德之格代（歌德）者乎？吾人所不能答也。其所以不能答者，殆无其人欤？抑有之，而吾人不能举其人也实之欤？二者必居一焉。由前之说，则我国之文学不如泰西；由后之说，我国之重文学不如泰西。前说我所不知；至后说，则事实较然，无可讳也。

32. 摘选自 《论近年之学术界》

又观近数年之文学，亦不重文学自己之价值，而惟视为政治教育之手段，与哲学无异。如此者，其亵渎哲学与文学之神圣之罪，固不可逭（huàn），欲求其学说之有价值，安可得也？故欲学术之发达，必视学术为目的，而不视为手段而后可。汗德（康德）《伦理学》之格言曰："当视人人为一目的，不可视为手段。"岂特人之对人，当如是而已乎？对学术亦何独不然。然则彼等言政治，则言政治已耳，而必欲渎哲学文学之神圣，此则大不可解者也。

33. 摘选自《“肃霜”“涤场”说》

《诗·豳（bīn）风》：“九月肃霜，十月涤场。”《传》：“肃，缩也。霜降而收缩万物。涤，埽（sǎo）也，场工毕入也。”案，此二句，乃与“一之日觱（bì）发，二之日栗烈”同例，而不与“七月流火，九月授衣”同例。“肃霜”“涤场”皆互为双声，乃古之联既緜（mián）字，不容分别释之。“肃霜”犹言肃爽，“涤场”犹言涤荡也。……“九月肃霜”谓九月之气，清高颢白而已。至十月，则万物摇落无余矣。与“觱发”“栗烈”，由风寒而进入气寒者，遣词正同。癸（guǐ）亥之岁，余再来京师，离南方之卑湿，乐北上之爽垲。九、十月之交，天高日晶，木叶尽脱，因会得“肃霜”“涤场”二语之妙，因为之说云。

34. 摘选自《咏史（癸丑）》

少读陶杜诗，往往说饥寒。自来夸毗子，焉知生事艰？子云美笔札，遨游五侯间。孔璋檄豫州，矢在袁氏弦。魏台一朝建，书记又翩翩。文章诚无用，用亦未为贤。青春弄鹦鹉，素秋纵鹰鹯（zhān）。咄咄扬子云，今为人所怜。

35. 摘选自《东山杂记》

杜诗云：“径须相就饮一斗，恰有三百青铜钱。”此至德初长安酒价也。“岂闻匹绢值万钱”，此广德间蜀中绢价也。“云帆转辽海，粳稻来东吴”，此天宝间渔阳海运事也。三者史所不载，而于工部诗中见之，此其所以为“诗史”欤？

36. 摘选自《录曲余谈》

胡元瑞谓韩苑洛比关汉卿比司马子长，“大是词场猛诨”。余谓：汉卿诚不足道；然谓戏曲之体，卑于史传，则不敢言。意大利人之视唐旦（但丁），英人之视狭斯丕尔（莎士比亚），德人之视格代（歌德），较吾国人之视司马子长，抑且过之。之数人曷尝非戏曲家耶！

37. 摘选自《录曲余谈》

曲之为体既卑，为时尤近，学士大夫论之者颇少。明则王元美《曲藻》略具鉴裁，胡元瑞《笔丛》稍加考证。臧晋叔、何元朗虽以知音自命，然其言殊无可采。国朝惟焦理堂《籥（yuè）录》，可比《少室》；融斋《艺概》，略似《弇（yǎn）州》。若李调元《曲话》、杨恩寿《词余丛话》等，均所谓不知而作者也。

38. 摘选自《〈中国名曲集〉序》

三代损益，文质殊尚；五方悬隔，嗜好不同。或以优美、宏壮为宗，或以古雅、简易为尚。我国绘事自为一宗，绘影绘声则有所短，一邱一壑则有所长。

39. 摘选自《致罗振玉（1916年9月9日）》

《高昌壁画》及《石鼓考释》，今晨持送乙老，渠谓此事可得数旬探索，维即请其以笔记之，不知此老能细书否耳。维疑前十二图，确为六朝人画，至十三图以后，有回纥字者，当出唐人。因前画均无笔墨可寻，而第十三图以后则笔意生动，新旧分界当在于此。

40. 摘选自《致罗振玉（1916年11月1日）》

巨师画，乙老前言前半似河阳，维已疑董、巨同出右丞，巨公当有此种笔法。……维于观明以后画，无丝毫把握，惟于董、巨，或能知之。且如此大卷，必有惊心动魄之处，以“气象”、“墨法”二者决之，可无误也。

41. 摘选自《致蒋妆藻》

叔通寄来黄晦木画幅属题。弟以其款字凡近，又墨不著绢，疑为后添；而所画亦系福禄长春寿意，绝无士夫气息：定为非真。……弟不知画，以“神气”取之，或不致误。

42. 摘选自《〈中国名画集〉序》

今夫成而必亏者，时也；往而不返者，器也。江陵末造，见玉轴之扬灰；宣和旧藏，与降幡（fān）而北去。文武之道既尽，昆明之劫方多。即或脱坠简于秦余，逸焦桐于爨（cuàn）下。然且天吴紫凤，拆为牧竖之衣；长康探微，辱于酒家之壁。同揉玉石，终委泥涂。又或幸遘（gòu）收藏，并遭著录，而兰亭茧纸，永閟（bì）昭陵；争坐遗文，竟分安氏。中郎帐中之帙，仅与王朗同观；博士壁中之书，不许晁生转写。此则叔疑之登龙断，众议其私；阳虎之窃大弓，当书为盗者矣。

诗词发展篇

1. 摘选自《论近年之学术界》

外界之势力之影响于学术，岂不大哉！自周之衰，文王、周公势力之瓦解也，国民之智力成熟于内，政治之纷乱乘之于外，上无统一之制度，下迫于社会之要求，于是诸子九流各创其学说，于道德、政治、文学上灿然放万丈之光焰。此为中国思想之能动时代。自汉以后，天下太平，武帝复以孔子之说统一之。其时新遭秦火，儒家惟以抱残守缺为事，其为诸子之学者，亦但守其师说，无创作之思想，学界稍稍停滞矣。……自六朝至于唐室，而佛陀之教，极千古之盛矣。此为吾国思想受动之时代。然当是时，吾国固有之思想，与印度之思想，互相并行，而不相化合。至宋儒出而一调和之。此又由受动之时代出，而稍带能动之性质者也。自宋以后以至本朝，思想之停滞，略同于两汉。至今日，而“第二之佛教”又见告矣，西洋之思想是也。

2. 摘选自《国学丛刊序》

余谓中西二学，盛则俱盛，衰则俱衰，风气既开，互相推助。且居今日之世，讲今日之学，未有西学不兴，而中学能兴者；亦未有中学不兴，而西学能兴者。

3. 摘选自《宋元戏曲史》自序

凡一代有一代之文学。楚之骚，汉之赋，六代之骈语，唐之诗，宋之词，元之曲，皆所谓“一代之文学”，而后世莫能继焉者也。

4. 摘选自《汉以后所传周乐考》

诗、乐二家，春秋之季已自分途。诗家习其义，出于古师儒。孔子所云言诗、诵诗、学诗者，皆就其义言之，其流为齐鲁韩毛四家。乐家传其声，出于古太师氏。子贡所问于师乙者，专以其声言之，其流为制氏诸家。诗家之诗，士大夫习之，故《诗》三百篇至秦、汉具存。乐家之诗，惟伶人世守之，故子贡时尚有风、雅、颂、商、齐诸声，而先秦以后仅存二十六篇，又亡其八篇，且均被以“雅”名。汉、魏之际，仅存四五篇（王深宁《汉书艺文志考》谓：乐家雅歌诗四篇，即杜夔所传四篇。是西汉末已只存四篇），后又易其三。讫永嘉之乱，而三代之乐遂全亡矣。二家本自殊途，不能相通。世或有以此绳彼者，均未可谓为笃论也。

5. 摘选自《宋元戏曲史》第一章

歌舞之兴，其始于古之巫乎？巫之兴也，盖在上古之世。……古代之巫，实以歌舞为职，以乐神人者也。商人好鬼，故伊尹独有巫风之戒。及周公制礼，礼秩百神，而定其祀典。官有常职，礼有常数，乐有常节，古之巫风稍杀。然其余习犹有存者：方相氏之驱疫也，大蜡之索万物也，皆是物也。故子贡观于蜡，而曰“一国之人皆若狂”。孔子告以“张而不弛，文武不能”。后人以“八蜡”为“三代之戏礼”（《东坡志林》），非过言也。

6. 摘选自《宋元戏曲史》第一章

要之，巫与优之别：巫以乐神，而优以乐人；巫以歌舞为主，而优以调谑为主；巫以女为之，而优以男为之。至若优孟之为孙叔敖衣冠，而楚王欲以为相；优施一舞，而孔子谓其笑君，则于言语之外，其调戏亦以动作行之，与后世之优，颇复相类。后世戏剧，当自巫优二者出；而此二者，固未可以后世戏剧视之也。

7. 摘选自《录曲余谈》

《东坡志林》云：“八蜡，三代之戏礼也。岁终聚戏，此人情之所不能免也，因附以礼义，亦曰不徒‘戏’而已矣。祭必有尸；无尸曰奠，始死之奠与释奠是也。今蜡谓之祭，盖有尸也。‘猫虎’之尸，谁当为之？非倡优而谁？‘葛带榛杖’，以丧老物；‘黄冠’‘草笠’，以尊野服：皆戏之道也。子贡观蜡而不悦，孔子譬之曰：‘一张一弛，文武之道’，盖为是也。”其言“八蜡”为戏礼，甚当，惟不必倡优为之耳。

8. 摘选自《曲录自序（二）》

粤自“贸丝”“抱布”，开叙事之端；“织素”“裁衣”，肇代言之体。追原戏曲之作，实亦古诗之流。所以穷品性之纤微，极遭遇之变化，激荡物态，抉发人心。舒轸哀乐之余，摹写声容之末，婉转附物，惆怅切情，虽雅颂之博徒，亦滑稽之魁桀。惟语取易解，不以鄙俗为嫌；事贵翻空，不以悠谬为讳。庸人乐于染指，壮夫薄而不为。遂使陋巷言怀，人人青紫；香闺寄怨，字字桑间；抗志极于利禄，美淡止于兰芍；意匠同于千手，性格歧于一人。岂托体之不尊，抑作者之自弃也？然而明昌一编，尽金源之文献；吴兴百种，抗皇元之风雅。百年之风会成焉，三朝之人文系焉。况乎第其卷帙，轶两宋之诗余；论其体裁，开有明之制义；考古者征其事，论世者观其心，游艺者玩其辞，知音者辨其律。此则石渠存目，不废《雍熙》；洙泗删诗，犹存郑卫者矣。

9. 摘选自 《戏曲考原》

楚辞之作，《沧浪》、《凤兮》二歌先之。诗余之兴，齐梁小乐府先之。独戏曲一体，崛起于金元之间，于是有疑其出自异域，而与前此之文学无关系者。此又不然。尝考其变迁之迹，皆在有宋一代，不过因金、元人音乐上之嗜好，而日益发达耳。

10. 摘选自 《宋元戏曲史》 第三章

宋之滑稽戏虽托故事以讽时事，然不以演事实为主，而以所含之意义为主。至其变为演事实之戏剧，则当时之小说实有力焉。……今日所传之《五代平话》实演史之遗，《宣和遗事》殆小说之遗也。此种说话以叙事为主，与滑稽剧之但讬故事者迥异。其发达之迹虽略与戏曲平行，而后世戏剧之题目多取诸此，其结构亦多依仿为之，所以资戏剧之发达者实不少也。

11. 摘选自 《宋元戏曲史》 第九章

沈德符《万历野获编》（卷二十五），及臧懋循《元曲选序》，均谓蒙古时代，曾以词曲取士，其说固诞妄不足道。余则谓元初之废科目，却为杂剧发达之因。盖自唐、宋以来，士之竞于科目者，已非一朝一夕之事。一旦废之，彼其才力无所用，而一于词曲发之。且金时科目之学最为浅陋。（观刘祁《归潜志》卷七、八、九数卷可知。）此种人士一旦失所业，固不能为学术上之事，而高文典册，又非其所素习也；适杂剧之新体出，遂多从事于此；而又有一二天才出于其间，充其才力，而元剧之作遂为千古独绝之文字。

12. 摘选自 《录曲余谈》

杂剧大家如关、王、马、郑等，皆名位不著，在士人与倡优之间。故其文字，诚有独绝千古者，然学问之弇陋，与胸襟之卑鄙，亦独绝千古。戏曲之所以不得与于文学之末者，未始不由于此，至明而士大夫亦多染指戏曲，前之东嘉，后之临川，皆博雅君子也。至国朝孔季重、洪昉思出，始一扫数百年之芜秽，然生气亦略尽矣。

13. 摘选自 《宋元戏曲史》 第十六章

北剧、南戏，皆至元而大成，其发达，亦至元代而止。嗣是以后，则明初杂剧如谷子敬、贾仲名辈，矜重典丽，尚似元代中叶之作。至仁、宣间，而周宪王有燉（dùn），最以杂剧知名。……其词虽谐稳，然元人生气，至是顿尽。……此后惟王渼陂（九思）、康对山（海），皆以北曲擅场。而二人所作《杜甫游春》、《中山狼》二剧，均鲜动人之处。徐文长（渭）之《四声猿》，虽有佳处，然不逮元人远甚。……南戏亦然。此戏明中叶以前，作者寥寥，至隆、万后始盛，而尤以吴江沈伯英（璟）、临川汤义仍（显祖）为巨擘。沈氏之词，以合律称；而其文则庸俗不足道。汤氏才思，诚一时之隽；然较之元人，显有人工与自然之别。故余谓北剧南戏限于元代，非过为苛论也。

14. 摘选自 《宋元戏曲史》 第十四章

元剧大都限于四折，且每折限一宫调，又限一人唱，其律至严，不容逾越。故庄严雄肆，是其所长；而于曲折详尽，犹其所短也。至除此限制，而一剧无一定之折数，一折（南戏终谓之一出）无一定之宫调；且不独以数色合唱一折，并有以数色合唱一曲，而各色皆有白有唱者。此则南戏之一大进步，而不得不大书特书，以表之者也。

15. 摘选自 《古剧脚色考》

隋唐以前虽有戏剧之萌芽，尚无所谓“脚色”也。参军所搬演，系石耽或周延故事。唐中叶以后乃有“参军”、“苍鹘”：一为假官，一为假仆，但表其人社会上之地位而已。宋之脚色，亦表所搬之人之地位职业者为多。自是以后，其变化约分三级：一表其人在剧中之地位；二表其品性之善恶；三表其气质之刚柔也。宋之脚色以“副净”为主，“副末”次之。然宋剧之以“旦”以“孤”名者，不一而足，知他色亦有当场者矣。元杂剧中则当场唱者惟“正末”、“正旦”。如《气英布》、《单鞭夺槊》二剧第四折均以探子唱，则以正末扮探子。《柳毅传书》第二折用电母唱，则以正旦扮电母。虽剧中之主人翁，苟于此折中不唱，则亦退居他色。故元剧脚色全以唱不唱定之。南曲既出，诸色始俱唱，然一剧之主人翁，犹必为“生”、“旦”。此皆表一人在剧中之地位，虽在今日，犹沿用之者也。至以脚色分别善恶，事亦颇古。《梦粱录》纪南宋影戏曰：“公忠者雕以正貌，奸邪者刻以丑行，盖亦寓褒贬于其间。”（卷二十）影戏如此，真戏可知。元、明以后，戏剧之主人翁率以“末”、“旦”或“生”、“旦”为之，而主人之中多美鲜恶，下流之归，悉在“净”、“丑”。由是脚色之分亦大有表示善恶之意。国朝以后，如孔尚任之《桃花扇》，于描写人物，尤所措意；其定脚色也，不以品性之善恶，而以气质之阴阳刚柔。故柳敬亭、苏昆生之人物，在此剧中当在复社诸贤之上，而以丑、净扮之，岂不以柳素滑稽，苏颇崛强，自气质上言之当如是耶？自元迄今，脚色之命意，不外此三者，而渐有自地位而品性，自品性而气质之势，此其进步变化之大略也。

16. 摘选自 《宋元戏曲史》 第十二章

古代文学之形容事物也，率用古语，其用俗语者绝无，又所用之字数，亦不甚多。独元曲，以许用衬字故，故辄以许多俗语，或以自然之声音形容之。此自古文学上所未有也。……元剧实于新文体中，自由使用新言语，在我国文学中，于《楚辞》《内典》外，得此而三。然其源远在宋、金二代，不过至元而大成。其写景，抒情，述事之美，所负于此者实不少也。

17. 摘选自 《宋元戏曲史》 第十二章

元杂剧之为一代之绝作，元人未之知也。明之文人始激赏之，至有以关汉卿比司马子长者（韩文靖邦奇）。三百年来，学者文人，大抵屏元剧不观。其见元剧者，无不加以倾倒。如焦里堂《易余籥录》之说，可谓具眼矣。焦氏谓一代有一代之所胜，欲自楚骚以下撰为一集，汉则专取其赋，魏晋、六朝至隋唐专录其五言诗，唐则专录其律诗，宋专录其词，元专录其曲。余谓律诗与词固莫盛于唐宋，然此二者果为二代文学中最佳之作否，尚属疑问。若元之文学，则固未有尚于其曲者也。

18. 摘选自 《庚辛之间读书记·盛明杂剧初集》

明中叶后，不知北剧与南曲之分，但以长者为传奇，短者为杂剧。如此书（指《盛明杂剧初集》）中汪伯玉、陈玉阳、汪昌朝诸作，皆南曲也。且折数多至七八，少则一二，更属任意。独康对山《中山狼》四折，确守元人家法。余如沈君庸等，虽用北曲，而折数次第，均失元人之旧。其中文词，亦唯康对山，徐文长尚可诵。然比之元人，已有自然人工之别。余则等之自郐而已。元代杂剧作者，名概不著。此编所集，如康对山（海）、徐文长（渭）、汪伯玉（道昆）、陈玉阳（与郊）、王辰玉（衡），叶六桐（宪祖）、沈君庸（自征）、孟子若（称舜）、梁伯龙（辰鱼）、梅禹金（鼎祚）、卓珂月（人月）、徐野君（翙<huì>）、汪昌朝（廷讷）：其姓字爵里，均在人耳目，或且正史有传，遗著尚存。而其人之显晦如彼，曲之工拙如此。信乎文章之事，一代自有一代之长，不能以常理论也。

19. 摘选自 《癸丑三月三日京都兰亭会诗》

昔人论书以势名，古文篆隶各异型。千年四体相嬗代，惟尽其势体乃成。汉魏之间变古隶，体虽解散势犹未。波磔尚存八分法，茂密依稀两京制。墓田数帖意独殊，流传仍出山阴摹。永和变法创新意，世间始有真行书。由体生势势生笔，书成乃觉体势一。相斯小篆中郎隶，后得右军称三绝。小楷法度尽黄庭，行书斯帖具典刑。草书尺牍尚百数，何曾一一学伯英。后来鲁公知此意，平生盘礴多奇气，大书往往爱摩崖，小字麻姑但游戏。真行巨细无间然，先后变法王与颜。坐令千载嗟神妙，当日只自全其天。

20. 摘选自《甘陵相碑跋》

前人研精书法，精诚之至，乃与古人不谋而合。如完白山人篆书，一生学汉碑额，所得乃与新出之汉太仆残碑同。吴让之、赵悲庵，以北朝楷法入隶，所得乃与此碑（按指甘陵相碑）同。邓、吴、赵均未见此二碑，而千载吻合如此，所谓鬼神通之者非耶!

21. 摘选自《〈中国名画集〉序》

绘画之事，由来古矣。六书之字，作始于象形；五服之章，辉煌于作会。楚壁神灵，发累臣之问；宋舍众史，受元君之图。汉代黄门，亦有画者：殷纣踞妲己之图，周公负成王之像，遂乃悬诸别殿，颁之重臣。魏、晋以还，盛图故事；齐、梁以降，兼写佛像。爰自开、天之际，实分南北之宗。王中允之清华，李将军之刻画，人物告退，而山水方滋。下至韩马、戴牛、张松、薛鹤，一物之工，兹焉托始。荆、关崛起，董、巨代兴。天水一朝，士夫工于画苑；有元四杰，气韵溢乎典型。胜国兴朝，代有作者，莫不家抱钟山之壁，人握赤水之珠，变化拟于鬼神，矩矱（yuē）通于造化。陈之列肆，非徒照乘之光；闷之巾箱，恒有冲天之气。

22. 摘选自《宋代之金石学》

绘画则董源以降，始变唐人画工之画，而为士大夫之画。在诗歌，则兼尚技术之美，与唐人尚自然之美者蹊径迥殊。

23. 摘选自《致罗振玉（1916 年 5 月 8、9、10 日）》

前函言杨升《雪山朝霁图》，写灞桥风雪意，此语大误。灞桥系平原大道，虽可望见南山，地势不得如此收缩。既非写孟浩然事，则疑其不出杨升者误也。僧繇、探微不可得见，观其画，知唐山画法已自精能。（大小李虽不可见，当与赵千里辈不甚相远。惟树法犹存汉魏、六朝遗意）右丞独不拘于形似，而专写物意，故为南宗第一祖。杨画实为由张、陆辈至右丞之过渡，其可贵不在《江山雪霁》下也。

24. 摘选自 《宋椠大唐三藏取经诗话跋》

此书（按指《宋椠大唐三藏取经诗话跋》）与《五代平话》、《京本小说》及《宣和遗事》体例略同。三卷之书，共分十七节，亦后世小说分章回之祖。其称“诗话”，非唐宋士大夫所谓诗话，以其中有诗有话，故得此名。其有词有话者，则谓之“词话”。《也是园书目》有宋人词话十六种，《宣和遗事》其一也。词话之名，非遵王所能杜撰，必此十六种中，有题词话者。此书有诗无词，故名诗话，皆《梦梁录》、《都城纪胜》所谓说话之一种也。

25. 摘选自 《庚辛之间读书记·元人 （隔江斗智） 杂剧》

日本狩野博士（直喜）作《水浒传考》，谓《水浒传》前，已有无数小《水浒传》，其言甚确。若《三国演义》，则尤有明证，足佐博士之说。且今所行章回小说，虽至鄙陋者，殆无不萌芽于宋、元。如《西游记》、《封神榜》、《杨家将》、《龙图公案》、《说岳》等，元曲多用为题目，或隶其事实，足征当日已有此等书。但其书体裁，当与《五代平话》及《宣和遗事》略同，不及后世之变化。始知元、明以后章回小说大行，皆有所因袭，决非出于一时之创作也。

26. 摘选自 《王国维致顾颉刚的三封信 （1922 年）》

顷阅胡君适之《水浒》、《红楼》二卷，犁然有当于心。其提倡白话诗文，则所未敢赞同也。

分论篇之殷周

1. 摘选自 《二牖轩随录》

古器文字，大抵阴文，其花纹则突起为阳文。其冶铸时，文字必先刻阴

文范，乃制阳文范；花纹必先刻阳文范，乃制（原为“袭”）阴文范，然后可以铸金于其中。是古代冶铸之工，实本于雕刻之工。观其冶铸之精良，则其雕刻之精良，从可知矣。上虞罗氏藏商时雕刻牛骨断片，其精雅与鼎彝花纹无异。此物出彰德府城外，与龟板牛骨文字同时出土，为殷时遗物无疑也。

2. 摘选自《说（周颂）》

《毛诗序》云：“颂者，美盛德之形容，以其成功，告于神明者也。”“盛德之形容”，以貌表之可也，以声表之亦可也。窃谓风、雅、颂之别，当于声求之。颂之所以异于风、雅者，虽不可得而知，今就其著者言之，则颂之声较风、雅为缓也。

3. 摘选自《屈子文学之精神》

吾国之文学，亦不外发表二种之思想（按，一为北方的贵族派或入世派、国家派，以孔子墨子为代表；一为南方的平民派或遁世派、个人派，以老子为代表）。然南方学派，则仅有散文的文学，如老、庄、列是已。至诗歌的文学，则为北方学派之所专有。《诗》三百篇，大抵表北方学派之思想者也。虽其中如《考槃》、《衡门》等篇，略近南方之思想，然北方学者所谓“用之则行，舍之则藏”，“有道则见，无道则隐”者，亦岂有异于是哉？故此等谓之南北公共之思想则可，必非南方思想之特质也。

4. 摘选自《屈子文学之精神》

北方人之感情，诗歌的也，以不得想象之助故，其所作遂止于小篇。南方人之想象，亦诗歌的也，以无深邃之感情之后援故，其想象亦散漫而无所丽，是以无纯粹之诗歌。而大诗歌之出，必须俟北方人之感情与南方人之想象合而为一，即必通南北之驿骑而后可，斯即屈子其人也。

5. 摘选自《屈子文学之精神》

盖屈子之于楚，亲则肺腑，尊则大夫，又尝筦内政外交上之人事矣，其于国家，既同累世之休戚，其于怀王又有一日之知遇，一疏再放，而终不能易其志。于是其性格与境遇相待，而使之成一种之“欧穆亚”。《离骚》以下诸作，实此“欧穆亚”所发表者也。使南方之学者处此，则贾谊（《吊屈原文》）、扬雄（《反离骚》）是，而屈子非矣。此屈子之文学，所负于北方学派者也。

然就屈子文学之形式言之，则所负于南方学派者，抑又不少。彼之丰富之想象力，实与庄、列为近。《天问》、《远游》凿空之谈，求女谬悠之语，庄语之不足，而继之以谐，于是思想之游戏，更为自由矣。变《诗》三百篇之体而为长句，变短什而为长篇，于是感情之发表更为宛转矣。此皆古代北方文学之所未有，而其端自屈子开之。然所以驱使想象而成此大文学者，实由其北方之肫挚的性格。此庄周等之所以仅为哲学家，而周、秦间之大诗人不能不独数屈子也。

分论篇之秦

摘选自 《东山杂记》

李斯书存于今者，仅有泰山十字，琅琊台刻石，则破碎不复能成字矣。即以拓本言之，泰山刻石亦仅存二十九字。琅琊虽有八十五字，而漫漶过半。此符（按指秦桐虎符，罗振玉藏）乃秦重器，必为相斯所书，而二十四字，字字清晰，谨严浑厚，经不过数分，而有寻丈之势，当为秦书之冠。惜系金错为之，不能拓墨耳。

分论篇之晋

摘选自 《东山杂记》

取《游目帖》墨本，与唐拓《十七帖》刻本较，则刻本精劲有余，而中和之气，觉墨本为胜。盖当时解无畏辈，皆刻石巨手，兼通书法，不无以己意参人。沈子培方伯《题崔敬邕墓志》诗云：“书人墨髓石人参。”不独北朝为然，即唐初亦犹是也。而唐《澄清堂帖》所刻，由重摹本上木，故稍失之瘦弱，而于笔意所得较多。若宋以后刻本，则去之远矣。

分论篇之唐、五代

1. 摘选自《东山杂记》

杜工部《忆昔》诗："忆昔开元全盛日，小邑犹藏万家室。稻米流脂粟米白，公私仓廪俱丰实。九州道路无豺虎，远行不劳吉日出。"此追怀开元末年事。《通典》载："开元十三年封泰山，米斗至十三文，青齐谷斗至五文。自后天下无贵物，两京米斗不至二十文，麵三十五文，绢一匹二百一十文。"正此时也。仅十余年，至天宝十四载十一月，工部自京赴奉先县作咏怀诗，时渔阳反状未闻也，乃云："朱门酒肉臭，路有冻死骨，"又云："入门闻号咷，幼子饥已卒。所愧为人父，无食致夭折"；"生常免租税，名不隶征伐。抚迹犹酸辛，平人固骚屑"。盖此十年间，吐蕃、云南相继构兵，女谒、贵戚穷极奢侈，遂使禄山得因之而起。君子读此诗，不待渔阳鼙鼓，而早知唐之必乱矣。

2. 摘选自《唐写本韦庄（秦妇吟）跋》

此诗（按指韦庄《秦妇吟》）前后残阙，无篇题及撰人姓名，亦英伦博物馆所藏，狩野博士所录。案，《北梦琐言》："蜀相韦庄应举时，遇黄寇犯阙，著《秦妇吟》一篇云：'内库烧为锦繡（xiù）灰，天街踏尽公卿骨'。"此诗中有此二语，则为韦庄《秦妇吟》审矣。《琐言》又云："尔后公卿颇多垂讶，庄乃讳之。时人号为'《秦妇吟》秀才'。他日撰《家戒》，内不许垂《秦妇吟》障子，以此止谤，亦无及也。"云云。是庄贵后，讳言此诗。故弟蔼编《浣花集》，不以入集，遂不传于世。然此诗当时制为障子，则风行一时可知。

3. 摘选自《致罗振玉（1916年10月11日）》

昨日赴哈园，书画展览会所陈列者，廉泉之物为多。有一山水立幅，宫子行题为荆浩，傅以赭绛；气势浑沦，略似北苑。山皴（cūn）皆大披麻，悬泉两道与松树元气，画法全同北苑，惟下幅近处山石间用方折，有似荆法。此画当出董巨以后，然不失为名迹也。

4. 摘选自《致罗振玉（1917 年 1 月 5 日》

今日晴始出，过冰泉，已自粤归，携得北苑一卷、一幅。卷未见，立幅佳甚。幅不甚阔，系画近景，上山作粗点大笔披麻，并有矾头，下作四五枯树及泉水，并有小草，境界全在公所藏诸幅之外。幅上诗头有香［真］光题字，略云仿李思训者。画上又有纯皇题诗一首；乃内府流出孔氏岳雪楼者，此可谓剧迹。（此幅绢极细而色较白。）其一卷盖已出外，索观不得。又一石谷临巨然《烟浮远岫》立幅，气魄雄厚，局势开张，用粗点大披麻皴，全得家法，尚想见原本神观。

分论篇之宋、元

1. 摘选自《致罗振玉（1916 年 11 月 6 日）》

时为看巨师画预备一切，因悟北苑《群峰霁雪》卷，多作蟹爪树，乃与河阳同出右丞。巨然出北苑，而变为柔细，则似河阳，固其宜也。惟气魄，必有异人处，如公之河阳《秋山行旅》卷，气象已极不同，何况巨公？

2. 摘选自《致罗振玉（1916 年 11 月 15 日）》

黄氏巨师画卷，维前所以谓为宋摹者，即以其深厚博大之处，与真迹迥异；若论画法，则笔笔是董、巨，无可訾议，与公前后各书所论略同。顾寉逸所藏即《万壑图》，得公书乃恍然。窃意北苑画法，备于《溪山行旅》、《群峰霁雪》二图；《万壑松风》与未见之《潇湘图》，一大一细，当另是一种笔墨，其真实本领，实于前二图见之。巨然《唐人诗意》立幅，虽无确据，然非董非米，舍巨师，其谁为之？其中房屋小景，用笔温润浑厚，与《溪山行旅》异曲同工。黄氏卷，惟有法度尚存，气象神味，皆不如诸幅远矣；海内董、巨，恐遂止此数，不知陕右一卷何如耳。

3. 摘选自《清真先生遗事·尚论三》

（清真）先生诗之存者，一鳞片爪俱有足观。至如《曝日》诗云："冬曦如村酿，微温只须臾。行行正须此，恋恋忽已无，”语极自然，而言外有“北风雨雪”之意，在东坡和陶诗中，犹为上乘，惜仅存四句也。

4. 摘选自 《宋代之金石学》

宋自仁宗以后，海内无事，士大夫政事之暇，得以肆力学问。其时哲学、科学、史学、美术，各有相当之进步，士大夫亦各有相当之素养。赏鉴之趣味与研究之趣味，思古之请与求新之念，互相错综。此种精神，于当时之代表人物苏（东坡）、沈（括）、黄（庭坚）、黄（伯思）诸人著述中可遇之。其对古金石之兴味，亦如其对书画之兴味：一面赏鉴的，一面研究的也。汉唐元明时人之于古器物，绝不能有宋人之兴味。故宋人于金石书画之学，乃凌跨百代。近世金石之学复兴，然于著录考订，皆本宋人成法；而于宋人多方面之兴味，反有所不逮。故虽谓金石学为有宋一代之学，无不可也。

分论篇元、明

1. 摘选自 《宋元戏曲史》 第九章

有元一代之杂剧，可分为三期：一，蒙古时代：此自太宗取中原以后，至至元一统之初。《录鬼簿》卷上所录之作者五十七人，大都在此期中。（中如马致远、尚忠贤、戴善甫，均为江浙行省务观，姚守中为平江路吏，李文蔚为江州路瑞昌县尹，赵天锡为镇江府判，张寿卿为浙江省掾史，皆在至元一统之后；侯正卿亦曾游杭州，然《录鬼簿》均谓之“前辈名公才人”，与汉卿无别，或其游宦江浙，为晚年之事矣。）其人皆北方人也。二，一统时代：则自至元后至至顺、后至元间。《录鬼簿》所谓“已亡名公才人，与余相知或不相知者”是也。其人则南方为多，否则北人而侨寓南方者也。三，至正时代：《录鬼簿》所谓“方今才人”是也。此三期，以第一期之作者为最盛，其著作存者亦多。元剧之杰作，大抵出于此期中。至第二期，则除宫天挺、郑光祖、乔吉三家外，殆无足观，而其剧存者亦罕。第三期则存者更罕，仅有秦简夫、萧德祥、朱凯、王晔五剧，其去蒙古时代之剧远矣。

2. 摘选自《宋元戏曲史》第十二章

元代曲家，自明以来，称“关、马、郑、白”。然以其年代及造诣论之，宁称“关、白、马、郑”为妥也。关汉卿一空倚傍，自铸伟辞，而其言曲尽人情，字字本色，故当为元人第一。白仁甫、马东篱高华雄浑，情深文明；郑德辉清丽芊绵，自成馨逸：均不失为第一流。其余曲家均在四家范围内。惟宫大用瘦硬通神，独树一帜。以唐诗喻之：则汉卿似白乐天，仁甫似刘梦得，东篱似李义山，德辉似温飞卿，而大用则似韩昌黎。以宋词喻之：则汉卿似柳耆卿，仁甫似苏东坡，东篱似欧阳永叔，德辉似秦少游，大用似张子野。虽地位不必同，而品格则略相似也。明宁献王《曲品》，跻马致远于第一，而抑汉卿于第十。盖元中叶以后，曲家多祖马、郑，而祧汉卿，故宁王之评如是。其实非笃论也。

3. 摘选自《宋元戏曲史》第十二章

明以后，传奇无非喜剧，而元则有悲剧在其中。就其存者言之：如《汉宫秋》、《梧桐雨》、《西蜀梦》、《火烧介子推》、《张千替杀妻》等，初无所谓先离后合、始困终亨之事也。其最有悲剧之性质者，则如关汉卿之《窦娥冤》、纪君祥之《赵氏孤儿》。剧中虽有恶人交构其间，而其蹈汤赴火者，仍出于其主人翁之意志，即列之于世界大悲剧中，亦无愧色也。

4. 摘选自《录曲余谈》

余于元剧中得三大杰作焉：马致远之《汉宫秋》，白仁甫之《梧桐雨》，郑德辉之《倩女离魂》是也。马之雄劲，白之悲壮，郑之幽艳，可谓千古绝品。今置元人一代文学于天平之左，而置此三（原作误为“二”）剧于其右，恐衡将右倚矣。

5. 摘选自《宋元戏曲史》第十五章

此一出（按指《琵琶记·吃糠》）实为一篇之警策。竹垞《静志居诗话》谓：闻则诚填词，夜案烧双烛，填至《吃糠》一出，句云："糠和米本一处飞"，双烛花交为一。吴舒凫《长生殿传奇序》亦谓：则诚居栎社沈氏楼，清夜案歌。几上蜡炬二枚，光交为一，因名其楼曰"瑞光"。此事固属附会，可知自昔皆以此出，为神来之作。然《记》中笔意近此者，亦尚不乏。此种笔墨，明以后人全无能为役。故虽谓北剧、南戏限于元代可也。

6. 摘选自《译本〈琵琶记〉序》

戏曲之作，于我国文学中为最晚，而其流传于他国也，则颇早。法人赫特之译《赵氏孤儿》也，距今百五十年，英人大维斯之译《老生儿》，亦垂百年。嗣是以后，欧利安、拔善诸氏并事翻译，讫于今，元剧之有译本者几居三之一焉。余虽未读其译书，然大维新于所译《老生儿》序中谓："元剧之曲，但以声为主，而不以义为主。"盖其所移译者，科白而已。夫以元剧之精髓，全在曲辞，以科白取元剧，其智去"买椟还珠"者有几！

7. 摘选自《杂剧十段锦跋》

宪王乐府独步明初，音调谐美，中原弦索多用之；李空同《汴中绝句》云："中山孺子倚新妆，赵女燕姬总擅场。齐唱宪王新乐府，金梁桥外月如霜。"又牛左史诗："唱彻宪王新乐府，不知明月下樊楼。"盖宣正、正嘉百年之间，风行之盛如此。

8. 摘选自《将理归装，得马湘兰画幅，喜而赋此》

旧苑风流独擅场，土苴当日睨侯王。书生归舸真奇绝，载得金陵马四娘。

小石丛兰别样清，朱丝细字亦精神。君家宰相成何事，羞杀千秋"马士英"！（马士英善绘事，其遗墨流传人间者，世人丑之，往往改其名为"冯玉英"云。）

分论篇清、民初

1. 摘选自 《东山杂记》

吴梅村《清凉山赞佛诗四首》，咏孝献章皇后事，盖其时民间盛传世祖入五台山为僧之说。然梅村此诗第三首云：“回首长安城，缁素惨不欢。房星竟未动，天降白玉棺。惜哉善财洞，未得夸迎銮”，是世祖虽有欲幸五台之说，未果而崩也。而《读史有感》八首之一，则云：“弹罢熏弦便薤（xiè），南巡翻似为湘娥。当时早命云中驾，谁哭苍梧泪点多。”其二云：“重璧台前八骏蹄，歌残黄竹月轮西。君王纵有长生术，忍向瑶池不并栖。”又似真有入道之事。盖梅村时已南归，据所传闻者书之，故二诗前后异辞。即《读史有感》之第三、第八两首，亦云：“九原相见尚低头。”（雒按，此为《古意》六首之四中句，静安引此恐有误。）又云：“扶下君王到便房。”与前二首不合也。

2. 摘选自 《红楼梦评论》

第三种之悲剧，由于剧中之人物之位置及关系，而不得不然者，非必有蛇蝎之性质，与意外之变故也。但由普通之人物，普通之境遇，逼之不得不如是。彼等明知其害，交施之而交受之，各加以力，而各不任其咎。此种悲剧，其感人，贤于前二者远甚。何则？彼示人生最大之不幸，非例外之事，而人生之所固有故也。若前二种之悲剧，吾人对蛇蝎之人物，与盲目之命运，未尝不悚然战慄，然以其罕见之故，犹倖吾生之可以免，而不必求息肩之地也。但在第三种，则见此非常之势力，足以破坏人生之福祉者，无时而不可坠于吾前，且此等惨酷之行，不但时时可受诸己，而或可以加诸人。躬丁其酷，而无不平之可鸣，此可谓天下之至惨也。若《红楼梦》，则正第三种之悲剧也。

3. 摘选自 《二牖轩随录》

（鲁）通甫《落叶》一首，极体物之工。云：“银屏秋冷虫声歇，空阶夜静闻落叶。骚骚屑屑三两声，帘栊不卷灯微明。初疑细雨洒秋箔，一声半声

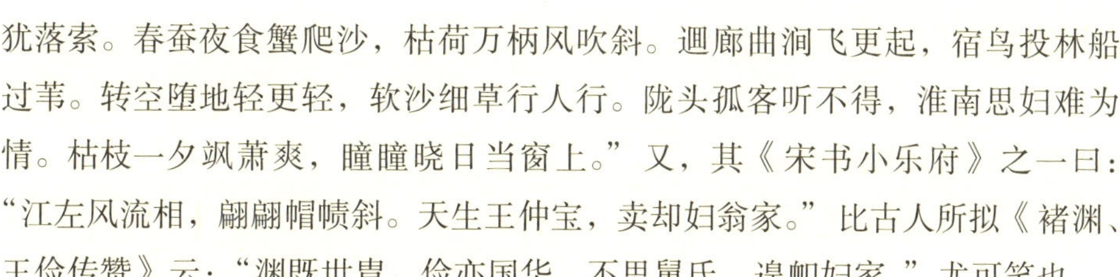

犹落索。春蚕夜食蟹爬沙，枯荷万柄风吹斜。迴廊曲涧飞更起，宿鸟投林船过苇。转空堕地轻更轻，软沙细草行人行。陇头孤客听不得，淮南思妇难为情。枯枝一夕飒萧爽，曈曈晓日当窗上。”又，其《宋书小乐府》之一曰：“江左风流相，翩翩帽帻斜。天生王仲宝，卖却妇翁家。”比古人所拟《褚渊、王俭传赞》云：“渊既世胄，俭亦国华，不思舅氏，遑卹妇家。”尤可笑也。

4. 摘选自《周之琦鹤塔铭手迹跋》

书法一道，山阴、平原范围百代，唐、宋以来无或踰越。完白山人奋乎千载之下，真积力久，别张一军。安吴、荆谿，此喁彼于，遂成宗派。世人争重山人篆书，不知其行楷书，尤有关于百年以来风气也。山人一派，安吴书迹遍天下，而荆谿书传世甚少。今观此卷，寓骏快于顿挫，出新意于旧观，与近日所出两晋、六朝墨迹，波澜莫二。盖精诚之至，与古冥合。亦如山人篆书，与新出汉司徒袁敞碑，同一机轴也。

《人间词甲稿》序

王君静安将刊其所为《人间词》，诒书告余曰：“知我词者莫如子，叙之亦莫如子宜。”余与君处十年矣，比年以来，君颇以词自娱。余虽不能词，然喜读词，每夜漏始下，一灯荧然，玩古人之作，未尝不与君共，君成一阕，易一字，未尝不以讯余，既而暌离，苟有所作，未尝不邮以示余也；然则余于君之词，又乌可以无言乎？

夫自南宋以后，斯道之不振久矣。元明及国初诸老，非无警句也，然不免乎局促者，气困于雕琢也；嘉道以后之词，非不谐美也，然无救于浅薄者，意竭于摹拟也。君之于词：于五代喜李后主、冯正中，于北宋喜永叔、子瞻、少游、美成，于南宋除稼轩、白石外，所嗜盖鲜矣。尤痛诋梦窗、玉田，谓梦窗砌字，玉田垒句，一雕琢，一敷衍，其病不同，而同归于浅薄。六百年来词之不振，实自此始。

其持论如此。及读君自所为词，则诚往复幽咽，动摇人心，快而能沈，直而能曲，不屑屑于言词之末，而名句间出，殆往往度越前人。至其言近而指远，意决而辞婉，自永叔以后，殆未有工如君者也。君始为词时，亦不自意其至此，而卒至此者，天也，非人之所能为也。

若夫观物之微，托兴之深，则又君诗词之特色，求之古代作者，罕有伦比。呜呼，不胜古人，不足以与古人并，君其知之矣。世有疑余言者乎？则何不取古人之词，与君词比类而观之也。

光绪丙午三月，山阴樊志厚叙。

《人间词乙稿》序

去岁夏，王君静安集其所为词，得六十余阕，名曰“人间词甲稿”，余既叙而行之矣。今冬复汇所作词为乙稿，丐余为之叙，余其敢辞，乃称曰：

文学之事，其内足以摅己而外足以感人者，意与境二者而已。上焉者，意与境浑，其次或以境胜，或以意胜，苟缺其一，不足以言文学。原夫文学之所以有意境者，以其能观也，出于观我者，意余于境；而出于观物者，境多于意。然非物无以见我，而观我之时，又自有我在。故二者常互相错综，能有所偏重，而不能有所偏废也。文学之工不工，亦视其意境之有无与其深浅而已。

自夫人不能观古之人之所观，而徒学古人之所作，于是始有伪文学。学者便之，相尚以辞，相习以模拟，遂不复知意境为何物，岂不悲哉。苟持此以观古今人之词，则其得失可得而言焉：温韦之精艳，所以不如正中者，意境有深浅也。珠玉所逊六一，小山所以愧淮海者，意境异也。美成晚出，始以辞采擅长，然终不失为北宋人之词者，有意境也。南宋词人之有意境者，惟一稼轩，然亦若不欲以意境胜。白石之词，气体雅健耳，至于意境，则去北宋人远甚。及梦窗玉田出，并不求诸气体，而惟文字之是务，于是词之道熄矣。自元迄明，益以不振。至于国朝，而纳兰侍卫以天赋之才，崛起于方

兴之族，其所为词，悲凉顽艳，独有得于意境之深，可谓豪杰之士，奋乎百世之下者矣。同时朱陈，既非劲敌；后世项蒋，尤难鼎足。至乾嘉以降，审乎体格韵律之间者愈微，而意境之溢于字句之表者愈浅，岂非拘泥文字而不求诸意境之失欤？抑观我观物之事，自有天在，固难期诸流俗欤。

余与静安均夙持此论。静安之为词，真能以意境胜。夫古今人词之以意胜者莫若欧阳公，意境胜者莫若秦少游，至意境两浑，则惟太白、后主、正中数人足以当之。静安之词，大抵意深于欧，而境次于秦。至其合作，如甲稿《浣溪沙》之“天末同云”，《蝶恋花》之“作夜梦中”，乙稿本《蝶恋花》之“白尺朱楼”等阕，皆意境两忘，物我一体，高蹈乎八荒之表，而抗心乎千秋之间，骎骎乎两汉之疆域广于三代，贞观之政治隆于武德矣。方之侍卫，岂徒伯仲？此固君所得于天者独深，抑岂非致力于意境之效也。

至君词之体裁，亦与五代北宋为近。然君词所以为五代北宋之词者，以其有意境在。若以其体裁故，而至遽指为五代北宋，此又君之不任受，固当与梦窗玉田之徒专事模拟者同类而笑之也。

光绪三十三年十月，山阴樊志厚叙

《重印人间词话序》俞平伯

作文艺批评，一在能体会，二在能超脱。必须身居局中，局中人知甘苦；又须身处局外，局外人有公论。此书论诗人之素养，以为“入乎其内，故能写之；出乎其外，故能观之。”吾于论文艺批评亦云然。

自来诗话虽多，能兼此二妙者寥寥；此重刊《人间词话》之意义也。虽只薄薄的三十页，而此中所蓄几全是深辨甘苦惬心贵当之言，固非胸罗万卷者不能道。读者宜深加玩味，不以少而忽之。其实书中所暗示的端绪，如引而申之，正可成一庞然巨帙，特其耐人寻味之力或顿减耳。

明珠翠羽，俯拾即是，莫非瑰宝；装成七宝楼台，反添蛇足矣。此日记短札各体之所以为人爱重，不因世间曾有 masterpieces（经典之作，杰作），而遂销声匿迹也。作者论词标举“境界”，更辨词境有隔不隔之别；而谓南宋逊于北宋，可与颉颃者惟辛幼安一人耳，……凡此等评衡论断之处，俱持平入妙，铢两悉称，良无间然。颇思得暇引申其义，却恐“佛头著粪”，遂终于不为；今朴社同人重印此书，遂缀此短序以介绍于读者。

一九二六，二，四，平伯记

《人间词话》补笺序戚法仁

词者，曲子词之省称。其乐则燕乐二十八调，其体则肇自盛唐，初为民间歌谣，即《云谣集》杂曲子是也。中唐之世，刘、白试作，寥寥短章，体格未备。及晚唐五季，作手实繁，《握兰》、《金荃》，裒（póu）然成帙。降而两宋，此体大盛，苏、辛为豪放之祖，周、秦开婉约之宗，轶先越后，蔚为绝学；而论词之书，亦推宋人最精。张玉田《词源》二卷，艺林推重，珍逾南金，其书精研律吕，剖析毫芒，后人继作，万难企及；惟论词之处，则支离殊少条贯，且门户太狭，专主清空，失之偏宕。厥后元、明二代，若陆辅《词旨》、杨升《词品》外，作者尚众；然皆疏略，少所发明。清人论述，《白雨斋》及《蕙风词话》，最为时人推重。然求其推究文心，尽极精微，且本末赅备，条贯厘然者，海宁王氏《人间词话》一编，尤有所长，论词主境界，不为虚无要涉之谈。其书旧有注本；然而诠释弗精，义蕴不显。于是成都薄仲山先生为之补笺，取王氏之说而引申之，诠解详尽，妙达词心，斯实艺苑之南针，匪特有功王氏一家之书也。惟海宁治词，功力悉在小令，故《词话》之作，于南宋诸家深致诋诃。然俞仲茆（máo）云："唐诗三变愈下。"宋词殊不然，欧、苏、秦、黄，足当高、岑、王、李，南渡以后，矫矫陡健，即不得称中宋晚宋也。尝试论之：梅溪思路儁（jùn）爽，用笔轻灵，快剪风樯，了无滞迹，持救平钝之病，诚为良剂。梦窗以丽赡之才，吐沉雄之思，其开阖顿挫，潜气内转，正与美成同法。草窗、玉田、功力并胜，且身茹亡国之痛，凄怆悲吟，不能自已，其词《一萼红·登蓬莱阁》、《高阳臺（tái）·西湖春感》，类有寄托，非同泛响。今一例抹煞，诋为乡愿，平情而论，实失之苛。至于《清真》一集，极沈郁顿挫之观，两宋之世，一人而已。王氏少之。及后更著《清真先生遗事》，乃尽反前说，殆亦悔其少作。今备论其得失如此，俾读斯编者知所去取云尔。

宿迁戚法仁序。

参考文献

[1] 王国维. 人间词话[M]. 北京：中国人民大学出版社，2011.

[2] 黄霖，周兴陆. 人间词话[M]. 上海：上海古籍出版社，2014.

[3] 范雅. 人间词话：古典诗词的旖旎与哀愁[M]. 武汉：武汉出版社，2011.

[4] 周锡山. 人间词话：汇编、汇校、汇评[M]. 上海：上海三联书店，2013.

[5] 徐调孚. 国民阅读经典：人间词话[M]. 北京：中华书局，2012.

[6] 彭玉平. 中华国学文库：人间词话疏证[M]. 北京：中华书局，2014.

[7] 卫淇. 人间词话典评[M]. 西安：陕西师范大学出版社，2008.